KB007674

가난한 그대의 빛나는 마음

북한 문학 속의 백석

이 저서는 2020년도
가천대학교 교내연구비 지원에 의한 결과입니다.
(GCU-202001060001)

가난한 그대의 빛나는 마음 – 북한 문학 속의 백석

2020년 12월 15일 초판 1쇄 펴냄

지은이 이상숙
펴낸이 신길순

펴낸곳 (주)도서출판 삼인
전화 02-322-1845
팩스 02-322-1846
이메일 saminbooks@naver.com
등록 1996년 9월 16일 제25100-2012-000046호
주소 (03716) 서울시 서대문구 성산로 312 북산빌딩 1층

표지, 본문 디자인 끄레디자인
인쇄 수이북스
제책 은정

ISBN 978-89-6436-186-3 93810

값 18,000원

가난한 그대의 빛나는 마음

북한 문학 속의 백석

이상숙

삼인

서문

1930년대 조선 문단 최고의 시인 백석은 광복 후 평양 문단에서 활동했고 함경도 삼수 관평에서 1960년대 초까지 시를 썼다. 「나와 나타샤와 흰당나귀」, 「남신의주 유동 박시봉방」, 「흰 바람벽이 있어」, 「국수」와 같은 서늘하게 아름답고 따뜻한 그의 시들은 당시 독자들의 사랑과 시인들의 동경을 받았다. 그리고 80년이 지난 지금 백석은 어떤 시인보다 많은 독자를 거느린 것은 물론 많은 연구자들이 주목하는 시인이 되었다. 백석만큼 학계와 대중의 사랑을 동시에 그리고 꾸준히, 아니 시간이 지날수록 더 크게 받는 시인은 없다. 그의 탄생 100주년이었던 2012년 백석의 시, 산문, 번역, 생애를 정리한 전집과 시선집이 쏟아져 나왔고 그의 생애와 작품은 소설, 연극, 뮤지컬 등의 다양한 콘텐츠로 대중에게 소개되었다.

어린 시절 윗간 아랫간을 넘나들며 까르르 웃으며 북적대던 명절과 무서운 여우 이야기를 들려주던 노큰마님의 온기를 기억하는 청년, 추운 겨울 북관의 찡하는 동치미와 무럭무럭 김이 나는 무이징게국을 그리워하는 모던 보이, 남의 집 헛간에 뒹굴면서도 눈 쌓인 언덕에 홀로 선 갈매나무처럼 말간 젊은이, 눈밭을 걷는 당나귀처럼 쓸쓸하고 외로웠던 지식인, 갓신창(가죽신 밑창)과 개니빠디(개이빨)와 함께 모닥불로 타버리는 몽둥발이 초라한 역사를 응시하던 식민지 시인, 가난하지만 거짓 없는 그의 언어를 우리는 사랑한다.

1940년대 그는 돌연 만주로 떠났고 광복 후 고향 정주로 귀국했으며 이후 북한 문단에서 소련 문학을 번역하는 번역가이자 동화시, 동시 작가로 활동했다. 그리고 1956년 북한 문단에서 입지를 얻은 듯하더니 1958년 말 삼수 관평으로 현지 파견되었고 1960년대 초까지 시를 썼다. 북한 사회주의 옹호, 김일성에 대한 칭송, 남한 정부에 대한 원색적 비난 등을 주제로 하는 전형적인 북한 시였다. 소련의 인공위성을 '공산주의의 천재', '공산주의의 사절'이라 칭한 시 「제3인공위성」, 북송 사업으로 귀향한 재일 조선인을 환영하는 시 「돌아 온 사람」과 사회주의 '노동의 기쁨과 생활의 감격'을 노래한 「사회주의 바다」, '미제, 일제, 군사 파쑈'를 '원쑤'로 부르며 저주하는 시 「조국의 바다여」와 같이 당 정책에 부합하는 시를 써냈지만 '어리신 원수님'을 칭송하는 시 「나루터」 이후 백석의 작품은 북한 문단에 발표되지 않았다. 현지 파견 명목으로 함경도 오지 삼수에 간 백석은 끝내 평양 문단으로 돌아가지 못했고 30여 년 후 그곳에서 세상을 떠났다. 이처럼 시인 백석의 창작은 분단 이후에도 이어졌고 그의 삶은 1996년까지 계속되었지만 우리들이 사랑하는 백석의 시는, 친구 허준이 가지고 있다 광복 후에 발표한 작품 「남신의주 유동 박시봉방」, 「힌 바람벽이 있어」를 쓴 분단 전에 멈추어 있다. 북한을 택한 시인 백석을 이해할 수도 없고 '공산주의의 노을'과 김일성을 찬양하는 그의 시를 백석의 언어로 인정할 수도 없었기 때문이다.

엄존하는 반공 이데올로기 앞에 월북 작가의 작품을 알 수도 없으니 사랑할 수도 없었겠지만 1988년 '월북 작가 해금' 이후에도 분단 후 백석의 작품은 이념에 의해 훼손된 텍스트로 치부되어 백석의 언어로 받아들여지지 않았다. 그도 그럴 것이 분단 전과 후의 백석의 언어는 너무도 다르다. 아직은 연구 중인 터라 이 책에서는 담을 수 없었지만 분단 전과 후 백석의 시어에 대한 코퍼스corpus 분석을 해보면 그 차이는 명확하게 드러난다. 시어 빈도, 키워드, 주제, 소재뿐 아니라 하나의 시어를 중심으로 출현하는 빈도와 거리를 측정하는 공기어共起語(cooccurence) 분석을 해본 결과, 분단 전 백석과 분단 후의 백석이 전혀 다른 시인이기라도 하듯 결과는 너무나 다르게 나타났다. 시어의 통계적 분석에서 드러난 분단 전 백석과 분단 후 백석의 차이는 경성 문단과 평양 문단의 차이이며 남한 문학과 북한 문학의 차이라 할 수 있을 것 같았다. 이 결과는 '(남의) 백석과 (북의) 백석'을 구분하여 연구하는 명분과 함께 두 백석을 함께 연구해야 할 새로운 과제를 동시에 시사한다.

1912년생 백석은 1945년 광복 이후 1996년까지 50년간 북한 문단에서 북한의 시인이었고 북한 주민으로 살았다. 경성 문단의 시인으로 살아간 10여 년과 단순 비교하여도 북한 문단 20년, 북한 주민 50년의 시간은 외면할 수 없는 시간이다. 이 역시 우리가 사랑하는 백석이 살아간 시간이다. 때문에 이 시간에 대한 관심은 당연한 것이다. 북한 문학을 문학으로 인정을 하든 안 하든, 백석의 창작이 자발적인 것이 아닌 생존 전략이었든 아니었든 북한 문학 속에서 백석은 살았으므로 백석 연구자는 그것을 연구해야 한다.

북한 문학 속 백석의 모습에 주목하고 그 의미를 분석하는 연구는 천재 시인으로 불리며 우리 시의 한 정점을 보여준 뛰어난 시인 백석의 숨겨진 행적에 대한 관심에서 시작되었다. 어쩌면 고향이 평북 정주이고 러시아어를 할 줄 알았던 백석이 오산학교 시절 스승이던 조만식의 비서로 활동하느라 북한으로 귀국을 했다고 하더라도 사회주의 문학과 북한 정권을 경험한 그가 왜 한국전쟁 당시 월남하지 않았을까 하는 안타까움이 먼저였을 수 있다. 민족어와 토속어를 시화하는 데 집중한 백석의 시가, 체제 선전의 도구로서만 문학의 가치가 인정되는 북한 문학 안에서 어떤 행보를 보일까 하는 학문적 호기심도 컸다. 백석이 왜 분단 후 북한을 택했는지, 사회주의 문학을 그는 어떻게 이해하고 있었는지, 만주 시절 번역한 러시아 작품이 그의 사회주의 선택과 관계가 있는 것인지, 북한에서 백석은 어떤 시들을 썼던 것인지, 우리가 그것을 어떻게 읽고 받아들여야 하는지, 북한에서의 백석은 행복했는지, 1956년 제2차 작가대회에서 1958년 말까지 백석에게 무슨 일이 있었는지, 백석은 왜 삼수 관평에서 양을 키우고 돈사를 돌보아야 했는지, 북한 문단은 백석을 어떻게 평가하는지, 북한에서의 백석을 이해할 때 무엇을 경계해야 하는지와 같은 궁금증을 따라 '북한 문학 속의 백석'을 부제로 한 일련의 논문들을 썼다. 그 과정에서 이 연구가 백석 연구보다 더 근본적인 의문과 호기심과 연결되어 있음을 알게 되었다.

그것은 현대시와 현대시 비평을 전공하고 특히 문학의 전통, 남과 북을 아우른 우리 문학의 전통론을 공부의 방향으로 세운 이후 벗어날 수 없는 의문과 호기심이었다. 문학 연구자의 허상일 수도 있지만 문학 보편의 '문학성'이라는 것이, 또 '언어의 아름다움'이라는 것이 있다면 극단적인 목적 문학인 북한 문학 안에서 그것이 어떻게 드러나고 연구자는 어떻게 찾아낼 수 있는지, 작가든 작품이든 다 비슷한 천편일률의 북한 시와 시인들을 만들어 낸 북한식 사회주의 문학의 창작 방법론은 무엇인가, 이런 시들을 써내는 북한의 시인들은 애초에 '문학성'을 가지고 있지 않은 것인가, 북한 체제에서 문학이란 이렇게밖에 나타날 수 없는가와 같은 공허하고 난감한 질문들이었다. 막연하나마 문학이라는 공동의 기반 위에 쓰이는 통일문학사를 염두에 두어서일지도 모르겠지만 언어의 아름다움과 문학성을 갖춘 시인 백석이 북한 사회주의 문학 안에서 달라지는 모습을 살펴보면 실마리를 얻을 수도 있겠다 싶었다.

식민지 말기 만주에서 지켜보던 조선과 경성 문단에 대한 '구역嘔逆'과 '코춤'은 광복 후 백석을 경성이 아닌 평양 문단으로 이끌었다는 것을 알게 되었고 북한 문학 안에서 문학성과 시의 언어를 지키려는 백석의 분투를 그의 시 「축복」, 「하늘 아래 첫 종축 기지에서」, 「눈」에서 보았다. 「공동식당」, 「공무 려인숙」에서 그가 품은 공산주의에 대한 환상이 '어리신 원수님', '아버지 원수님'을 그려낸 「나루터」에서 북한 문학과 타협하는 모습도 보았다. 그러나 백석의 순정한 문학과 언어를 용납하지 않는 광폭한 이데올로기와 체제의 선전 도구였던 북한 사회주의 문학 안에서 '언어'를 강조한 백석의 분투와 '당과 수령'을 외치는 백석의 타협은 힘이 없었다. 그리고 백석은 잊혀졌다. 쓸쓸하고 외로웠던 그의 행적과 생애는 백석 개인의 인생 역정에 국한되지 않는다. 분단 80년을 목전에 둔 현재, 남북 문학은 분단 전의 백석과 분단 후의 백석만큼이나 이질적이고, 경성 문단의 백석과 평양의 백석을 모두 이해하고 사랑할 수 있는 통일문학사의 서술이란 상상이나 환상에 가까운 듯하다. 해답을 찾기는커녕 해결되지 못한 질문들이 또 다른 질문들을 끌고 나와 공부의 방향을 잃을까 초조해진다. 애초에 그 질문들은 몇 편의 논문이나 백석에 대한 관심만으로 해결될 수 없는 커다란 문제였지만 분단의 세월이 쌓이면 그 해답을 찾는 시간도 그만큼 더 필요할 것이기 때문이다. 그럼에도 백석은 북한 문학 안에서도 재능 있는 번역가였으며 문학의 마음과 언어의 결을 지키려는 아동문학가이자 시인이었음을 알았다.

분단은, "가난한 내가 아름다운 나타샤를 사랑해서 오늘밤은 눈이 푹푹 나린다"던 청년의 눈결 같은 언어를 앗아갔지만, 문학이 담아야 할 아름다움을 잊지 않았던 백석의 시는 외롭고 쓸쓸했을 그의 생애 내내 여전히 굳고 높게 빛나고 있었다. 가난한 우리는 빛나는 그의 마음을 사랑하는 것이다.

이 책을 준비하며 만났던 수많은 백석 연구자, 백석 전집과 시선집 편자, 백석 시의 독자들에게 감사한다. 그들의 노력과 사랑이 백석의 시를 오늘날에도 살아 있게 하고 빛나게 한다. 이 책을 위해 힘써주신 출판사 삼인의 홍승권 부대표와 편집진, 원고 묶음 상태에서 책으로 나오기까지 모든 과정을 세심히 살펴준 동료 연구자 황선희 선생님께 감사한다. 양가 가족의 사랑이 나를 지켜주고 있음을 알고 있다. 작년 겨울 시어머니께서 우리 곁을 떠났다. 평생을 환하고 밝은 마음으로 가족을 사랑하셨고 한 번도 내 편이 아닌 적이 없으셨던 어머니 금수호. 당신을 이 책으로 기억할 것이다.

2020년 12월

이상숙

차례

가난한 그대의
빛나는 마음

일러두기

1. 인용문은 원문의 표기를 따랐고, 원문 외에 사용된 인명과 지명은 한글맞춤법 외래어 표기법에 따랐다.
2. "밤'길", "눈'길" 등의 시어에 사용된 '은 1950~60년대 북한 문학에서 일시적으로 사용된 부호로 사이시옷의 기능을 했다.
3. 시어 중 뜻풀이가 필요한 것은 * 표시를 하고 본문 아래에 뜻을 밝혔다. 송준 편, 『백석 시 전집』(흰당나귀, 2012), 고형진, 『백석 시의 물명고』(고려대학교 출판문화원, 2015), 김수업, 『백석의 노래』(휴머니스트, 2020)의 뜻풀이를 나란히 소개했으며, 편저자와 해당 쪽수만을 밝혔다. 예) (고형진, 859)

분단 후 백석을 이해하기 위하여

백석 연구와 오늘의 백석

백석은 1912년 평안북도 정주에서 태어났다. 본명은 백기행白夔行이다. 1918년 정주의 오산소학교에 입학했고 1929년 오산고등보통학교를 졸업했다. 1930년 〈조선일보〉 현상문예에 소설 「그 모母와 아들」로 등단한 후 그해 4월 일본 동경 청산학원青山學院에 입학했다. 1934년 청산학원을 졸업한 후 귀국해 〈조선일보〉 기자로 일했다. 1935년 8월 30일 〈조선일보〉에 시 「정주성定州城」을 발표했고 이듬해인 1936년 첫 번째 시집 『사슴』을 발간했다. 1936년에는 경성을 떠나 함흥의 영생고등보통학교의 영어교사로 부임했다. '남행시초南行詩抄', '함주시초咸州詩抄', '서행시초西行詩抄'와 같은 여행 시편을 발표했다. 1940년 만주의 신경, 안동 등에서 생활하면서 「북방北方에서」, 「국수」, 「힌 바람벽이 있어」, 「남신의주 유동 박시봉방南新義州柳洞朴時逢方」과 같은 아름다운 시를 썼다. 광복 후 고향인 정주로 돌아간 후 오산학교 교장이었던 조만식의 러시아어 통역을 맡았고 이후 북한 문단에서 소련(소비에트사회주의공화국연방)의 시, 소설, 동화

번역에 몰두하다 1957년 동시집 『집게네 네 형제』를 발표했다. 1962년 아동문예지 『아동문학』에 발표한 「나루터」가 현재 확인할 수 있는 백석의 마지막 작품이다. 백석은 그 뒤 30여 년 동안 삼수군 관평리에서 생활하다 1996년 사망한 것으로 알려져 있다. 출중한 시재詩才와 타고난 감성의 시인 백석이 30여 년 동안 시를 발표하지 못하고 목축 노동자로 살다 삶을 마감한 것은 분단이 만든 또 하나의 비극일 것이다.

1988년 7월 '재·월북 작가 해금 조치' 전까지 백석의 시는 일부 연구자들 외에는 접할 수 없었지만 현재 백석은 학계의 연구나 대중의 관심, 화제성 모두에서 가장 주목받는 작가이다. 수많은 시선집, 전집, 관련 논문, 평전이 간행되었고 그의 생애를 모티브로 한 연극 〈백석우화〉,[1] 소설 『일곱 해의 마지막』[2]과 같은 문화 콘텐츠로 확장되고 있다. 시집으로 출간된 것은 『사슴』과 『집게네 네 형제』, 두 권이지만 문예지에 발표한 시, 소설, 산문, 번역과 북한에서 발표한 번역소설, 번역시, 동화 번역, 문학론 등은 질적으로나 양적으로나 다양하다. 백석 시가 보여준 세련된 언어와 따뜻한 서정, 유려한 러시아어 번역과 외롭고 쓸쓸했던 시인의 생애는 탄생 100주년을 훌쩍 넘긴 오늘날까지 대중의 지지와 관심을 받고 있다.

백석이 분단을 기점으로 전혀 다른 작품을 썼듯 그의 시에 대한 연구 역시 분단 전후로 나뉜다. 분단 전 백석 시에 대해 연구자들은 주제적으로는 고향 상실의 의식과 공동체 복원의 의지에 집중해 논의했고, 형식적으로는 수식어가 겹쳐지면서 길어지는 산문시형과 시 형식에 대한 관심이 컸다. 여기에 평북 방언과 향리鄕里의 전설, 풍속이 매우 모던한 어조와 세련된 감성으로 구현되는 독특한 시적 분위기는 독보적이라는 것이 일반적 평가이다. 백석에 대한 학계의 관심은 1988년 월북 문인에 대한 해금 조치 이전부터 시작되었다. 유종호,[3] 김윤식·김현[4] 등에 의해 소개되었던 백석은 고형진,[5] 박태일,[6] 김명인[7] 등의 석박사 학위논문이 제출된 1980년대부터 본격적인 연구 대상이 되었다. 이후 백석 시는 꾸준히 시 연구자의 주목을 받았으며 최근에 이르기까지 수백 편에 이르는 학위논문과 일반 학술논문, 전집과 연구서가 발표되었다. 한국 문학사의 어떤 작가와 비교하여도 양과 질에서 압도적인 연구 성과가 축적된 것이다.

최근에는 해방 후 재북 문인으로서 북한 문학계에 편입된 이후 발표한 백석의 동화시와 시, 동시 및 아동문학 관련 평론 등을 분석한 논문, 공산주의 체제 찬양이나 현지 파견 문인으로서의 생활을 그린 1960년대 초 시 작품 분석을 통해 공산주의 체제와 이 안에서 백석이 존재한 양상에 주목한 연구들도 제출되고 있다. 또 천재 시인으로 불렸던 백석이 북측에서 시인으로서의 문학적 재능을 마음껏 펼치지 못한 안타까움과 고민에 초점을 맞춘 평가도 이루어지고 있다. 또 백석의 시 텍스트를 확정하는 내실 있는 연구 성과[8]가 꾸준히 축적되고 있으며 그 과정에서 백석 시 연구의 범위와 의미 영역이 확장되고 있어 백석의 시문학사적 위치가 더욱 공고해지고 있다.

시, 동시와 동화시, 문학론, 문학평론, 정론류의 산문, 작가 현지 보고, 번역소설, 번역시, 번역 아동문학 등 다양한 분야의 작품을 발표한 분단 후 백석에 대한 연구는 주로 아동문학을 중심으로 먼저 이루어졌다. '아동문학 논쟁'으로 알려진 리원우와 백석의 대립을 살펴본 연구[9]는 아동 교육을 위한 사회주의 계몽의 도구로서 문학의 기능을 강조하는 북한 문예 당국의 입장에 대립하는 백석의 입장을 드러내는 성과를 보여주었다. 이 과정에서 백석이 생각한 사회주의 문학에 대한 인식이 부분적으로 다루어졌다. 교육과 계몽을 목적으로 하더라도 그 안에 시詩적 요소를 담아야 한다는 백석의 동시관觀 혹은 아동문학관은 백석의 시론詩論으로 확장되었다. 백석의 동시, 동시집에 대한 텍스트 연구[10]와 함께 북한의 아동문학 맥락 안에서 백석의 위상을 논한 연구[11] 등은 아동문학론을 통해 분단 후 시인으로서 백석의 작가 의식, 창작론 등을 정리한 성과로 의의가 있다. 아동문학 외에 백석이 남긴 시와 산문에 대한 연구,[12] 재북 시기 행적과 작품을 다룬 몇몇 연구,[13] 백석의 번역문학에 대한 연구가 잇달아 발표되면서[14] 분단 후 백석의 시를 입체적으로 해석할 수 있는 학문적 기반을 마련해주고 있다. 백석이 많은 번역을 남겨 그에 대한 연구는 미답未踏의 영역이지만 백석 번역문학 연구는 백석 연구의 경계를 넓히고 백석 문학을 전체적으로 조망하는 시각을 제공하는 중요한 부분이다. 학계의 지속적이고도 뜨거운 관심에 힘입어 분단 후 백석의 작품을 포함한 백석 전집[15]이 여러 권 발간되었을 뿐 아니라 그 범주 또한 시에 국한하지 않고 동시, 소설, 수필, 평론을 포함하는 전집, 현재까지 발굴된 번역시를 망라하는 번역시 전집,[16] 백석의 생애를 되짚고 살핀 평전들[17]이 제출되고 있어 백석 연구의 경계는 더욱 확장되고 있다.

1987년 이동순의 『백석시전집白石詩全集』 이후 김학동, 송준, 김재용, 이숭원, 이지나, 고형진, 최동호, 이경수 등이 시 전집을 간행하였으며, 이들은 전집 발행에 그치지 않고 개정과 보유를 거듭하며 백석 연구의 기반을 확보하였다. 백석의 생애에 대한 학계와 대중의 관심도 꾸준하여 백석에 관한 평전 또한 수 편이 간행되었고, 최근에는 시뿐 아니라 백석의 소설, 수필, 평론 등의 산문을 엮은 전집들이 출간되었다. 북한에서 발표한 시들도 몇몇 시전집에 수록되어 백석 연구의 저변을 넓히고 있다. 백석 연구의 경향은 연구자들의 관심에 비례하여 다양하게 확장되고 세분화되는 것은 물론 논의의 심도 또한 더해지고 있다. 주제, 소재, 생애 등 기본 논의에 집중하던 초기의 연구를 거쳐 언어의 토속성과 근대적 감성에 주목하는 연구, 방언과 풍속, 음식 등의 소재적 관심을 넘어 전문 영역으로 세분화된 논의, 시 형식과 수사적 기법은 물론이고 언술 구조와 어휘, 방언, 음운 현상 등을 언어학적 기반으로 논의하는 연구에 이르기까지 백석 시 연구는 꾸준히 진화하고 있다.

작품 연보로 보는 백석의 문학

월북, 납북 문인이 아닌 재북 문인이었던 백석의 분단 후 북측에서의 행적이 밝혀지고 있고 북한 문학에 대한 기본적 이해를 바탕으로 백석 문학에 대한 가치 평가가 이루어지고 있다.[18] 「여우난곬족族」, 「고야古夜」, 「여승女僧」, 「나와 나타샤와 힌당나귀」 등 모던한 감성에 로컬리티의 언어를 결합한 놀라운 시를 보여준 1930년대 시인 백석은 1960년대 초반 북한 조선작가동맹 중앙위원회의 기관지인 『조선문학』에 체제 찬양 시 10여 편을 발표했다. 그 시는 1930년대 백석의 시와는 완전히 다른 모습이었다. 노동 현장의 '혁명적 열기'와 북한 사회의 '공산주의적 낙관성'을 전달하는 선전선동의 언어였다. 1940년대 후반부터 수많은 소련 시집, 소설, 아동문학을 번역한 번역가였던 백석은 1957년에 번역이 아닌 창작의 결과물인 동화시집 『집게네 네 형제』를 펴냈고 북한의 대표적 아동문학가 리원우와 사회주의 아동문학론에 대한 논쟁을 벌이기도 했다.

〈표 1〉 분단 전 백석 작품 연보와 목록

연도	시/동시	소설/산문	번역
1920		「그 모母와 아들」, 〈조선일보〉 신춘문예, 1. 26.~2. 4.(소설)	
1934		「해빈수첩海濱手帖」, 이심회 회보 1호(수필)	존 단느, 「사랑의 신」, 『서중회』 2집(3. 22.) 「이설耳說 귀ㅅ고리」, 〈조선일보〉, 5. 16.~19.(영어) 코텔리안스끼·탐린슨, 「임종臨終 체홉의 유월六月」, 〈조선일보〉, 6. 20.~25. 띠에스 미-ㄹ스키, 「죠이쓰와 애란문학愛蘭文學」, 〈조선일보〉, 8. 10.~9. 12.(영어 중역重譯)
1935	「정주성定州城」, 〈조선일보〉, 8. 30.	「마을의 유화遺話」, 〈조선일보〉, 7. 6.~20.(소설)	
	『조광朝光』 11월(5편): 「산지山地」 「주막酒幕」 「나와 지렝이」 「늙은 갈대의 독백」 「비」	「닭을 채인 이야기」, 〈조선일보〉, 8. 11.~25.(소설)	
	『조광』 12월(3편): 「여우난곬족族」 「통영統營」 「힌밤」	「마포麻浦」, 『조광』 11월(수필)	
1936	「고야古夜」, 『조광』 1월	「편지」, 〈조선일보〉, 2. 21.(수필)	『조광』 1월(2편): W. H. 데이비스, 「겨울은 아름답다」 토마스 하디, 「교외郊外의 눈」
	시집 『사슴』(1. 20.) 수록시: 「가즈랑집」, 「여우난곬족族」 「고방」, 「모닥불」, 「고야古夜」 「오리 망아지 토끼」 「초동일初冬日」, 「하답夏畓」 「주막酒幕」, 「적경寂境」 「미명계未明界」, 「성외城外」 「추일산조秋日山朝」		

연도	시/동시	소설/산문	번역
1936	「광원曠原」, 「흰밤」 「청시靑柿」, 「산山비」 「쓸쓸한 길」, 「자류柘榴」 「머루밤」, 「여승女僧」 「수라修羅」, 「비」 「노루」, 「절간의 소 이야기」 「통영統營」, 「오금덩이라는 곳」 「시기柿崎의 바다」 「정주성定州城」 「창의문외彰義門外」 「정문촌旌門村」, 「여우난곬」 「삼방三防」		
	「통영統營」, 〈조선일보〉, 1. 23.	「가재미 · 나귀」, 〈조선일보〉, 9. 3.(수필)	
	「오리」, 『조광』 2월		
	『조광』 3월(2편): 「연자ㅅ간」 「황일黃日」		
	『시와 소설』, 3. 7.(2편): 「탕약湯藥」 「이두국주가도伊豆國奏街道」		
	「창원도昌原道 – 남행시초南行詩抄 1」, 〈조선일보〉, 3. 5.		
1937	「통영統營 – 남행시초南行詩抄 2」, 〈조선일보〉, 3. 6. 「고성가도固城街道 – 남행시초南行詩抄 3」, 〈조선일보〉, 3. 7. 「삼천포三千浦 – 남행시초南行詩抄 4」, 〈조선일보〉, 3. 8.	「무지개 뻗치듯 만세교」, 〈조선일보〉, 8. 1.(수필)	
	『조광』 10월(5편): 「북관北關」, 「노루」, 「고사古寺」 「선우사膳友辭」, 「산곡山谷」		
	『여성女性』 10월(2편): 「단풍丹楓」, 「바다」		

연도	시/동시	소설/산문	번역
1938	「추야일경秋夜一景」, 『삼천리문학』 3월	「설문답說問答」, 『여성』 3월 (수필)	
	『조광』 3월(4편): 「산숙山宿」, 「향악饗樂」 「야반夜半」, 「백화白樺」	「동해東海」, 〈동아일보〉, 6. 7.(수필)	
	「나와 나타샤와 흰당나귀」, 『여성』 4월 『삼천리문학』 4월(3편): 「석양夕陽」, 「고향故鄕」 「절망絶望」		
	『현대조선문학선집』, 조선일보사 출판부(2편): 「개」, 「외가집」		
	「내가 생각하는 것은」, 『여성』 4월		
	「내가 이렇게 외면하고」, 『여성』 5월		
	『조광』 10월(6편): 「삼호三湖」, 「물계리物界里」 「대산동大山洞」, 「남향南鄕」 「야우소회夜雨小懷」 「꼴두기」		
	『여성』 10월(2편): 「가무래기의 낙樂」 「멧새소리」		
	『조선문학독본』, 조선일보사 출판부, 10월(2편): 「고성가도固城街道」 「박각시 오는 저녁」		
1939	「넘언집 범 같은 노큰마니」, 『문장』 4월 「동뇨부童尿賦」, 『문장』 6월	「입춘立春」, 〈조선일보〉, 2. 14. (수필) 「후기後記」, 『여성』 4월(수필)	

연도	시/동시	산문	번역
1939	「안동安東」, 〈조선일보〉, 9. 13.	「소월素月과 조선생朝先生」, 〈조선일보〉, 5. 1.(수필)	
	「함남도안咸南道安」, 『문장』 10월		
	「구장로球場路 - 서행시초西行詩抄 1」, 〈조선일보〉, 11. 8.		
	「북신北新 - 서행시초西行詩抄 2」, 〈조선일보〉, 11. 9.		
	「팔원八院 - 서행시초西行詩抄 3」, 〈조선일보〉, 11. 10.		
	「월림月林장 - 서행시초西行詩抄 4」, 〈조선일보〉, 11. 11.		
1940	「목구木具」, 『문장』 2월	「슬품과 진실」, 〈만선일보〉, 5. 9.~10.(수필)	토마스 하디, 『테쓰』, 조광사朝光社, 9. 30.
	「수박씨, 호박씨」, 『인문평론』 6월	「조선인朝鮮人과 요설饒舌」, 〈만선일보〉, 5. 25.~26.(수필)	
	「북방北方에서 - 정현웅鄭玄雄에게」, 『문장』 7월		
	「허준許俊」, 『문장』 11월		
1941	「『호박꽃초롱』 서시序詩」, 강소천 동시집 『호박꽃초롱』, 4월		
	「귀농歸農」, 『조광』 4월		
	『문장』 4월(3편): 「국수」, 「흰 바람벽이 있어」 「촌에서 온 아이」		
	『인문평론』 4월(2편): 「조당澡塘에서」 「두보杜甫나 이백李白같이」		
1942	「머리카락」, 〈매일신보〉, 11. 15.	「당나귀」, 『매신사진순보』, 8. 11.(수필)	엔 바이콥흐, 「식인호食人虎」, 『조광』 2월

연도	시/동시	소설/산문	번역
1942			엔 바이곱흐, 「초혼조招魂鳥」, 『야담』 10월 엔 바이곱흐, 「밀림유정密林有情」, 『조광』, 1942. 12.~1943. 2.
1946			「물색시」, 『조광』 12월 (『세계걸작동화집』 중 영국 편)
1947	「산山」, 『새한민보』 11월		
	「적막강산」, 『신천지』 11월		
1947	「마을은 맨천 구신이 돼서」, 『신세대』 5월		
	「칠월七月 백중」, 『문장』 10월 (속간호)		
	「남신의주 유동 박시봉방南新義州柳洞朴時逢方」, 『학풍』 10월		

이 중 1947년에 발표된 「적막강산」, 1948년에 발표된 「마을은 맨천 구신이 돼서」, 「칠월 백중」, 「남신의주 유동 박시봉방」은 백석의 친우인 허준許浚이 "이전부터", "전쟁 전부터" "내가 가지고 있던 것을 시인에게 묻지 않고 감히 발표한다"며 투고한 것이다. 이 시들은 당시 북한에 있었던 백석이 경성 문단에 직접 발표한 것이 아니며 창작 시기도 해방 전으로 보아야 한다.

〈표 2〉 분단 후 백석 작품의 발표 연도별 분포

시기구분	발표연도	시	산문			아동문학				번역					계
			평론	수필 외	정론	시	시집	평론	산문	시	시집	소설		산문	
												단편	장편		
평화적 건설시기	1946														0
	1947											1	2		3
	1948											1	1		2
	1949										1		2		3
	1950												1	1	2
전쟁시기	1951														0
	1952					1									1
	1953									6					6
전후 복구 건설기	1954									28				1	30
	1955									37				1	39
	1956					5		4	2	4	2				17
	1957	2	1		3	5	1	3		3				2	20
천리마 시기	1958	1												4	7
	1959	7													10
	1960	3													8
	1961	3													4
	1962	1			1	4		1							7
	계	17	2	4	7	18	1	8	2	78	5	2	6	9	159

〈표 2〉는 백석의 발표 연도별 작품을 숫자로 정리한 것이다. 시기 구분은 북한 문학사에서 문학사 서술을 위해 명명한 것으로 통용되는 표현을 따랐다.

해방 후 남북은 모두 새 나라 새 문학 건설에 몰두하였다. 신생 사회주의 국가 북한에 신생 사회주의 문학을 세우기 위해 많은 논자들이 이론 논쟁에 참여했다. '민주주의 민족문학', '계급성', '프롤레타리아 국제주의', '민주기지론', '카프KAPF 전통 계승', '고상한 리얼리즘' 등 수많은 개념이 명멸하며 여러 논자들의 여러 논리가 혼재하였다. 이러한 혼란과 모색기를 겪으며 북한 문학 초기에 세웠던 카프 문학 계승, 민족문학론 등이 허물어지고 1950년대 후반에는 사회주의 리얼리즘으로 수렴되었다.[19] 북한 문학은 1960년대의 '천리마 시기 문학'을 거쳐 1960년대 중반부터는 '주체문학'으로 획일화되었다.[20] 백석의 마지막 작품 「나루터」가 발표된 1962년 이후 30여 년간 백석은 주체 시대의 북한 주민으로 살았지만 작품을 발표하지는 않았다.[21] 1962년은 아직 주체문학이 북한의 유일한 사상, 문화의 이념으로 공고해지기 전이었으므로 백석이 경험하고 작품화한 사회주의 문학은, '평화적 건설기', '전쟁기', '전후 복구 건설기', '천리마 시대'까지의 문학이라 할 수 있다.[22]

장르별, 시간별로 1947년 이후 백석이 발표한 작품의 숫자를 정리한 이 표를 통해 북한 문단에서 백석이 주로 활동한 영역과 시기, 발표한 작품의 양의 흐름을 한눈에 살필 수 있다. 번역에서 동시, 시, 평론으로 이동하며 확장하는 분단 후 백석 창작의 흐름과 방향이 명확히 드러난다. 분단 후 백석의 창작은 세 시기로 구분될 수 있다. 소련 문학 번역에 몰두하던 1940년대 후반~1955년, 북한 문학계의 훈풍에 힘입어 자신의 입지가 확보되던 1956~1958년, 삼수 파견 이후 1962년까지가 그것이다. 광복 후 주로 소련 소설 번역에 힘쓰던 백석은 한국전쟁 후 소련 시 번역 작품을 많이 발표한다. 1956년을 기점으로 백석은 번역 활동을 줄이고 동시, 동시집, 아동문학 관련 평론을 발표하기 시작했다. 1957년부터는 동시가 아닌 시 창작도 재개한다. 이는 백석이 1940년대 초 만주 시절 쓴 시 발표 후 10여 년 만에 번역이나 동시가 아닌 시 창작을 재개한 것으로, 이 시기를 당시 북한 정치, 북한 문학, 소련 사회의 변화와 관련하여 주의 깊게 살펴보아야 한다. 구체적인 작품 연보와 목록을 정리한 〈표 3〉을 통해 분단 후 백석 문학의 면모를 살펴본다.

〈표 3〉 분단 후 백석 작품 연보와 목록

연도	시	동시	산문	번역
1947				씨모노프, 『낮과 밤』
				숄로홉흐, 『그들은 조국을 위해 싸웠다』, 북조선출판사 알렉싼들 야싀볼렙, 「자랑」, 『조쏘문화』 8월호
1948				파데예프, 『청년근위대』(상) 꼰스딴찐 씨모노프, 「놀웨이의 벼랑에서」, 『조쏘문화』 4월호
1949				『뿌슈낀시집』 이싸꼽스끼, 『이싸꼽스끼 시초』 파데예프, 『청년근위대』(하) 숄로홉흐, 『고요한 돈 1』, 교육성
1950				소애매, 「전선으로 보내는 선물」, 『문학예술』 1월호 숄로홉흐, 『고요한 돈 2』, 교육성
1951				
1952		「병아리싸움」, 『재건타임스』, 8. 11.		

연도	시	동시	산문	번역
1953				엠·이싸꼽쓰끼 시 6편. 「바람」 외, 『쏘련 시인 선집』, 연변교육출판사
1954				『평화의 깃발: 평화옹호세계시인집』 중 11개국 시인 28편. 「아메리카여 너를 심판하리라」, 「가까운 사람들에게 띠우는 편지」 등, 『문학예술』 4~5월호 이싸꼽쓰끼, 『이싸꼽쓰끼 시초』, 연변교육출판사 고리끼, 「아동문학론 초」, 『조선문학』 3월호
1955				마르샤크, 『동화시집』 뿌슈낀 시 13편. 「쨔르스꼬예 마을에서의 추억」 외, 『뿌슈낀 선집』, 조쏘출판사 『쏘련 시인 선집 2』 17편, 국립출판사 『쏘련 시인 선집 3』 7편, 국립출판사 나기쉬낀, 「동화론」, 『아동과 문학』 12월호
1956		「까치와 물까치」, 『아동문학』 1월호 「지게게네 네 형제」, 『아동문학』 1월호 「소나기」, 『소년단』 8월호 『아동문학』 12월호(2편): 「우레기」, 「굴」	「막씸 고리끼」, 『아동문학』 3월호 「동화문학의 발전을 위하여」, 『조선문학』 5월호(평론) 「나의 항의, 나의 제의」, 『조선문학』 9월호(평론) 『소년단』 8월호(2편): 「착한 일」, 「징검다리 우에서」 「1956년도 『아동문학』에 발표된 신인 및 써클 작품들에 대하여 – 운문」, 『아동문학』 12월호	나즴 히크메트 시 39편. 「아나똘리야」, 「새로운 예술」 등, 『나즴 히크메트 시선집』, 국립출판사 레르몬또브 시 3편. 「사려」, 「시인」, 「A И 오도예브스끼의 추억」, 『레르몬또브 시선집』, 조쏘출판사, 1956 블라디미르 로곱스코이 1편. 「아무다리야강 우의 젬스나랴드」, 『조쏘문화』 5월호 엘 워론꼬바, 『해 잘나는 날』, 민주청년사

연도	시	동시	산문	번역
1957	「계월향 사당」, 『문학신문』, 1. 24.	동시집 『집게네 네 형제』(1957. 4.) 수록시: 「집게네 네 형제」 「쫓기달래」 「오징어와 검복」 「개구리네 한솥밥」 「귀머거리 너구리」 「산'골총각」 「어리석은 메기」 「가재미와 넙치」 「나무 동무 일곱 동무」 「말똥굴이」 「배꾼과 새 세 마리」 「준치가시」	「부흥하는 아세아 정신 속에서」, 『문학신문』, 1. 10.(정론) 「침략자는 인류의 원쑤이다」, 『문학신문』, 3. 7.(정론) 「체코슬로바키야 산문 문학 소묘」, 『문학신문』, 3. 28.(평론) 「큰 문제, 작은 고찰」, 『조선문학』 6월호(평론) 「아동문학의 협소화를 반대하는 위치에서」, 『문학신문』, 6. 20.(평론) 「마르샤크의 생애와 문학」, 『아동문학』 11월호(평론) 「아세아와 아프리카는 하나다」, 『문학신문』, 12. 5.(정론)	엘레나 베르만 저, 「숨박꼭질」, 『문학신문』, 4. 25. 니꼴라이 찌호노브 시 74편. 「아름다운 불안 – 『감남'빛 돌서덕 기슭으로』」 등, 『니꼴라이 찌호노브 시 선집』, 조쏘출판사 드미뜨리 굴리아 시 63편. 「바다를 향하여」 등, 『굴리아 시집』, 조쏘출판사 마르가리따 아가쉬나, 「나는 말한다」, 『조선문학』 7월호 「쓰딸린 그라드 아이들」, 『아동문학』 7월호 「조선에 여름이 온다」, 『문학신문』, 일자 미상 솔로호프, 「말은 하나다」, 『문학신문』, 7. 25. 예 에브뚜쉔코, 『10월』, 『조선문학』 9월호 베르만, 「《황혼》의 사상성」, 『조선문학』 9월호 에쓰. 엔. 쎄계예브–첸스키, 「1914년 8월의 레닌」, 『문학신문』, 11. 7. 미르샤크, 「손자와의 이야기」, 『문학신문』, 11. 21.
		『아동문학』 5월호(4편): 「메'돼지」 「강가루」 「기린」 「산양」		
		「감자」, 『평양신문』, 7. 19.		
	「등고지」, 『문학신문』, 9. 19.			
1958	「제3인공위성」, 『문학신문』, 5. 22.	동시집 『네 발 가진 멧짐승들』(추정) 『물고기네 나라』(추정)	「이제 또다시 무엇을 말하랴」, 『문학신문』, 4. 3.(정론) 「사회주의적 도덕에 대한 단상」, 『조선문학』 8월호(정론)	이. 보이챠끄, 「로동 계급의 주제」, 『문학신문』, 1. 9. 아·똘스또이, 「창작의 자유를 론함」, 『문학신문』, 1. 16. (아·똘쓰또이, 『문학을 론함』에서) 「생활의 시'적 탐구 – 웨·오웨치낀의 세계」, 『문학신문』, 2. 6.

연도	시	동시	산문	번역
1958				「국제 반동의 도전적인 출격」, 『문학신문』, 11. 6.
1959	『조선문학』 6월호(5편): 「이른 봄」 「공무 려인숙」 「갓나물」 「공동 식당」 「축복」		「문학신문 편집국 앞」, 『문학신문』, 1. 18.(수필) 「관평의 양」, 『문학신문』, 5. 14.(수필)	
	『조선문학』 9월호(2편): 「하늘 아래 첫 종축 기지에서」 「돈사의 불」			
1960	『조선문학』 3월호(2편): 「눈」, 「전별」	『아동문학』 5월호(3편): 「오리들이 운다」 「송아지들은 이렇게 잡니다」 「앞산 꿩, 뒤'산 꿩」	「이 지혜 앞에! 이 힘 앞에!」, 『문학신문』, 1. 26.(정론) 「눈 깊은 혁명의 요람에서」, 『문학신문』, 2. 19.(수필)	
	「천 년이고 만 년이고…」, 『당이 부르는 길로』(조선로동당 창건 15주년 기념 시집)			
1961	『조선문학』 12월호(3편): 「탑이 서는 거리」 「손'벽을 침은」 「돌아 온 사람」	동시집 『우리 목장』(추정. 리맥, 「아동들의 길동무가 될 동시집」, 『문학신문』, 2. 27.에 언급됨)	「가츠리섬을 그리워하실 형에게」, 『문학신문』, 5. 21.(수필)	

연도	시	동시	산문	번역
1962	「조국의 바다여」, 『문학신문』, 4. 10.	『새날의 노래』(아동도서출판사, 1962) 수록시(3편): 「석탄이 하는 말」 「강철 장수」 「사회주의 바다」	「프로이드주의 - 쉬파리의 행장」, 『문학신문』, 5. 11.(정론) 「이소프와 그의 우화」, 『아동문학』 6월호(평론)	
		「나루터」, 『아동문학』 5월호		

건국을 위한 동원이 강조되고 제도와 개혁의 정착을 위해 대중 계몽이 강조되던 '평화적 건설기'(1946~1950)의 백석은 소련 소설 번역에 몰두했다. 분단 후 한국전쟁기까지 백석의 문단 활동은 주로 소련의 소설 번역에 치중되어 있다. 「자랑」이나 「놀웨이의 벼랑에서」와 같은 단편보다 『낮과 밤』, 『청년근위대』(상·하) 등 장편 소설 번역이 많아 백석의 번역 작업량이 상당했음을 알 수 있다. 이렇게 소련 문학 작품 번역이 많았던 이유는 신생 사회주의 국가 북한이 사회주의 종주국 소련을 모범으로 국가 건설을 꾀했기 때문이다. 소련을 정치, 군사, 문화, 제도 등 사회 전반의 모범으로 삼아 소련의 사회주의 이념을 이식하던 당시 북한에서 소련 문학은 북한 문학의 전범이었다. 소련 문학을 소개하여 대표작을 번역하는 한편 사회주의 문학 이론을 선전하며 북한 문학에 그를 적용하고 계승하는 것이 당시 문학인에게 주어진 임무였다. 광복 전 만주에서 러시아어를 배운

백석은 번역 분과에 소속되어 많은 작품을 번역하였다.

한국전쟁 중 적에 대한 호전성과 적개심, 전쟁 영웅을 그려내던 '전쟁기'에 백석은 작품을 거의 발표하지 않았다. 전후 복구와 사회주의 낙원 건설을 강조하고 '남조선 해방'과 '미 제국주의에 대한 분노'를 표출하던 '전후 복구 건설기'와 대중 동원, 항일 혁명 역사를 강조하고 개인숭배가 강화되던 '천리마 시기'에 걸치는 1953~1958년까지 백석은 시, 동시, 아동문학론, 문학평론, 정치평론, 번역 등 전 분야에서 매우 활발한 작품 활동을 보여주었다. 특히 1956년과 1957년은 시, 동시집, 문학평론, 정치평론, 번역시, 번역시집, 번역 산문 등 양적으로나 다양성으로나 최고의 창작 시기였음을 알 수 있다. 그 이유는 스탈린 사후 소련 문학계에서 불어온 '개인숭배 비판과 창작의 자유'라는 훈풍에 힘입어 북한 문학계도 변화의 시도가 있었기 때문이다. 1956년 10월 개최된 제2차 조선작가대회를 기점으로 북한 문학계에 도식주의에 대한 비판이 일고 이 과정에서 백석도 자신의 문학성과 예술성을 강조하는 문학론을 펼칠 기회를 얻었다. 『문학신문』 편집진으로 등용되면서 북한 문단에서의 백석의 입지도 강화되었다고 할 수 있는데 그 기간이 길지는 않았다. 개인숭배를 비판하던 소련과는 다르게 김일성은 오히려 자신을 중심으로 하는 자주, 주체 등을 내세우며 반反종파투쟁을 마무리했기 때문이다. 도식주의와 개인숭배를 비판하던 백석과 일단의 작가들은 이 과정에서 문학적 숙청이라는 역풍을 맞았다.[23] 삼수 파견 후인 1959년 이후 백석은 꾸준히 시와 동시를 발표하고 작품평과 정치평론 등을 발표한다. 이때 발표한 시들은 언어, 표현 등에서는 분단 전 백석 특유의 어휘와 호흡, 감성을 확인할 수 있지만 주제적으로는 당대 북한 문학계의 요구를 충실히 따른 작품들이었다. 시와 동시의 주제는 협동농장과 같은 노동 공동체에 대한 찬양, 노동대중에 대한 찬양, 공산주의에 대한 혁명적 낭만주의, 남한 정부에 대한 비판, 김일성과 '어머니 당'에 대한 숭배, 교포 송환, 박정희 정부 비판, 미국 비판 등이었고, 정치평론에는 반미 의식, 프로이트와 같은 서구 사상 비판, 소련 등 국제사회주의 찬양 등이 노골적으로 드러났다.

1956~1958년 사이 백석은 예술성을 강조한 시론과 아동문학론을 발표하며 나름의 문학관을 주장하였는데 이 시기에도 백석이 인민의 교양, 사회주의 건설 등의 사회주의 문학에 반기를 들거나 전면 비판을 한 것은 아니다. 백석은 사회주의 국가의 문학이 지닌 지향성과 근본적인 목적을 부정하지 않았다. 다만 사회주의 문학도 문학을 위한 형상성 즉 언어 예술이 갖추어야 할 예술성을 갖춰야 하고 시의 예술성이란 언어를 다듬는 것, 감성을 담는 것이라는 문학적 신념을 굽히지 않은 것이다. 백석의 사회주의, 사회주의 문학은 예술성, 언어, 시적 감성이라는 문학의 범주에서 벗어날 수 없는 것이었다. 비록 시대적 흐름과 요구에 따르고 있지만 시인 백석에게 문학, 시, 언어는 사회주의, 사회주의 문학의 목적을 초월한 더 높은 차원의 것이었을 수도 있다. 이 시기의 북한, 북한 문단, 소련에 대해 좀 더 살펴볼 필요가 있다.

1956년 모스크바의 해빙과 평양의 백석

백석은 리원우 등과 벌인 아동문학 논쟁을 통해 사회주의 문학의 교양성과 도식성에 대한 비판적 시각을 드러내었다. 시의 범주 안에 있는 동시에서 '웃음과 철학'의 시관詩觀, '시정신과 언어적 형상성'을 지키려 하였고, 문학적 형상화 없는 사회주의 교양의 목적성과 도식성을 비판했다. 1956년 리원우와의 논쟁으로 표면화된 백석의 아동문학관은 1954년 3월 『조선문학』에 발표한 고리키Maksim Gor'kii의 글 「아동문학론 초」에 이미 드러나 있었다. 정홍섭[24]은 백석이 번역을 통한 간접 화법으로 개인숭배를 명백히 비판했다고 한다. 개인숭배 비판은 백석 시의 변화를 살필 때, 시의 형상성과 정서의 문제와 함께 다루어야 하는 문제이다. 그러나 백석의 일련의 번역과 아동문학에 관한 평론들이 개인숭배 비판을 표적으로 했다기보다는 문학의 형상성이라는 더 큰 관점에서 씌었다고 봐야 한다. 개인숭배 문제는 1953년 스탈린 사후 사회주의 진영에서 가장 중요한 정치 쟁점이었고 문학에서는 그와 함께 문학의 형상성 제고 문제가 부상하였는데, 백석 또한 그러한 흐름을 읽고 개인숭배 비판과 함께 도래할 정치적 변화에 기대어 문학의 형상성 문제에 집중한 것으로 보인다.

당시의 도식적 문학을 비판하고 문학적 형상성을 제고해야 한다는 주장을 한 문인은 백석뿐이 아니었다. 김순석, 정문향, 리순영 등 일군의 작가들[25]은 짧은 시기이지만 1956년 10월 제2차 조선작가대회에서 이루어진 작가동맹 각급 기관 선거에서 요직을 맡았다.[26] 김순석은 조선작가동맹 중앙위원회 위원, 중앙검사위원회 위원과 『조선문학』 편집위원, 시문학 분과위원장을 맡았으며, 백석은 아동문학 분과위원, 외국문학 분과위원, 『문학신문』 편집위원을 맡았다. 그러나 이들은 1958년 이후 박세영, 윤세평, 한설야 등에 의해 비판받으며 북한 문단의 중심에서 밀려났고, 북한 문학에서 개인숭배와 도식성은 더욱 강화되었다. 이러한 흐름 가운데 백석의 번역과 아동문학 논쟁이 놓여 있다. 백석 시에 나타난 단순하고 명징한 주제 의식과 김일성 찬양, 전형적 수사와 상징들 또한 1958년 이후 북한의 문학적 상황에 비추어 이해할 수 있다. 당시의 상황을 좀 더 자세히 살펴보자.

1953년 3월 스탈린이 사망한 이후 흐루쇼프Nikita Khrushchyov는 스탈린의 개인숭배와 폭압정치를 비판하였다. 스탈린 시절 수감된 수많은 정치범을 석방하며 소련 사회의 '해빙解氷'[27]을 이끌었다. 1956년 2월 14일~26일 제20차 소련공산당대회에서 흐루쇼프는 비밀 연설을 하였는데, 이 연설에서 그는 신격화된 스탈린의 개인숭배가 마르크스·레닌주의와 소련 공산당에 해악을 끼쳤으므로 문학, 예술, 과학, 경제 등의 모든 분야에서 개인숭배와 관련된 것을 배격해야 한다고 강하게 주장했다. 또, 미국, 영국 등과 전쟁을 피하고 우호, 협력, 교류를 지향할 것을 선언하며 소련 사회의 훈풍을 가속화하였다. 러시아 문학사에서는 그 시기의 문학을 '해빙기 문학'으로 부르며 도식적 사회주의 문학에서 벗어난 러시아 문학의 봄으로 평가한다. 문학예술총동맹 외국문학 분과위원으로 활동하던 백석이 주로 번역한 시모노프Konstantin Simonov[28]와 파데예프Aleksandr Fadeev는 소련 문학 해빙기의 주도적 인물이었고, 백석이 번역한 장편 소설 『고요한 돈강 1·2』의 저자인 카자크 작가 숄로호프Mikhail Sholokhov 역시 이 같은 분위기에서 인정받은 인물이다. 숄로호프는 혁명적 주인공을 내세우지 않고도 미학적 성취를 이룬 소련의 대표 소설가로, 지역적으로나 미학적으로나 사회주의 문학의 도식성에서 벗어나 있는 작가였다. 백석은 소련 문학을 번역하고 동화문학론을 쓰면서 북한 문학의 해빙을 염두에 두었을 것으로 판단된다. 소련 문학에 해빙이 오고 문학의 문학성이 주장되며 사회주의 문학의 도식성이 비판되는 시간이 북한 문학에도 올 것으로 믿었을 것이다. 이는 그가 1950년대 초반에 집중적으로 번역한 소련 시와 소설의 면면을 살펴보면 알 수 있다. 또 백석이 이 시기에 시와 동시 창작을 재개한 것 또한 우연이 아니었을 것이다.

그러나 개인숭배를 가속화하던 김일성에게 소련 공산당 20차 대회는 위협적인 것이었고, 이러한 훈풍이 북한 내부에 전해지는 것은 두려운 일이었다. 흐루쇼프와 소련 공산당의 개인숭배 비판을 등에 업고 실제적인 반김일성 움직임을 보인 김두봉, 박창옥, 최창익 등의 소련파, 연안파 연합세력이 1956년 8월 당 전원회의에서 김일성을 공격하였으나 실패로 끝났고 많은 학자들이 사상검토회의의 대상이 되어 희생당했다고 한다.[29] 이른바 '8월 종파' 사건이 시작되어 숙청으로 이어졌다. 10월 2차 작가대회 이후 문학계에도 지형 변화가 일어났다. 문학성에 대한 자신의 신념을 피력한 김순석과 백석이 표적이 되었을 것이다. 백석이 1957년 4월에 발표한 동시 「메'돼지」, 「강가루」는 수정주의 부르주아 성향으로 지속적인 비판의 대상이었으며, 1957년 9월에 발표한 「등고지」는 누구의 주목도 받지 못해 긍정이든 부정이든 논평의 대상조차 되지 못하였다.[30] 8월 종파 사건의 여파는 권력층은 물론, 문단, 대학, 언론 등 지식인 사회 전반에 대한 검증과 숙청으로 확산되고 있었고, 많은 지식인들이 숙청되거나 지방으로 축출되었다. 여기에 백석 또한 예외가 아니었다.

8월 종파 사건의 핵심은 김일성이 스탈린과 같이 개인 독재와 개인숭배를 강제하는 것에 대한 지식인들의 저항이었고 이에 김일성은 숙청으로 맞섰다. 8월 종파 사건 이후 북한 사회는 김일성 독재와 숭배가 강화되었고 이는 이후 주체사상, 주체주의로 발전되는 양상을 보인다. 1950년대 말부터 1960년대 초까지 계속된 중국과 소련의 대립은 김일성이 자주노선自主路線을 택하게 하는 빌미가 되었다. 중국 공산당은 자유세계와 교류 협력하는 흐루쇼프를 수정주의라 비판했고, 소련 공산당은 자신들에게 반대하는 중국 공산당을 국제종파라 비판하며 중소 분쟁을 이어갔다. 1960년 10월 모스크바에서 열린 81개국 공산당·노동당 회의에서 중국과 의견을 같이하여 소련 공산당을 비난한 것은 알바니아, 베트남 등 8~9개국의 극소수였으나, 개인숭배를 고착화하려는 김일성의 선택은 당연히 중국이었다. 김일성은 중소 분쟁의 틈바구니에서 어디에도 속하지 않고 독자 노선을 추구하겠다는 명분 아래 '주체'를 강조하기 시작한다. 이후 북한 사회의 경직성은 주체의 미명 아래 더해졌다. 연안파 지식인들이 숙청되고 남한 출신 지식인들이 핍박받을 때, 백석은 김순석 등과 1959년 1월 현지작가로 파견되었다. 백석이 연안파도 남한 출신도 아니었지만 그들에 동조하여 북한 문학의 도식주의를 비판했기 때문이다. 이는 사실상의 숙청이라 판단된다. 물론 현지작가 파견이 무조건 숙청을 의미하는 것은 아니지만, 정황상 삼수 관평의 목축 노동자로 파견되어 간간이 시를 발표했을 뿐 결국은 중앙 문단에 복귀하지 못한 백석의 말년은 정치적 숙청의 결과로 보는 것이 타당하다.

삼수 관평에 배치된 후 백석은 사회주의 리얼리즘에 입각한 시와 사회주의 문학 옹호를 주제로 하는 정론 형식의 글을 발표하고, 「문학신문 편집국 앞」, 「관평의 양」 등을 『문학신문』에 기고하며 자신의 사상을 당의 요구에 맞게 개조할 것과 붉은 작가, 훌륭한 조합원이 될 것을 다짐하기도 하였다. 다음과 같이 당 정책에 부응하는 시를 쓰기도 하였다.

해가 떠서도, 해가 져서도
남쪽 북쪽 조국의 하늘을
가고 오고, 오고 가는 심정들 같이
남쪽 북쪽 조국의 바다를
오고 가고, 가고 오는 물'결들,

이 나라 그 어느 물'굽이에서도
또 그 어느 기슭에서도
쏴- 오누라고 치는 소리 속에
쏴- 가누라고 치는 소리 속에

물'결들아,
서로 껴안으라, 우리 그렇게 껴안으리라
서로 볼을 비비라, 우리 그렇게 볼을 비비리라
서로 굳게 손을 쥐라, 우리 그렇게 손을 쥐리라
서로 어깨 겯으라, 우리 그렇게 어깨 겯으리라

이 나라 남쪽 북쪽 한피 나눈 겨레의
하나로 뭉친 절절한 마음들 물'결 되여 뛰노는
동쪽 바다, 서쪽 바다, 또 남쪽 바다여,
칼로도 총으로도 또 감옥으로도
갈라서 떼여 내진 못할 바다여,
더러운 원쑤*들이

오직 하나 구원 없는 회한 속에서
처참한 멸망을 호곡하도록
너희들 노호하라, 온 땅을 뒤덮을듯,
너희들 높이 솟으라, 하늘을 무너칠듯.

그리하여 그 어느 하루 낮도, 하루 밤도
바다여 잠잠하지 말라, 잠자지 말라
세기의 죄악의 마귀인 미제,
간악과 잔인의 상징인 일제
박정희 군사 파쑈** 불한당들을
그 거센 물'결로 천 리 밖, 만 리 밖에 차던지라.

-「조국의 바다여」(『문학신문』, 1962. 4. 10.) 부분

"세기의 죄악의 마귀인 미제, / 간악과 잔인의 상징인 일제 / 박정희 군사 파쑈 불한당들"을 직접적으로 비난하며 조국의 바다에 치는 물결이 이들을 차 던지라는 내용의 이 시는 명징한 주제, 반복과 원색적 표현, 상투적 대조와 격정적 어조 등 당시 북한 시들의 그것과 다를 바가 없다. 특히 박정희 정부를 비난하는 내용은 1960년대 초반 북한 문학의 한 주제였고 이 시 또한 일련의 주제 창작시에 속한다.

*원쑤: '원수'의 북한 말.
**파쑈: 파시즘의 성질을 띤.

『백석 문학전집 2 산문·기타』(서정시학, 2012)에 수록된 「가츠리 섬을 그리워하실 형에게」는 이석훈李石薰에게 보내는 편지 형식의 글이다.[31] 이 글에서 백석은 이석훈에게, 일제강점기에 함께 민족의 장래를 걱정하던 '형'이라면 지금의 상황에서 침묵하지 말고 박정희 군사 정권에 맞서 "일떠나 싸우라"고 호소한다.

천년이고, 만년이고 먼먼 훗날
이 영웅을 사모하고 존숭하는 사람들 속에
내 문득 다시 태여난다면 얼마나 좋으랴!
내 동쪽 나라들에도, 서쪽 나라들에도 가며
내 그들에게 자랑하여 말하리라 —
내가 바로 그 영웅이 세운 나라 사람이였노라고,
내가 바로 진리 위해 싸운 그 영웅의 전사였노라고,
우리 그 이 얼굴 뵈올 때마다 우리의 심장 높이 뛰였더라고,
그 이 음성 들을 때마다 우리의 피는 뜨겁게 끓었더라고.

그럴 때면 그 사람들 나의 말을 향하여
열광하는 환호 그칠 줄 모르리니,
이 해일 소리 같은 요란한 소리 자기를 기다려
내 목청 높여 다시 한 마디 이을 말 —
그 사람들 다 알지 못 할 한 마디 말 웨치리라 —

"우리들 그 이의 뜻 가는 데 있었노라

우리들 그 이의 마음 속에만 살았노라.
그 이는 우리들의 자유였더라, 행복이였더라
그 이는 우리들의 청춘, 우리들의 사랑,
우리들의 목숨, 우리들의 력사였더라,
그 이는 우리들의 모든 것의 모든 것이였더라!"

–「천 년이고 만 년이고…」(『당이 부르는 길로 – 조선로동당 창건 15주년 기념시집』, 조선작가동맹출판사, 1960. 10.) 부분

당 창건 기념 시집, 해방 후 기념 시집 등의 기획 시집에는 북한의 거의 모든 시인들이 동원되며 그 시들은 찬양과 칭송 주제 일변도이다. '그 이'가 적시하는 것이 무엇인지 매우 분명한 이 시에서 형상성 없는 구호, '웨침', 반복, 도식을 경계하던 백석의 모습을 찾아보기 어렵다. 자유, 행복, 청춘, 력사, 영웅, 뜨거운 피 등의 시어는 분단 전 백석의 언어가 아니었다. 때문에 독자들은 이 시에서 시인의 내적 고통과 생존을 위해 순응한 한 사람을 보고자 할 것이고 필자 또한 그런 결론으로 돌아가고 싶지만, 앞서 말했듯이 낯선 백석의 시와 시어들 또한 문학적 사실로 받아들여야 한다. 그리고 그것을 북한 문학의 맥락 안에서, 당시의 북한 시인들과의 비교 안에서 해명해야 한다. 그것이 백석 시, 백석 문학 전체를 더욱 풍요롭게 이해하고 누리고 사랑할 수 있게 할 것으로 믿는다. 그가 비록 북한에서는 외롭고 높고 쓸쓸한 화자이지 못하고 직설적으로 외치고 찬양하며 동조하는 화자였을지라도 그 또한 백석의 모습일 것이다.

1959년 붉은 편지와 삼수 관평의 백석

「문학신문 편집국 앞 - 현지에서 온 작가들의 편지」(1959. 1. 18.)는 현지로 파견된 백석이 삼수에서 『문학신문』의 첫 호를 보고 반가운 마음을 담아 『문학신문』 편집국에 보낸 편지이다. 북한에서는 분단 직후부터 문예 조직 정비와 중앙 통제를 위해 현지에 작가를 파견하였는데, 보통 현지에 파견된 작가들은 보고나 기고의 형식으로 현지작가 활동을 소개하였다. 현지작가 파견을 통해 북한 문예 조직은 지방 문예 단체를 중앙 조직 아래 정비하고 현황을 파악하는 한편, 중앙 문예 정책을 하달하였다. 현지작가들은 지방 문예 단체에서 활동하며 그들의 요구를 중앙 문단에 전하는 역할을 하거나, 현지 노동자와 함께 노동을 체험하며 노동자들이 문학을 즐길 수 있도록 노동 주제 문학을 창작하였다. 백석 또한 현지에 파견된 작가였지만 그의 파견은 분단 직후와 같은 조직 정비 차원은 아니었던 것으로 보인다. 그의 현지 파견은 1950년대 말에 이루어졌고 그는 노동 체험을 끝낸 뒤 문단에 복귀하지 못했기 때문이다.

중앙 문단 복귀에 대한 판단과 자의성 여부의 문제는 좀 더 논의할 사항이지만, 드러난 자료로만 판단할 때 백석은 1960년대 초까지 현지 보고 형식의 글과 시와 동시 등을 창작하는 현지작가 시인이었다. 백석은 현지에서 작가로서 『문학신문』과 같은 문예지에 현지 보고 형식의 짧은 글을 기고하였고, 『조선문학』, 『아동문학』 등에 60년대 초까지 시와 동시를 간헐적으로 기고하였다. 또, 리맥의 서평(『문학신문』, 1962. 2. 27.)을 통해 간접적으로 존재가 드러난 동시집 『우리 목장』(1961)을 발간했다고 한다. 『문학신문』 편집국 앞으로 보낸 그의 글은 당 문예 정책의 하달에 대한 보고 이거나, 중앙 문예 단체에 도움을 요구하는 형식의 글로는 보이지 않는다. 백석은 이 글에서 삼수에 도착한 지 일주일 되었으며, 양에게 먹이도 주고 새끼도 받고 양 떼를 방목지로 몰고 가는 일을 한다고 밝힌다. 그가 일하는 곳은 혜산시에서 90리, 삼수읍에서도 10리나 떨어진 깊은 산협으로 개마고원의 한 자락임을 알 수 있다. 그곳에서 백석은 "제가 기필코 당과 수령이 요구하는 로동 계급 사상으로 개조되여야 할 것을 마음 다지고 있"으며 "당이 기대하는 붉은 작가로 단련되"어 "맡겨진 일에 힘과 마음을 다하여 훌륭한 조합원이 되여 좋은 글을 쓸 것을 다시 한번 맹세하"고 있다.

백석의 이러한 사상 개조와 붉은 작가로 단련되겠다는 다짐을 통상적인 북한 작가들의 수사로 볼 수 있으나 1950년대 후반 북한 문단의 상황을 고려하면 좀 더 적극적인 판단을 할 수도 있다. 이 편지를 보내고 몇 달 후 백석은 『문학신문』에 「관평의 양」(1959. 5. 14.)을 기고하는데, 파견 작가 '현지수첩' 형식의 이 글에서 백석이 "당의 붉은 편지를 받들어 로동 속으로 들어"왔으며 "좀 더 거센 로동 속으로 들어가고 싶은 뜻을 조합지도부에 말하여 내가 축산반을 떠나 농산반으로 옮겨" 감자밭에 두엄 내고 소를 모는 일을 하였음을 알 수 있다. 1950년대 중반까지 아동문학과 외국문학 분과에서 활발히 활동한 백석이 삼수 관평으로 오기 전에 특별한 상황이 있었으며, 그것은 북한 문단의 변화와 무관하지 않다. 일부 논자들은 이즈음을 '붉은 편지' 사건으로 칭하는데, 북한 사회에서 붉은 편지란 당원들에게 전달되는 결정 내용 같은 것이지 이 편지를 받으면 곧 숙청당하는 '살생부'는 아닌 것으로 보인다.

보통 당 정책을 설명하기 위해 당원들에게 보내던 '붉은 편지'는 2020

년 현재까지 몇 차례 보내진 것으로, 북한 매체에서 자주 등장하지는 않지만 당의 결정을 편지로 알리는 형식의 일반적인 명칭이지 고유한 사건을 특화하여 부르는 명칭으로 보기는 어렵다. 황장엽은 1958년 1월부터 근무한 중앙당 서기실에서 김일성의 연설문을 쓰거나 당중앙위원회 이름으로 나가는 '결정서' 또는 '붉은 편지'를 썼다고 회고한다.[32] 김광인에 따르면, 당 위원회가 1974년 김정일 후계 결정을 위한 절차적 과정으로 결정서와 함께 그 의미를 설명하는 '붉은 편지'를 보내어 회람시켰다는 보고도 있다. "당중앙위원회 제5기 7차 전원회의 이후 회의 결정서와 그 의미를 설명하는 '붉은 편지'를 전당적으로 세포마다 회람시켰다. 그리고 세포별로 이 문제를 토의하고 환영해서 김정일을 유일한 후계자로 추대하고 받들 것을 맹세하는 결의서와 당원 개개인의 맹세문을 당중앙에 올리는 조치를 취하였다"는 것이다.[33] 이를 통해 '붉은 편지'가 숙청 대상에게 전달되는 선고라기보다는 당 결정 내용을 담은 편지 형식임을 알 수 있다. 이렇듯 붉은 편지를 받는 자체가 숙청이나 징벌을 의미하지는 않으나 사안과 인물에 따라서 계고와 경고의 의미로 읽혀질 수는 있다. 백석은 경고와 징벌에 가까운 이 붉은 편지를 받고 현지 파견되었고 그곳에서 자신의 사상을 개조할 것과 붉은 작가, 훌륭한 조합원이 될 것을 맹세하는 '답장'을 보낸 것이다.

1950년대 후반은 북한 당국의 문화예술 통제로 인해 도식화되는 문학에 대한 작가들의 반성과 비판이 제기되던 시기이다. 앞서 밝힌 대로 이러한 반성과 질타는 스탈린 사후에 일어난 스탈린 비판과 소련 문학의 해빙 기류에 영향을 받은 것이다. 소련 문학계는, 사회주의 리얼리즘의 절대적 권위 아래 당 정책 홍보 수단으로 전락한 스탈린 시절 소련 문학에 대한 비판과 자성의 목소리를 내었고, 이는 1956년 10월에 열린 북한의 제2차 작가대회에서 김순석, 홍순철의 무갈등론과 도식주의 비판으로 재현된다. 작가동맹 중앙위원회 시 분과위원장이 된 김순석과 몇몇 작가들은, 사회주의 이념을 신봉하는 인물만을 그려낼 뿐 인물 간의, 또는 세계와의 갈등을 허용하지 않는 무갈등론, 사회주의 리얼리즘 지향, 낭만성으로 귀결되는 도식적 문학을 비판하며 다채로운 표현과 형상성, 서정성을 주장하였다. 그러나 이러한 북한 문학의 변화는 소련 문학의 해빙처럼 길지 못하였다. 김순석 등은 1958년 이후 박세영, 윤세평, 한설야 등에 의해 '부르조아 사상의 잔재'로 비판을 받고 현지 노동 작가로 파견되었다. 이후 김순석은 북한의 중앙 문단에 복귀하지 못하고 시 창작 교육자로 일생을 살아간다. 1956년에서 1958년 어름에 일어난 일이다. 아동문학 또한 문학적 형상성을 가져야 한다며 아동문학계의 도식주의를 비판하던 백석 또한 그들과 함께 1959년 1월 현지작가로 파견된 것이다.

이후 백석은 『조선문학』 1960년 3월호에 「돈사의 불」, 「눈」, 「전별」, 1961년 12월호에 「탑이 서는 거리」, 「손'벽을 침은」, 「돌아 온 사람」, 1962년 4월호에 「조국의 바다여」 등의 시를, 『아동문학』 1962년 5월호에 동시 「나루터」를 발표한다. 그 뒤 1996년 작고할 때까지 백석이 작품을 발표하지 않았는지 남한의 연구자들이 찾을 수 없었는지 알 수 없지만 1962년 이후 백석의 작품은 확인할 수 없다. 삼수 관평에서 백석은 사회주의 리얼리즘에 입각한 시와 사회주의 문학 옹호를 주제로 하는 정론 형식의 글을 발표하지만 결국 중앙 문단에 복귀하지 못하고 일생을 마쳤다.

분단 후 백석을 읽어야 하는 이유

백석이 북한에서 발표한 시에 대한 연구는 분단 전 백석의 시 연구는 물론이고 분단 후 발표한 동화시 연구보다 소략한 것이 사실이다. 그도 그럴 것이, 「흰 바람벽이 있어」, 「남신의주 유동 박시봉방南新義州柳洞朴時逢方」에서 백석이 보여준 우수와 감성, 세련된 언어 감각을 기억하는 독자에게 "더러운 원쑤들 (중략) 세기의 죄악의 마귀인 미제, / 간악과 잔인의 상징인 일제 / 박정희 군사 파쑈 불한당들을 / 그 거센 물'결로 천 리 밖, 만 리 밖에 차던지라"[34]는 원색적 비난과 적개심으로 가득한 시는 백석의 시로 인정하기 힘든 낯선 텍스트이기 때문이다. 그래서 연구자들은 이런 시편들을 북한의 억압적 체제 아래 강요된 시, 생존을 위해 쓴 억지 시로 판단하고 외면하거나 백석 시의 논의 범주와는 다른 태도로 접근하여 왔다. 백석이 북한에서 발표한 시들은 마치 백석의 변심이나 훼절을 전하는 추문과도 같이 취급되었던 것이다. 때문에 연구자들에게 이런 시들은 체제에 적응하고 살아남기 위한 거짓과 위장의 텍스트일 뿐이며, 백석 시의 범주로 인정할 수 없는 부정의 대상일 뿐이었다. 추문 같은 그의 작품을 부정하거나 외면하거나, 또는 정반대로 적극적으로 그 안에 숨겨진 시인 백석의 '시심詩心'을 변호하거나 하는 태도 중의 하나를 많은 연구자들이 취해왔다.

이런 이유로 분단 이후 백석에 대한 연구 중에는 북한 체제를 옹호하는 시보다 번역시, 동화시, 동화문학론을 통해 백석의 시심과 시관, 그리고 북한 문학에 절대 동화될 수 없었던 백석의 내면을 설명하려는 연구들이 적지 않다. 백석의 번역시를 대할 때 이러한 경향은 더욱 커진다. 이런 연구들은 번역 텍스트 자체에 대한 논의보다 번역이라는 행위를 택한 백석의 선택을 더욱 중요한 결론으로 삼고 있다. 이는 시의 번역이 직접적인 시적 발화는 아니지만 번역 대상 작가와 번역시, 시어의 선택을 번역자의 문학적 행위로 전제한 결과이다. 백석의 번역에 접근할 때 번역 텍스트 자체보다 창작이 아닌 번역을 선택한 이유, 내면에 대한 해석과 추측 등에 더 무게를 두는 것이다. '번역시 창작 행위는 북한 체제에서는 차마 문학을 할 수 없던 백석의 의도적 선택'이라는 결론은 백석의 다른 모습을 있는 그대로 인정하고 싶지 않은 연구자의 주관과 욕망의 산물일 수 있다.

시 번역과 동화시, 동화문학론 창작이 시 창작보다 당 문예 정책 적용과의 거리를 둘 수 있는 덜 직접적 발화이기 때문에 백석이 택했으리라는 가설이 많고 그것이 이해되지 않는 바는 아니지만, 백석 문학 전체를 살펴 백석의 분단 후 발표 시를 논할 때 이러한 접근법은 경계할 필요가 있다. 이는 일반의 상식과 감성에 기초하고 있고 어떠한 근거도 찾을 수 없으므로 유추나 추론보다는 추측에 가깝기 때문이다. 추측이 판단과 분석의 전제와 근거에 놓일 수는 없다. 번역과 동화시 창작이 엄폐물이며 그의 문학적 진실과 진심은 다른 곳에 있으리라 단정하는 태도는 급기야 시를 제외한 그의 창작을 부정하는 것에 이를 수도 있다. 더 나아가 이는 백석 시 전체를 분석하는 데에도 영향을 미친다. 분단 후 백석의 창작 활동이 마음껏 드러내지 못하는 '것'의 엄폐 대용물로 이해된다면, 그의 시 또한 텍스트 자체에 대한 분석보다 시인의 생존적 고뇌와 왜곡된 삶에 느꺼워하는 감정적 평가로만 다루어질 수 있기 때문이다. 이때에 시 텍스트는 분단 현실과 분단국가의 시인이 짊어진 운명과 고통을 재구성하는 재료로만 남을 뿐이다. 백석 시는 없고 시인 백석의 고통과 갈등만 남는 것이다. 필자 또한 백석 시뿐 아니라 몇몇 월북 문인의 작품을 대하면서도 그러한 태도를 보였던 것이 사실이다. 그러나 그들의 시는 없고 시인의 굴욕적인 삶만이 남는 것은 문학적 텍스트 분석의 결과일 수 없다. 이러한 태도는 백석 시 연구에도 북한 시 연구에도 아무 도움이 되지 못한다. 시를 시 텍스트로 인정하지 않았기 때문이다. 시 텍스트로 인정되지 않은 시의 분석이란 변호, 상상, 추측 이상의 것일 수 없다. 물론 "더러운 원쑤", "군사 파쑈 불한당들"이 백석 시의 본령이라고 주장하는 것은 아니다. 다만, 그의 시가 소문이 아니라 실재實在하는 문학사적 사실임을 인정해야 한다는 것이다. 우리가 오래도록 열광한 것이 백석의 삶만이 아니었다면 더욱더 그의 시를 객관적 시 텍스트로 판단하고 연구하는 과정이 필요하다. 그래야만 백석 시에 대한 연구도, 백석에 대한 연구도 한결 풍성해질 수 있다.

분단 후 백석이 북한에서 쓴 시에서 과거 백석 시의 모습을 확인하고 싶은 욕망 또한 경계해야 할 연구자의 태도이다. 이는 서정적이고 아름다웠으며 세련된 감성으로 충만한 그의 시를 기억하는 독자가 취하는 가장 자연스러운 태도인 것이 사실이다. 그러나 북한에서 발표한 백석 시에서 백석의 옛 모습을 찾아내는 것에 골몰하거나 변화의 지점을 부각하려 하거나, 나아가 이를 통해 시보다는 백석의 내면과 처지를 부각하려는 감정적 시도 모두 다음 단계의 백석 시 연구를 위해 거치게 되는 과정인 동시에 뛰어넘어야 할 과정이다.

이제 필요한 것은 백석의 시와 문학을 북한 시의 범주에서 논하는 것이다. 당연해 보이지만 여태 그렇게 하지 못했고 그런 시도도 많지 않았다. 북한 문학은 사회주의 문학, 사회주의 리얼리즘 문학 일반과 비교해서도 특이한 문학이다. 러시아 문학에서는 개인숭배 문제가 스탈린 이후 도전을 받고 부분적으로 극복되기도 한 반면, 같은 계기를 맞으면서도 북한에서 개인숭배는 더욱 강화되는 쪽으로 진행하였다. 또 북한이 마르크스·레닌주의와도 다른 그들만의 사회주의 체제를 강행하였듯이 북한 문학 역시 개인숭배와 극단의 정치적 종속성으로 비정상적 진행을 보였다. 이러한 상황에서 북한 문학 속에 위치한 백석 시의 자리는 서정시인의 비극적 말년으로 단순화될 수 없다. 북한, 북한 문학, 사회주의 문학이라는 중층적 시각에서 백석의 시와 아동문학, 번역이 연구되고 평가받아야 할 시점이다.

만주 시절—러시아 문학 번역과 시인의 슬픔

백석과 러시아 문학 번역

백석은 1930년 〈조선일보〉 '신춘독자문예당선소설新春讀者文藝當選小說'에 「그 모母와 아들」로 등단한 이후 시 창작과 함께 「이설耳說 귀ㅅ고리」,[35] 「임종臨終 체홉의 유월六月」[36] 같은 10여 편의 번역 산문, 토마스 하디Thomas Hardy의 장편 소설 『테쓰』[37] 등을 번역하며 번역에도 관심을 기울였다. 만주 시절에는 러시아 소설가 바이코프Nikolai Baikov의 「식인호食人虎」, 「초혼조招魂鳥」, 「밀림유정密林有情」 등을 번역했고 분단 후 북한 문단에서는 외국문학 분과에 속한 번역 작가로 활동하면서 소비에트연방의 많은 작품을 번역했다. 스탈린 사후 달라진 소련 문학의 기류에 영향을 받아 도식성을 잠시 벗어난 북한 문단에서 자신의 시 창작을 재개하는 1957년 전까지 백석은 20여 편에 이르는 러시아 소설과 220여 편의 번역시를 발표하며 전문 번역가로 활동했다. 백석의 번역은 작품의 편수도 많지만 시, 소설, 동화, 동화시, 평론, 산문 등 여러 장르를 아울렀고 그 수준 또한 높았다고 평가되므로 백석 문학 전체를 조망할 때 번역자 백석의 면모 또한 중요하게 살펴야 한다. 뛰어난 번역가였던 백석의 번역에 대한 연구는 백석 연구의 경계를 확장시키는 것은 물론이고 우리나라 번역문학 연구의 깊이를 더하게 될 것이다.

만주 시절 백석은 「북방北方에서」, 「흰 바람벽이 있어」와 같은 명편名篇의 시를 경성 문단에 보내는 한편 러시아어를 배우며 바이코프의 작품 몇 편을 번역해 발표한다. 번역까지 할 정도에 이른 만주 시절의 러시아어 학습은 해방 후 북한에서 조만식의 러시아어 통역 비서로 일하는 계기가 된다. 오산학교 교장이었던 조만식과의 개인적 인연과 함께 러시아어를 할 줄 안다는 것은, 우연한 이유였지만 백석이 북한 문단에 남아 북한 시인으로 살아가게 된 결정적 계기라 할 수 있다. 이후 모든 분야에서 소련을 따라 배우던 북한의 친소 정책에 따라 북한 문단이 조직적으로 독려한 소련 문학 번역 사업에 참여한다. 북한에서 백석이 번역한 작품의 대다수가 러시아 문학인 이유가 여기에 있다.

러시아어 문학 번역의 시작은 사회주의 소련 문학이 아니라 당시 만주에 거주하던 백계白系 러시아인 작가 바이코프의 글이었다. 「식인호」, 「초혼조」는 소설로 보기엔 길이가 짧고 주제와 내용이 단순한 소품이며 「밀림유정」은 뒷부분이 완성되지 못한 채이지만, 백석 번역의 대부분을 차지하는 러시아 문학 번역 초기의 모습을 살펴볼 수 있고 간접적이나마 만주 시절 백석의 언어와 내면을 파악하는 실마리가 될 수 있다.

백석 번역에 대한 학계의 관심이 높아지면서 관련 연구 성과가 꾸준히 제출되고 있다. 이미 알려진 백석 번역 작품의 수가 많고 종류도 다양한데다 수준도 상당하다는 평가를 받고 있기 때문이다. 또 지속적으로 백석의 번역 작품이 발굴되고 있고 북한 자료를 통해 발굴될 여지가 있어 백석 번역에 대한 연구는 더 활기를 띨 것이다. 러시아 시 번역[38]과 아동문학 번역에 관한 연구,[39] 소설·산문에 대한 연구[40]와 함께 최근에는 일본어 번역, 영역英譯[41] 등으로 백석 번역문학 연구의 범위가 확장되고 있다.

러시아 문학 번역에 대한 연구자들의 견해를 종합하면 백석의 번역은 출발언어인 러시아 문학에 나타나는 많은 방언과 의성·의태어 등이 자연스러운 우리말로 잘 변환된 번역으로, 뛰어난 시인이었던 백석은 번역에서도 유려함과 언어적 감각을 보여주었다.[42] 정선태는 백석의 러시아 시 번역이 유려한 언어의 조탁彫琢, 토속성, 서정성이 드러나는 뛰어난 번역이라고 평가한다.[43] 만주 시절 백석이 "서정시를 쓰지 못하는 시대, 아예 시다운 시를 쓸 수 없는 폭압의 시대를 살아낼 수 있는 방법 중 하나로" 번역을 택했으며 "번역을 통해 감성의 고갱이인 언어를 간수하고 아울러 밀림을 상상함으로써 사상의 타락을 방어하려 했던 것"으로 보았다.[44]

번역은 출발언어와 도착언어 사이에서 이루어지는 창작이기에 러시아어 원문을 해독하여 백석의 번역문을 비교하고 평가하는 과정이 우선적이고 필수적이지만, 이 논문을 포함한 대부분의 백석 번역 연구는 백석의 번역문만을 연구하거나 다른 이의 번역본과 백석의 번역본을 비교하는 방법으로 이루어졌다. 러시아 문학 전공자 석영중과 배대화는 백석의 번역을 출발언어와 비교하고 평가함으로써 이러한 한계를 극복하였기에 주목할 만하다.

석영중은 백석의 푸시킨Aleksandr Pushkin 시 번역을 "위대한 시인이 다른 나라의 위대한 시인을 번역하여 번역과 창작의 경계를 허문 사례"로 들었다. 석영중은 백석이 "번안시, 정치적인 송시풍의 시를 제외한다면 대부분이 러시아의 자연 풍광에 대한 사랑, 어린 시절 돌보아주던 유모에 대한 그리움, 카프카즈의 장엄한 풍경에 대한 경외감, 인생과 운명에 대한 비애 등, 보편적이면서도 감정이입이 가능한 주제"의 시를 택했다고 보았다. 또 러시아 시는 약강격과 같은 율격이 반드시 지켜지는 정형시이므로 그 번역이 쉽지 않은데 백석은 매우 자연스럽게, 또 문장 구문을 바꾸면서 푸시킨의 의도를 손상시키지 않는 탁월한 번역을 보여주었고, 원전과 번역의 경계를 허물고 두 시인을 하나로 결합시킨 예술의 진실함을 백석의 번역시에서 볼 수 있다고 높게 평가했다.[45]

러시아 문학 전공자로 백석 번역에 대한 의미 있는 연구를 꾸준히 제출하고 있는 배대화는 최근 예술적 문체 분석의 관점에서 숄로호프의 『고요한 돈』의 백석 번역을 면밀히 연구하여 그 장단점을 밝혔다. 백석이 원작의 방언과 토속어 표현 면에서 형용사 번역과 색깔을 표현하는 복합형용사 구사가 다소 미숙했으나, 대체로 원작의 예술적 성취를 잘 보여주는 다채로운 표현을 구사하여 러시아 문학 번역의 모범이 될 만하다고 배대화는 평가했다. 또 백석이 러시아어 의성동사들에 충실히 대응하는 한국어의 의성어를 사용함으로써 원작의 '서술적 분위기'를 성공적으로 보였다고 했다. 한편 러시아어의 동사를 '부사+동사'로 번역한 경우에 대한 분석은 다음 과제로 남겨 두었다.[46]

번역은 원작자의 말을 옮기는 것이므로 번역자의 직접적 발화일 수 없으며 번역 작품에서 선택된 언어 역시 온전한 번역자의 언어일 수 없다. 하지만 어떠한 작품을 번역할지를 선택하는 것과 어떤 표현으로 옮길 것인지, 어떠한 분위기와 입장에서 주제를 부각할 것인지는 번역자의 몫이다. 물론 분단 후 친소 정책 기조의 북한 문단에서 번역자 백석에게 작가, 주제를 선택할 수 있는 자유가 어느 정도까지 허용되었는지는 아무도 알 수 없고 추측할 수도 없다. 남겨진 혹은 발견된 텍스트와 언어를 통해 문학적 판단을 할 수 있을 뿐이다.

만주 시절은 「북방에서」, 「흰 바람벽이 있어」와 같은 분단 전 마지막 시들과 러시아 문학 번역의 시작이 공존하던 시기이다. 1942년을 기점으로 백석의 시 창작이 줄어든 것은 일제의 국민문학 정책의 영향일 것이다. 만주에서 활동하는 작가 바이코프의 작품을 번역한 것은 조선어로 시를 쓸 수 없었던 시기, 백석의 문학적 선택이며 문학적 행보이다. 분단 후 북한 문단에서 번역가로 활동하던 1946년부터 1950년대 중반까지 백석의 번역은 작품의 양과 형식적 다양성 면에서 폭발적이라 할 만하다. 한국전쟁 전 북한 문단에서 그는 시인이기보다는 직업적인 러시아 문학 번역자였다. 백석은 북한식 사회주의 문학 수립에 목소리를 내는 다른 문인들과 달리 적극적으로 사회주의 이념을 주장하지 않고 이념 논쟁에서 물러나 번역자의 자리에 있었다. 또 사회주의 국가 건설을 위해 문학의 계몽성과 이념성을 강조한 당시 북한 당국의 거센 요구에도 백석은 문학성과 형상성이 우선되어야 하며 이념성은 문학성으로 드러나야 하고 계급성 또한 문학의 형상성 안에서 이루어져야 한다는 자신의 문학론을 고수하였다.[47]

신생 사회주의 국가였던 당시 북한 사회와 문단은 소련의 사회주의 문학을 소개하고 따라 배우기 위해 소련의 문학 작품 번역을 조직적으로 독려했다. 1917년 혁명을 통해 먼저 사회주의 국가를 출범시킨 소련을 모범으로 삼아 군사, 문화, 예술, 사회, 경제 등의 분야에서 소련을 따라 배우고 소련과의 친선과 지원을 강력하게 추진한 북한 당국의 친소 정책에 의한 것이었다. 1930년대부터 시작된 백석의 번역은 영미 시와 러시아 소설 등으로 다양했지만, 북한 문단에서의 번역은 1947년 시모노프의 소설 『낮과 밤』, 1946년 『뿌슈낀 시집』 등 주로 옛 러시아와 소련 작가들의 작품에 한정되었다. 북한의 당 문예지 명칭은 소련의 문예지 이름을 딴 『문화전선』[48]이었으며 소련의 문학예술 이데올로기와 최근 경향, 사회주의 문학론을 소개하고 작품 번역을 목적으로 하는 잡지 『조쏘문화朝蘇文化』[49]가 창간된 것도 이즈음이다.

외국문학 분과에 소속된 백석 또한 이때부터 시, 소설 등의 사회주의 소련 문학 번역을 시작했다. 1940년대까지는 소설 번역이 많았고 1950년대 초반부터는 시와 아동문학 번역이 많았다. 장편 소설을 포함한 번역소설이 수십 편에 이르고 번역시 또한 200여 편이 넘는 상당한 양이다. 특징적인 것은 그가 소련의 중심인 러시아 시뿐 아니라, 그루지야, 터키 등 소련에 소속되거나 그 영향권 안에 있으면서도 자국의 언어와 풍속을 담아 민족적 색채를 드러낸 주변 민족 시인들의 작품을 많이 선택했다는 점이다. 이 부분은 좀 더 많은 연구가 필요하지만, 토속적 언어와 북방의 정서로 대표되는 백석에게 험한 북방 밀림을 배경으로 한 주변 민족에 대한 관심이 단순한 우연일 리는 없다. 해방 전까지 사회주의를 접할 기회도 없었을 뿐 아니라 이념적 사회 조직이나 단체에 관심이 없었던 만큼 백석은 해방 후 갑자기 동원된 소련 문학 번역 사업을 통해 사회주의를 접하게 되었을 것이다. 백석의 러시아 문학 번역과 해방 후 그가 사회주의 북한을 선택한 것과의 연관성은 백석이 러시아어를 할 줄 알았다는 우연적 요소에 있는 것으로 보인다.

송준은 『시인 백석』(흰당나귀, 2012)에서 백석이 청산학원 시절부터 러시아어를 배우기 시작했으나 사회주의에 경도된 바는 없다고 한다.

① "청산학원 1학년 때 영어를 마스터했으며, 2학년 때에는 프랑스어를, 3학년 때부터는 러시아어를 파고 들었다"고 고정훈은 증언했다. (중략) 그러나 백석은 그 흔한 연애 한번 하지 않았다고 한다. 오로지 공부에만 전념한 것이다. 모여서 정치를 논하는 일도 없었고 당시에 유행하던 좌익 사상에도 빠지지 않았다. (『시인 백석 1』, 87~89면)

② 청산학원 시절의 백석은 독문학과 영문학 담당인 엑 게르만 교수의 총애를 받았다. 특히 독일어는 엑 게르만 교수로부터 실력을 인정받아 수업을 면제받을 정도였다. (『시인 백석 1』, 89면)

③ [영생고보 제자 김희모의 말: 인용자] 나는 후에 어느 후배로부터 백석 선생님이 만주로 수학여행을 갔을 때 기차 안에서 백계 러시아 사람과 유창하게 대화하셨다는 말을 들은 적이 있다. 이런 소문들은 백석 선생님을 더욱 우러러보게 만들었다. 당시에는 러시아어를 공부하는 사람이 드물었다. 어딘지 모르게 좌익냄새가 나서 일본 제국주의자들이 적극적으로 감시했기 때문이다.

당시 함흥에는 러시아 사람이 운영하는 양복점이 있었다. '대화정'이라고, 큰 골목 안에 있었는데 백석 선생님은 그 양복점에 자주 드나들었다. 학교 안팎에는 이미 백석 선생님이 러시아어를 잘 하신다고 소문이 나 있었다. 실제로 나는 백석 선생님이 러시아 사람과 유창하게 대화하는 것을 보고 깜짝 놀랐다. '언제 저렇게 러시아 말까지 배웠단 말인가.'

백석의 러시아어 실력에 대해서 이현원은 다음과 같이 증언했다.

백석 선생님은 러시아어를 잘했다. 혼자서 독학 독습을 하신 것 같다. 당시 함흥에는 백계 러시아인들이 많이 살았는데 그들은 대부분 제정 러시아 시대의 장군이나 귀족의 후손이었다. 그중에 양복점을 하는 러시아인이 있어 그 집에서 양복을 맞추면서 러시아 사람들하고 친해진 것 같았다. 백석 선생님은 자주 그 양복점에 들러 회화를 배운 것 같다. 한번은 백석 선생님이 하숙집에서 러시아 책을 읽는 소리를 들었는데 발음이 굉장히 예뻤다. (『시인 백석 2』, 49~50면)

백석이 사회주의에 관심이 있어 러시아어를 공부했다거나 반대로 러시아어를 공부하는 과정에서 사회주의를 접했다고 보기 어려운 것이다. 백석의 러시아어 학습을 사회주의에 대한 관심으로 연결하기보다는 영어, 독일어, 프랑스어를 차례로 '마스터'해나간 수재秀才의 학구열로 이해해야 한다. ②에 나오는 "엑 게르만 교수"는 분단 후 백석의 글 「사회주의적 도덕에 대한 단상」(『조선문학』, 1958. 8.)에도 "엑게르만"이라는 이름으로 언급되어 있다. "엑게르만의 말에 따르면 월프강 괴테는 퍽 례절에 밝은 사람이였던 듯하다"는 부분인데 사회주의 도덕의 덕목으로 '례의'를 든 이 글에서 백석은 옛 스승 엑게르만의 견해를 무겁게 활용하고 있었다.

백석이 조선 문단의 계급주의 좌익 경향을 모를 리 없었겠지만 ①을 참조하면 해방 전까지 백석이 이에 관심을 보였다거나 사회주의 사상을 드러낸 바는 전혀 없었던 것으로 보인다. 청산학원에서 러시아어를 배운 이후 귀국하여 1936년 함흥 영생고보에 교사로 재직하던 시절에서 1940년대 초 만주 시절까지, 백석이 러시아어를 배우고 러시아어로 이야기할 수 있는 사람들은 모두 백계 러시아인이었다. 러시아 혁명 세력인 적계赤

系 러시아인은 모스크바를 중심으로 활동했기 때문에 당시 일본이나 조선에서 그들을 쉽게 만날 수는 없었다. 반면 백계 러시아인은 러시아 사회주의 혁명에 반대하며 볼셰비키를 피해 만주, 조선으로 흘러들어 온 반혁명, 반소비에트 세력으로 그들이 식민지 조선에서 사회주의 세력이 될 리는 만무하다. 따라서 러시아인과의 교류와 러시아 문학 독서를 통해 백석이 사회주의를 접하고 그에 경도되었다고 보기는 어렵다. 백석의 러시아어 학습은 외국 언어와 문학에 대한 문학적 관심에서 시작된 것이다.

③에서 보듯, 영생고보 교사 시절 백석이 "만주로 수학여행 갔을 때 기차 안에서 백계 러시아 사람과 유창하게 대화"했다는 일화나 함흥의 백계 러시아인이 운영하는 양복점에 자주 들러 러시아어를 익혔다는 회고가 있다. 또, 함흥의 성천강 만세교의 풍경과 풍류를 소개하는 글 「무지개 뻗치듯 만세교」를 통해 백석이 서함흥의 구룡 해수욕장 해변에서 백계 러시아인인 어여쁜 처녀를 만나기도 했던 것을 알 수 있다.

> 어쩐지 엑조틱한* 정서가 해조 내음새 가티 떠도는 이 해빈海濱에서 까닭업시 알작하니** 가슴을 알는 것은 나뿐이 아닐 터이지만 지난 녀름 어느 날 백계로인의 어여쁜 처녀들을 이 해변에서 맛난다난 뒤로 나는 이 구룡을 생각하는 마음이 아조 간절해젓다.[50]

이유를 알 수 없이 "어쩐지 엑조틱한" 이국적인 바닷가에서 낭만적

*엑조틱한: 이국적異國的인
**알작하니: 백석이 만든 말로 '마음, 감정의 상태'를 나타내는 의태어. 공식적인 뜻풀이는 찾을 수 없다.

인 감상에 젖는 것은 백계 러시아 처녀들을 볼 수 있었기 때문이라고 한다. "어쩐지 엑조틱한" 곳에서 만나는 이국의 처녀들. 이 풍경이 다음해인 1938년 3월 『여성女性』지에 발표한 시 「나와 나타샤와 흰당나귀」에 나타난 이국 처녀 '나타샤'의 등장을 설명해줄 수 있다. 백석은 함흥 시내의 백계 러시아인 양복점을 드나들었고 바닷가에서는 러시아 처녀를 만날 수도 있었다. 1922년 스타크 제독의 배를 타고 원산에 정착한 백계 러시아 난민의 숫자는 5,500여 명에 이르렀다 한다. 이후 원산, 함흥 등에 정착한 백계 러시아인들은 그들만의 종교와 생활 풍습을 지켜가며 살고 있었고 나름의 사회를 구성하고 있었기 때문에 1930년대 말 백석이 함흥에서 그들을 만난 것은 이상한 일이 아니었다. ③을 참조하면, 김희모는 러시아어를 배우는 것이 어딘지 모르게 "좌익냄새"가 나 일본의 감시가 있었다고 했지만 당시 중국, 만주, 조선에서 만날 수 있는 러시아인은 1917년 러시아혁명 후 적군赤軍과의 싸움에서 밀려난 백계 러시아인이 대부분이었다.

1940년대 초 만주 신경에 머물던 백석이 백계 러시아인에게 러시아어를 배우며 지냈다는 것은 안수길의 회고를 통해서 확인할 수 있다. 당시 〈만선일보〉에 근무하던 안수길은 "시인 백기행씨도 신경에 와 있었다. 백씨가 어디 직장을 갖고 있었는지 지금 소상치 않으나 백계 노인露人한테서 노어露語 공부를 한다는 이야기였다"[51]고 했다. "소상치 않"은 "이야기"라는 부분으로 미루어 아마 안수길도 백석과 가까이 교류했던 것은 아니라 확실하지는 않지만 당시 만주국의 수도인 신경에서 백석이 백계 러시아인을 만났을 가능성은 매우 높다. 러시아혁명에서 피신한, 혹은 혁명에 의해 축출된 반혁명 유민들은 만주 등지에서 자신들만의 사회를 만들고 그 안에서 문화와 종교를 지키고 음악, 문학 등의 예술을 향유했다.[52]

백석이 1942년 『소광』에 게재한 번역소설 「식인호」(1942. 2.), 「밀림유정」(1942. 12.~1943. 2.), 『야담野談』에 발표한 「초혼조」(1942. 10.)의 원작자 바이코프[53]는 실제 러시아혁명 때 백군으로 참전한 백계 러시아인이었으며 만주 지역 호랑이 사냥을 주제로 한 소설을 쓴 인기 작가였다. 청산학원 유학 시절의 공부, 함흥 영생고보 교사 시절 러시아인과의 교류, 신경에서의 러시아어 수업에 이어 1942년 무렵 바이코프의 작품 번역으로 백석의 러시아어 실력은 깊어지고 러시아 문학 번역도 시작되었다. 「식인호」 번역 이전에도 백석의 러시아 텍스트 번역이 있었는데 1934년 〈조선일보〉에 발표한 번역 산문 「임종臨終 체홉의 유월六月」(1934. 6. 20.~25., 코텔리안스끼·탐린슨의 「체홉의 생애生涯와 서간書簡」에서 발췌)이 그것이다. 이것은 문학작품 번역이 아닌 데다 원문 또한 러시아어 원어판인지 영어 중역판인지 알 수 없다. 또 백석이 바이코프의 「산신령」(山の靈)을 『록기綠旗』(1941. 12.)에 일본어 번역으로 발표했다고 하는데[54] 이는 일본어 번역이기도 하고 원문을 확인하지 못했다.

만주의 인기 작가 바이코프

니콜라이 바이코프는 만주의 야생과 자연에 대해 박식하고 뛰어난 수렵가이자 작가로 그의 글은 만주 지역에 관심이 있던 러시아는 물론 영국, 프랑스에까지 번역되는 등 인기가 있었다. 만주 호랑이의 일생을 다룬 소설 『위대한 왕』(1934)이 「호랑이」라는 제목으로 1940년 6월부터 10월까지 〈만주일일신문〉에 하세가와 슌의 번역으로 연재되면서부터 그는 만주와 일본 지역에 널리 알려지게 되었다. 이 소설은 일본 문예춘추사에서 『위대한 왕』이라는 제목으로 1941년 출간된 이후 거듭 재출간되며 인기를 끌었다. 2차 세계대전 후에는 청소년을 위한 동물 소설로 일본에서 인기를 끌었고 우리나라에서 '청소년 세계명작선'에 꾸준히 포함되기도 했다. 2014년 아모르문디 출판사에서 발간된 『위대한 왕』의 발문을 쓴 서경식은, 재일조선인으로 위축되어 있던 소년 시절 이 책을 통해 만난 늠름한 만주(조선)호랑이의 모습에 매료되었고 위로받았다고 했다. 또 인간의 침략으로 사라지는 위대한 자연의 모습을 상징하는 호랑이를 그린 이 소설이 유라시아와 19세기 말 열강들의 아시아 침략과 2차 세계대전에 이르는 시공간을 배경으로 하고 있어 단순한 동물 소설을 뛰어넘어 정치적 암유暗喩의 색채를 띠고 있으며, 대동아공영의 꿈을 접어야 했던 일본인들에게는 '사멸의 미학'을 느끼게 한다고 평가했다.[55]

바이코프는 호랑이 사냥에 일가를 이룬 명포수로도 유명했다. 〈만주일보〉에 연재되던 바이코프의 수렵 이야기를 읽고 바이코프를 찾아가 직접 만났다는 정치인 손도심은 그를 "깊은 종교신앙에 기초한 엽도(獵道)에 투철한 엽사(獵師)"로 칭송했다.[56] 손도심이 보았다는 〈만주일보〉는 1908년 이후 〈만주일일신문〉과 합병된 〈만주일일신문〉일 것이다. 하세가와 슌[57]이 번역한 『위대한 왕』 외에도 당시 만주 지역 신문에는 만주의 자연, 지리, 풍토와 생활상을 담은 바이코프의 글이 다수 실렸었다. 1942년 11월 대동아문학자대회[58]에 만주국 대표로 참석해 일본 독자의 환영을 받을 정도로 바이코프의 글은 만주와 일본에서 대중적 인기가 있었다.

바이코프가 다수의 호랑이 수렵기와 만주 호랑이의 영욕의 삶과 죽음을 다룬 소설 『위대한 왕』으로 명성을 얻었지만 그의 글들이 소설의 범주에 국한되지는 않았다. 그는 호랑이뿐 아니라 곰, 사슴, 새, 이리 등 만주의 동물과 전설, 민간의 이야기, 만주 지역의 산림에 대한 엽사다운 애착, 동청철도를 둘러싼 만주 지역의 변화, 여러 민족이 뒤섞인 당시 만주 풍경 등을 고루 담아내는 다양한 글을 썼다. 바이코프의 글에 담긴 울창한 만주의 숲과 만주 사람들, 그들에게 전해오는 이야기들은 북방의 정서와 전래의 이야기를 주제로 뛰어난 시편을 써낸 시인 백석에게도 흥미로운 것이었다. 그리고 정통 소설이기보다는 수렵기나 일화에 가깝고 짧은 바이코프의 글은 러시아어를 배우던 백석에게 좋은 번역의 대상이었을 것이다. 수많은 바이코프의 글 중에서 백석은 네 편을 골라 번역했는데, 일본어로 번역했다고 알려진 「산신령」과 「식인호」는 호랑이를 소재로, 「초혼조」는 만주 사냥꾼들 사이에 전해지는 새에 대한 전설을 소재로 했다. 만주 밀림 목재소의 아름다운 러시아 여인을 탐내 그녀의 어린 아들 유로취카를 납치하는 이야기인 「밀림유정」은 3회에 걸쳐 발표되었으나 상편上篇을 끝낸다는 부기附記 이후 하편下篇이 발표된 바 없어 그 전체 내용과 주제를 알 수 없다. 하지만 「밀림유정」에는 숲속 목재소와 목재를 운반하는 철도, 채금하는 금광 지역 사람들과 그들만의 규율, 만주 비적(마적)의 모습, 부랑인이 된 러시아인 등 만주국의 역동성, 민족 간에 내재된 대립과 폭력성 등이 생생히 담겨 있다. 이는 서로 다른 민족이 모여 만주국이라는 협화를 이루어야 하는 특이한 공간 만주에서 끝없이 침잠하는 자의식과 우울을 경험해야 했던 백석이 느낀 것과 다르지 않았다.[59] 백석은 만주에 대한 바이코프의 통찰을 번역이라는 문학 행위를 통해 조선 문단에 전달했다. 백석의 바이코프 소설 번역이 단순한 러시아어 학습과 번역 이상의 의미를 가지는 이유이다.

「식인호食人虎」

정선태는 바이코프의 소설과 백석의 번역에 대해 "'공도란히', '멀즛이', '검트레하니' 등의 부사어와 연결 어미 '-며'를 활용한 백석의 어법이 고스란히 살아" 있고 "'나주녘', '즘부러지게', '재밤중' 등 백석의 언어 감각이 빛을 발한다"며 이 번역들이 만주 시절 "묘연한 그의 문학적 행방"을 추적할 실마리가 될 것으로 보았다.[60]

다음은 『조광』에 발표한 「식인호」의 '작자소개'이다.

> 빠이곱흐. 정확히는 니콜라이 아포로노비치 빠이골흐는 백계白系로인작가露人作家이다. 제정로서아시대 북만 흑룡부대 소속의 사관士官으로서 만주의 땅을 밟은 것이 인연이 되어 혁명에 쪼낀뒤 만주에 망명하였다.
>
> 만주의 산야山野와 삼림森林 그곧에 사는 조수鳥獸와 인간, 또는 민화民話와 전설傳說제재題材로 수다數多한 저작著作을 하였으나 여기서 역출譯出한 「식인호食人虎」는 단편집 『만주滿洲의 계곡谿谷』 중에 취록取錄한 것이다

이 글은 바이코프를, 제정 러시아의 군인이었다가 만주로 온 백계 러시아인이며 만주 산림의 민화와 전설을 소재로 많은 작품을 발표하는 작가로 밝히고 있다. 「식인호」는 소설이기보다 호랑이에 의해 동료를 잃고 찾아 나선 바이코프의 자전적 이야기로 분량도 매우 짧고 구성도 단순하다. 하지만 백석 특유의 유려한 번역을 곳곳에서 찾을 수 있다.

- 눈이 날어서 **하이얀엷다란** 지붕이나 같이 「로-린」의 산과 수림을 덮었다.

- 그쪽은 눈이 녹아서 흙이 들어나뵈이고 그부근에는 피 때문에 **누르붉읏하니** 물이 들어 있었다.

- 처음으로 나린 싸락눈에 이 즘생들의 발자국이 **판이나 박은것처럼 또렷하니** 들어나 있었다.

- 두 사람은 **나주녘에** '뻬이쉴라즈'산 고개에서 만나기로 약속을 하였다.

- 어두운 하늘에 달이떠올으며 **해슥한달빛이 빽빽한 수림우에** 퍼질 때에는

- 마음을 진정치**못하고 불안해하면서** 수림속에서 나는 작으마한 바삭거리는 **소리나** 크게 떠드는 **소리에** 부들부들 **떨면서** 우리 발뿌리에서 떠나려지 않았다.

- 그리고 **그곳 눈우에는 발뒤굼치에 댁기운 자리가 넓다란이 나고 또 범발자국도 무수하니 뵈었다. 우으로 나무거죽에는 부루룩한 하이얀 범의 배털뭉치가 뵈였다. 이 침엽수 뒤에는 별로사람의 발자취는 없고 범발자국만은 뚜렸이 뵈이는데 아모래도 이것은 범이 몰래 숨어 없**

드렸다가 나무뒤로 갑자기 사냥군한테 달겨들어서 눈깜박 할 사이에 글켜 벌인 것이었다.

내리듯 날리는 싸락눈이 덮인 산속의 묘사로 쓰인 "하이얀엷다란", 피로 물든 땅을 표현한 "누르붉긋하니" 등은 배대화가 지적했듯 형용사가 겹쳐 쓰인 복합형용사의 번역으로 보이는데 울창한 숲속에 날리는 눈을 섬세하게 표현한 대목이 돋보인다. "해슥한 달빛"이나 불안에 떠는 개에 대한 묘사도 '~고 ~면서 ~나 ~에 ~면서'로 이어지는 긴 문장임에도 매우 자연스럽고 생생하며, 사냥꾼을 덮친 호랑이의 움직임에 대한 시각적 표현도 뛰어나다. 이렇듯 다양한 우리말 의태어를 활용한 긴 호흡의 유려한 문장 번역은 배대화, 석영중도 지적한 바이다. "나주녘", "재밤중"이나 "~것이었다" 등은 백석 특유의 시어와 연결어미 사용을 확인할 수 있는 부분이다.

- 할 수 없이 사냥군의 **검트레한** 모양만 바라보고 걸어가는것이었는데 (「초혼조」, 83면)

- 값가는 빛갈을 한 재목더미가 **검트레하니** 뵈이는데 (「밀림유정」, 186면)

- 해사한 누렁빛 침엽수의 통나무며 무거운 호두나무의 **검트레한** 통나무를 뚜껑없는 차판에 실어쌓는 지나인들의 (「밀림유정」, 187면)

형용사 "검트레한"은 분단 전후의 백석 시에서 한 번도 사용된 바 없는 표현으로 번역을 위해 백석이 만들어낸 형용사이다. 출발언어는 물론이고 도착언어에도 없는 말을 찾아 새로운 표현을 창조하는 것은 훌륭한 번역이 원작과 번역 이상의 제삼의 새로운 작품이 될 수 있음을 보여주는 예가 된다.

- 우리는 두어 키로메타쯤 가다가 다시 돌아서서 죽은 사람에게서 남은 **슬픈 것을 넣어놓은** 가방있는 곳으로 돌아왔다.

- 「파쉬쿕흐」는 우리들의 총을 갖이고 오고 가는 **무서운 습득물이 들은 가방을** 어깨에 메고왔다. 우리는 깊은 생각에 잠겨서 발길을 멈추지않고 갔다. 수림속은 **괴괴하였다.**

호환을 당한 동료의 유물을 챙기러 돌아오는 부분에서 백석은 "슬픈 것"을 넣어놓은 가방으로 돌아왔다고 했고 이후 그 가방은 "무서운 습득물"로 번역되었다. 가방 속에는, 평생의 일터에서 죽어간 사냥꾼의 슬픈 최후와 그를 통해 자신의 죽음과 운명을 떠올리는 무서운 감정, 그리고 사체의 일부가 담긴 가방에 대한 원초적인 무서움과 기괴함이 모두 들어 있다. 이 '슬프고 무서운' 것을 들고 가는 숲속을 백석은 "괴괴하다"고 표현했다. 쓸쓸하고 무서울 정도로 아주 고요하다는 뜻인 "괴괴하다"는 동료의 사체가 들어 있는 가방을 들고 내려가는 기괴한 밤을 표현하기에 탁월할 뿐 아니라 '슬픔', '무서움'이 백석 시에 자주 드러난 감정임을 상기하면 시인 백석 특유의 해석과 표현으로 볼 수 있다.[61]

탁월한 번역어 감각과 유려한 표현과 함께 만주 숲에 대한 표현도 주목해볼 만하다.

- 우리는 발길을 멈추고 서서 놀란 눈으로 개를 바라 보고 또 우리가 방금 올라온 산비탈을 걸쳐 넘어가서 우리앞에 가로놔인 크다란 침엽수를 바라보았다.

- 우리 앞에는 커다란 침엽수가 소사있었다.

- 수림 속은 조용하고 평온하였다. 소박한 평온 속에 아름다운 위대한 자연은 고요하고 냉정하였다. 이무우에는 가마귀 울며날었다.

만주의 숲은 키 큰 침엽수로 울창하고 빽빽한 밀림과도 같은 험한 삼림이다. 이 척박하고 험한 삼림에서 사람들은 벌목을 하고 채금을 하고 사냥을 하고 도적질을 하며 살아가는 한편 짐승, 도적, 사냥꾼에게 죽임을 당하거나 가족과 동료를 잃는다. 우람하고 울창한 침엽수에 그늘져 늘 어두운 만주의 산림은 인간에게 위압감을 주면서 죽음의 공포를 느끼게 하는 냉정함이 있다. 부드러운 조선의 산야山野와는 다른 풍경이다. 백석의 만주 시편에 드러난 그늘지고 우울하고 쓸쓸하고 두려운 심경과도 다르지 않아 보인다.

「초혼조招魂鳥」

봄을 배경으로 한 「초혼조」에서도 만주의 자연은 자주 또 길게 묘사되는데 백석은 환하고 회려한 봄 만주의 풍경을 잘 전달한다. 「초혼조」는 산림에서 형제를 잃고 헤매다 스스로 죽게 해달라 해서 새가 되었다는 형제의 이야기가 깃든 새의 유래담이다. 「식인호」와 같이 자전적 경험을 이야기 형식으로 전달하는 이 글 역시 소설이기보다는 혼을 부르는 새 초혼조의 유래를 들려주며 세태에 대한 비판을 담은 '이야기'로 보인다.

- 봄이었다. 밀림密林은 어느듯 푸르른빛으로 화려한 몸차림을하였다. 꽃향기 가득한 맑은 산속의 대기는 생명의 물결을 넘실거리며 사람의 가슴에 흘러들어 오는것이었다. 모든 것은 경쾌하니 그리고 참으로 자유롭게 숨을쉬고 있었다. 거인같은 산, 그산의 넓은 가슴도 한층더 부풀어 올르고 주위의 아름다운 자연은 이들 모든 생명있는 물건들의 숨결에 차서 고요하니 따스한 날시와 빛과 그리고 해를 고대하고 있었다.

- 인적없는 변경의 울울창창한 침엽수의 밀림속을 방황할 때 같은때 좋은 피란처가 되어주곤 하는것이었다. 판장집까지는아직 먼탓스로 우리들은 아름다운 산강인 랸취하河의 기슭으로와서 오래된 젓나무가지가 무성해서 천막처럼 어두운 그림자를 친 아래에 자리를 잡었다. **보드라운 보료**와같은 어린풀밭 우에 가로빗겨 **누어서 넘처 넘노는 물결소리같은 소란한소리**에 귀를 기울이면서 우리들은 푸른 빛이 짙은 바늘같은 닢새사이로 푸르른 한울을 물구럼히 바라보고있었다.

- 밀림속은 캄캄하니 어두었으나 저녁노을의 남은 별이 비낀 로령老嶺의 바위투성이 산말랭이는 한울의 검프른 바탕에 장밋빛으로 물이 들

어있었다. **가시덤불이나 강기슭의 풀숭거리속에서**는 반디불의 린광이 깜박 걸이어서 **그빛이 산강의 거츤** 물결우에 번득번득 깜박이듯이 빛이 여있었다. 울창한 **밀림이 그 밑바닥모를** 깊은 가슴속에 빨어들여 벌이지 안는동안 이 눈에 뵈이지 않는 새의 그 **쇠스러운 높은 소리**는 이때까지도 들리고있었다.

우울함과 위압감을 주던 겨울이 지나고 봄이 오면 화려하고 부드러운 푸른 빛이 도는 만주 삼림에 대한 묘사가 유려하고 유장한 호흡으로 전개된다. 「초혼조」의 밀림은 해가 져 캄캄하지만 "보드라운 보료", "누어서 넘처 넘노는", "물결소리같은 소란한소리", "강기슭의 풀숭거리는속"과 같이 음가를 고려한 자음子音의 반복으로 더 생기 있게 번역되었다. 저녁노을이 비낀 노령老嶺의 색감, 강기슭의 풀숲, 반딧불의 "린광", 거친 물결 위로 번득번득 비치는 빛 등도 우연히 선택된 표현이 아니다.

「초혼조」에서 눈에 뜨이는 것은 '리산 노인'의 묘사에 드러나는 인간 세계에 대한 비판이다. 리산 노인이 노인답지 않게 탄탄한 몸을 가지고 있는 것을 설명하는 부분인데, 자연에 사는 노인과 대조되는 인공적 조건의 '문화적 사람들'에 대한 비판은 다소 의도적인 것으로 생각될 만큼 장황하고 날카롭다. 물론 이 부분이 원문에 없는 백석의 진술일 리 없지만 이 부분이 백석의 선택을 받은 이유일 수는 있다. 이러한 비판과 백석의 생각이 달랐다면 백석은 만주의 인기 작가 바이코프의 수많은 글 중에서 이 글을 번역 대상으로 선택하지 않았을 것이기 때문이다.

- 척 보기에는 그는 나이가 마흔다섯쯤 되어보이나 실상 그는 이 나

이보다도 이십년은 더 먹은것이었다. 이 젊음은 그가 늘 자연의 품속에서 살고있는때문인 것을 말하는 것으로 이 자연속에서야말로 사람의 육체적힘과 또 정신적힘은 저 인공적으로 된 조건아래서 살고있는 문화적인 사람들의 사회에서 볼수있듯이 그렇게 랑비되는일이 없는 것이다. 참으로 이 나히 예순이된 늙은 사냥군은 몸도 마음도 같이 한가지로 굿세인, 아직도 젊은, 인생을 즐기는 사람이었다. 사람에게 및이는 자연의 세력은 이런것이다! **그러나 유감된 일이지만 이세상 수억이나되는 많은 사람의 생활상태는 퍽도 바르고 떳떳한 길에서 벗어나서 자연으로부터 퍽 멀리 떠나있는 때문에 현대사람에게는 다만 각개인에 뿐만아니라 종족전체에도 타락과 멸망의 두려움이 나타나고 있는것이다.** 신선한 공기와 영양의 결핍이며 과격한 로역에 관련된 떳떳하지못한 생활은 현대사회에있어서 중대한 문제가 되이었고 딸어서 우수하고 총명한 사람들은 많이 자연그것으로 해서 예정되여 엄연하니 사람에게 딸어있는 바르고 떳떳한 생활을 할만한 능력을 빼앗긴 근로하는사람들의 경우와 운명을 덜고 가부여히 하려는 목적을 갖이고 이문제의 해결에 노력하고 있는것이었다.

리산 노인은 자연에서 인생을 즐기는 사람이고 자연은 인간에게 이런 영향을 미친다. 자연을 떠나 사는 사람들은 생활 상태가 바르지도 않고 떳떳하지도 않고 종족 전체도 타락과 멸망의 두려움에 빠져 있다. 우수하고 총명한 사람들만이 운명을 덜고 이 문제를 해결하기 위해 노력한다는 것이 위 글의 핵심이다. 이 글이 번역되어 전해진 1942년 10월의 상황, 즉 가속화되는 국민문학 정책과 국책송행國策送行의 도구화를 떠올리며 조선과 조선 문단 그리고 조선 시인의 상황과 대비하여 읽었을 때 이 부분은 매우 비유적인 비판으로 들린다. 자연을 떠나 살아가는 "문화인"은 만주와 조선의 문화와 상황을 염두에 둔 의도적 번역일 수 있다.

초혼조는 산삼이 있는 곳을 알기에 소리로 사람을 인도하지만 산삼 뿌리는 산신령 즉 범이 지키고 있어 사람들은 목숨을 내어놓아야 한다고 한다. 사람들은 형제애와 산신령의 이야기가 깃든 이 새를 신성하게 여겼기에 바이코프가 이 새를 겨누는 것을 만류하고 바이코프도 그에 따른다. 바이코프가 자연의 위대함과 규율을 따르는 '엽도獵道'를 갖춘 엽사였다는 말을 떠올리게 하는 대목이다.[62]

동물학자의 글답게 바이코프는 이 새의 생태에 대해서도 "길림성과 남쪽 우스리 지방, 그리고 조선에 걸쳐서 번식"한다고 설명한다. 이 역시 백석이 조선 잡지에 이 글을 싣기로 마음먹게 한 부분일 것이다. 밀림의 부엉이, 올빼미, 짐승들의 소리가 영원히 죽지 않는 자연의 생명을 부르는 소리 같고 만주 밀림에 살고 있는 신비스러운 새소리가 들리는 듯하다는 내용으로 이 글은 끝난다. 백석은 단순히 러시아 소설을 번역한 것이 아니라 만주의 자연과 동물, 사람들, 그리고 그곳에 전해지는 이야기들에 대한 관심을 조선 문단에 보내기 위해 바이코프의 글을 선택한 것으로 보인다. 「초혼조」 번역은 백석이 조선 문단에 보내는 일종의 만주 통신인 것이다. 미완의 소설인 「밀림유정」에서도 백석이 전하고 싶어 한 당시 만주의 풍경과 사람들의 모습이 생생하다.

「밀림유정密林有情」

이 소설은 하편 연재를 예고하고 3회 연재로 중단되었는데, 중국 마적의 두목이 산림 목새소의 안주인 러시아 여인을 흠모하여 그 어린 아들을 유괴하는 이야기이다. 이 이야기는 바이코프와 친구였던 유명 엽사 바브신이 겪은, 러시아 여인을 납치한 중국인 일화를 변형한 듯하다.[63] 이 소설에는 만주 산림의 나무 제재소와 그 나무를 수송하는 철도, 러시아인과 지나인支那人의 충돌, 마적 떼의 습격과 약탈 등 당시 만주의 거친 생활 환경과 풍토가 그려져 있다. 산림 가운데에 있는 목재소와 만주 철도를 통해 수송되는 만주의 나무들에 대한 정보도 자세하다. 또 일확천금을 위해 채금採金에 모여든 사람들과 그들 위에 군림하는 홍후즈라는 비적들의 흉포함, 세상의 규율과 관계없이 자신들만의 규율로 목숨이 오고가는 만주의 거친 세계가 목단강을 중심으로 펼쳐져 있다.

> - 장광재령張廣才嶺이란 산에서 발원하는 물살빠르고 물소리 소란한 개울은 아직 사람의 발길이 가지않은 울창한 침엽수빽빽히들어선 골작이의 수많은 바위짬을 빼쳐 나와서는 그 맑고 찬물을 넓은산골안을 끼고 나리다가 목단강牧丹江의 흐리나 그러나 빠른 흐름에 부어넣는 것이다. 「싼다헤자」라는 이름이있는 이산강은 그 쌓어놓는 모래속에 금이많기로 유명하다. **아득한 먼 옛날로부터, 이곳에는 멀고 가까운곳으로부터 일확천금을 꿈꾸는 사람, 도망해 오는 지나군병 홍후즈의재판을피해오는 죄지은사람, 이리저리 변하는 운명의 힘에 못이겨 생활방법과 하느님의 일까지 다 잃어버린 부랑자들, 이런사람들이 모여들었다.** 그리고 이들의 대부분은 필경 짐승같은 동료의손에 혹은 대표년장자라는 모습을띤 몽매한 원시적인 재판의 손에 혹은 전염병의 손이나 과도한 아편중독의손에 멸망하고 마는 것이다.

- 모든 조합은 이렇게해서 관습의법에 의한 특이한법률에 복종하는 독특한 소박한 밀림의 공화국을 이루는것이다. 누구나 이법률을 깨틀일 때에는 잔혹한벌을 받게되는데 이경우에는 사형같은 것은 약하고 사정 많은벌의 하나로 치는 것이다.

대표되는 연장자가 절대적인 권력 쥐고있으나 그러나 그 자신도 사정 없는 관습의 법에는 복종해야만 된다.

이 독특한 공화국을 구성하는 사람은 저마다좋은자리를 점령하고 하는 다른패당의 살육을 대항하기 위하야 무장을하고 있지않어서는 안된다.

바이코프는 만주를 울창한 산림, 목재소, 채금판, 비적 떼를 배경으로 저마다의 이익을 위해 약탈과 납치가 난무하는 곳, 다른 무리를 살육하고 이에 대항하기 위해 무장을 해야 하는 곳으로 그려냈다. 비정하고 거친 분투의 공간인 "이 독특한 공화국" 만주를 백석은 번역을 통해 조선 문단에 알리고 있다. 만주 시절 백석이 보고 겪은 것이 바이코프가 그려낸 "이 독특한 공화국"과 다를 바 없이 다른 패당을 살육하고 대항해야 하는, 그곳만의 거친 규율이 옥죄는 곳이었기 때문이다.

만주 시절 백석의 내면

바이코프의 「식인호」, 「초혼조」는 작품의 길이나 완성도 면에서 소품이며 「밀림유정」은 뒷부분을 게재하지 못한 미완성이지만, 백석의 번역문에는 백석 특유의 언어 감각과 유려한 번역어와 번역 문장이 살아 있었다.

그러나 백석이 이 글들을 번역 대상으로 삼은 것은 단순한 러시아어 학습이나 번역 차원보다 만주의 상황과 자신의 판단을 드러내고 조선 문단에 전하기 위한 의식적 선택으로 보인다. 이 글들에는 중국인, 일본인, 조선인, 러시아인이 각자의 역사적 배경과 개인적 이유로 모여들어 분투하던 만주의 풍경이 담겨 있고 자연이나 동물의 세계와 대비되는 인간 세계에 대한 비판이 들어 있었다. 바이코프는 호랑이 소설로 알려져 있지만 백석이 선정한 작품들은 만주의 동물과 지리, 자연에 대한 생생한 묘사가 나타나며 "이 독특한 공화국"으로 칭해진 만주국의 빛과 어둠을 드러내 비판하는 작품들이었다.

당시 만주는 다민족이 모여 생존을 위해 분투하고 대항하는 거친 규율의 공간이었다. 백석은 아래에 소개할 〈만선일보〉의 내선만문화좌담회에서부터 식민지 조선인과 조선 문단에 가해지는 압박을 감지했으며, 식민지 조선인 시인 백석에게 만주는 거칠고 험하며 희망 없는 곳임을 실감했다. 좌담회 이후 백석의 우울과 비극적 자의식은 그의 정서로 자리 잡아 시와 산문에 드러나게 되었고 그 연장선에서 바이코프의 현실 비판적 작품 번역이 이루어졌다. 척박함과 강인함이 공존하는 만주의 밀림을 그려낸 바이코프의 작품을 번역한 백석의 내면에는 "이 독특한 공화국" 만주와, 만주에서도 혐오의 대상이 되어버린 조선, 조선인 문단에 대한 비애와 비판이 자리 잡고 있었다.

내선만문화좌담회

〈만선일보〉 학예부는 일본, 조선, 만주의 문화인을 초청한 '내선만문화좌담회內鮮滿文化座談會'를 1940년 3월 22일(오후 4시, 대흥빌딩 만주문화협회)에 개최하고 그 내용을 4월 5일부터 4월 11일까지 6회에 걸쳐 〈만선일보〉 '학예란'에 연재했다. 내지內地인으로는 만일滿日문화협의회 상무常務주사主事 삼촌용조杉村勇造와 〈신경일일신문사〉(작가) 대내륭웅大內隆雄, 만주문화회(작가) 길야치부吉野治夫와 협화회協和會(작가) 중현례仲賢禮, 만계측滿系側으로는 민생부(작가) 작청爵靑, 만일문화협회(작가) 진송령陳松齡, 선계측鮮系側으로는 협화회 홍보과(시인) 박팔양, 국무원 경제부(시인) 백석, 방송국(극작가) 김영팔, 만주문화회(작가) 금촌병치, 〈만선일보〉 이갑기, 본사측은 사회부장 신언룡이 참석했다. 이때 만주 신경新京(지금의 장춘)에 있던 백석의 소속은 국무원 경제부로 명시되어 있다. 만주 지역에 모인 다른 민족의 '문화적 교섭'을 위해 마련된 이 좌담회는 만주 지역의 문화인과 단체, 문단 현황, 조선 문학과 일본 문단, 조선계 문인들의 활동, 국민문학의 건설 문제, 만주국의 국책과 문학의 관계 등을 주제로 진행되었는데 좌담에서 주로 논의된 것은 조선 작가들이 일본어로 작품을 써야 일본, 중국, 조선의 문화인들이 교류할 수 있다는 문제였다. 일본측 참가자들은 일본어로 작품을 쓰지 않는 조선인 작가들에 대한 불만을 드러냈고 조선측 참가자들은 당시 일본 내에서 주장하는 국민문학, 국책문학이 만주에서 어떻게 적용될지를 궁금해했다.

사회자 삼촌杉村이 만주 문화운동의 중심 기관인 만일문화협회가 있고 그 아래 문화인들의 연락과 통신을 담당하는 '문화회文話會'는 소속 회원이 450명이며 동경과 북경에도 회원이 있어 일본과 지나(중국)와도 연락되며 기관지로 만계 『예문지藝文志』, 일계 『만주낭만滿洲浪漫』, 『작문作文』을 발행한다고 현황을 정리한다. 〈만선일보〉 이갑기가 문화회에 선계, 즉 조선인도 들어갈 수 있냐 묻자 일본측 참가자들은 "두 명 이상의 소개가 필요하다"고 하고, 이광수가 「조신문학개론」, 장혁주가 『춘향전』을 만역滿譯하여 『예문지』에 실었다며 지금의 조선 작가들이 대개 조선어로 작품을 쓰고 일본어로는 잘 쓰지 않는데, 이것은 일본어 창작을 이단異端으로 여기는 것이냐며 조선 작가들이 일본어 창작과 일본 문단 진출에 적극적이지 않다고 질타한다. 조선 문학을 조선어로 쓰는 것이 제1의 조건이고 조선어에 대한 애착이 큰 때문일 것이라는 이갑기의 해명과 일본 문단에 나갈 기회가 없어서일 것이라는 박팔양의 설명에도 일본측 참석자들은 조선 작가들이 조선어를 우선시하고 일본어 창작이나 번역에 소홀한 것을 다그치며 만주 문화가 각 민족을 초월하여 교류해야 한다고 강조한다.

이갑기가 만주국에 장차 국민문학이 수립될 것이냐를 묻고, 김영팔이 만주국에서 국책송행國策送行의 과정에 문학을 동원하려는 일은 없는가를 물으며 문학과 정치가 연계되는 것은 충분히 검토할 문제라는 의견을 내놓는다. 삼촌과 작청 등은 '국책에서 벗어나지 않는 문학이어야 하고 국책에 협력하는 태도만은 잊지 않아야 한다', '문학이 정치의 노복奴僕이 될 것이 아니라 오히려 정치를 이끌어가야 한다'며 다시 한 번 조선 작가들이 일문 창작과 일문 번역에 나서기를 촉구하면서 좌담은 마무리된다.

이 좌담에서 백석은 단 한 번의 질문만을 할 뿐 조선어 창작, 일본어 번역, 일본 문단 진출, 정치와 문학 등에 대한 어떠한 견해도 내놓지 않았다. 백석의 질문은 '지금 만주 문단의 현 상태나 문학 경향은 어떠한가'라는 일반적인 질문이었다. 이 질문에 작청은 특별한 경향 없는 방향으로 나아가고 있다고 답한다. 아무런 의견을 내지는 않았지만 백석은 이 좌담을 통해 만주와 일본의 문단이 조선 작가들에게 바라는 것이 무엇인지를 파악했다. 국민문학과 국책문학의 그림자가 드리워지는 상황을 감지했다. 또 조선의 문인들이 조선어를 지키려는 고집을 버리고 일본 문단과 만주 문단에 편입되기를 바라는 당시 만주 문단의 분위기도 확인할 수 있었다. 백석은 신경에서의 짧은 국무원 경제부원 직책을 사임하는데, 이는 김재용의 판단대로 '내선일체'에서 벗어나려 만주로 온 백석이 민족 간의 화합을 강조하는 당시 만주국과 재만 조선인 문단에 실망했기 때문일 것이다.[64]

슬픔과 진실, 조선인과 요설

백석은 경성 문단에 「북방에서」, 「힌 바람벽이 있어」, 「조당에서」와 같은 시를 보내는 한편 〈만선일보〉에 산문 「슬품[65]과 진실 – 여수 박팔양 씨 시초 독후감」, '일가언一家言' 코너에 「조선인朝鮮人과 요설饒舌」을 발표하였다. 안수길은 상반기 결산을 하며 "박팔양씨의 처녀시집이 간행된 것과 백석씨의 동시집 독후감을 기록하지 안을 수 업고"[66]라고 언급하며 박팔양의 첫 시집 발간과 백석이 그 독후감을 썼다는 것을 상반기 중요한 사건으로 들기도 했다.

〈만선일보〉에 1940년 5월 9일과 10일 이틀간 실린 「슬품과 진실 – 여수 박팔양 씨 시초 독후감」[67]에서 백석은 시인에 대해 언급한다. 백석에 따르면 박팔양의 『여수시초』(박문서관, 1940)에서 시는 "놉고 참되고 아름다운" 것이며 시인은 "놉은 시름이 잇고 놉흔 슬픔이 있는 혼"을 가졌기에 "속된 세상에서 가난하고 핍박을 밧어 처량"하더라도 그 안에서 "즐거움이 그 마음을 왕래"할 수 있다. "세상의 온갖 슬프지 안흔 것에 슬퍼할 줄 아는 혼"을 가진 시인이기에 "속된 세상에 가득찬 근심과 수고", "더럽고 낫고 거즛되고 겸손할 줄 모르는 우리 주위" 가운데서 "놉고 참되고" 겸손할 수 있다고 했다. 백석이 말한 속되고 더럽고 낫고 거짓되고 겸손할 줄 모르는 세상 혹은 우리는 누구인가? 다른 종족을 해하고 그에 대항하려 무장하며 그들만의 거친 규율로 분투하는 당시의 만주일 수도 있고, 그가 떠나온 식민지 조선의 무력한 현실일 수도 있다. 함주 등지로 여행하며 백석이 느낀 식민지 조선의 현실, 조선인의 현실은 '속되고 더럽고 낮고 거짓되고 겸손할 줄 모르는 세상'이었을 것이며, 멀리 떨어진 만주에서 관조하듯 바라본 조선의 현실, 조선인의 현실은 더 절망적으로 보였을 것이다. 「북방에서」, 「흰 바람벽이 있어」, 「두보나 이백같이」 등의 만주 시편에는 슬픔, 우울, 시름, 상실의 감정과 정서가 강하게 드러난다. 백석의 마음을 괴롭히고 "참으로 이기지 못할 슬픔과 시름에 쫓"기게 하고 먼 곳까지 유랑하게 하고 "나의 조상은 형제는 일가친척은 정다운 이웃"을 잃어 "나의 자랑"도 "힘도 없게" 하는 것, "배반하고", "속이"[68]는 것이 식민지 조선의 현실이다.

「조선인朝鮮人과 요설饒舌」[69]은 조선인이 동양의 묵默하는 정신을 잃어 말이 많고 실없는 웃음이 많다는 비판을 담은 산문이다. 조선인의 요설에 대한 비난을 반복할 뿐 비판의 근거도 명확히 제시하지 않은 이 글은 문장도 난삽하다. 또, 백석의 진의를 파악하기 힘든 구절도 있어 오해를 불러일으킬 만한 요소가 있다. 이 글은 다음과 같이 끝나는데, 이 중 '조선인에게 광명이 조약照躍한다, 그러나 감격하고 감사할 줄 모른다, 감격할 광명을 바란다면 요설을 금하고 진지한 모색을 하라'는 주장의 진의를 주어진 글만으로는 확정할 수가 없다. 다음은 이 글의 말미이다.

> 조선인이 고난 속에 잇다는 것은 거짓말이다. 그들이 요설인 동안 이것은 거짓말이다. 조선인에게는 광명이 조약照躍하는 것이다. 허나 이것에

감격하고 감사할 줄 모르는 것인지도 모른다. 그들이 요설인 동안 누가 이 것을 그것말*이라 할 것인가. ◇ 비록 몸에 남루를 걸치고 굶주려 안색이 창백한 듯한 사람과 한민족에 오히려 천근의 무게가 업슬 것인가. 입을 담으는 데 잇다. 입을 담을고 생각하고 노하고 슬퍼하라. 진지한 모색이 잇서 더욱 그리할 것이요, 감격할 광명을 바라보아 더욱 그러할 것이다.

다소 난삽한 이 산문이 당시 백석의 불안하고 정리되지 않은 심경을 대변하는 것 같다. 백석은 "그 무슨 요설饒舌인고, 허큰 수작인고, 실업는 우슴인고, 그것은 코춤이요 구역이다. 나는 눈을 가리우고 귀를 막는다"며 조선인의 "말 만흔 것을 미워한다" 했다.

조선인은 그 무거운 자성과 회오와 속죄의 염으로 해서라도 오늘 누구를 계몽한다 할 것인가. 무엇을 천명하고 어ᄯᅥ케 비판한다 할 것인가. 조선인에게 진실로 침통한 모색이 잇다면 이 요설이 헛된 수작과 실업은 우슴이 어ᄯᅥ케 잇슬 것인가. 더욱히 조선인이 진실로 광명의 대도를 바라본다면 이 큰 감격과 희열로 해서라도 어떠케 참으로 이러케 요설일 수 잇슬 것인가.[70]

백석은 조선인이 자성, 회오, 속죄, 침통한 모색이 없기 때문에, 또 "고요히 생각할 줄 모르"기 때문에 분노할 줄도 모르고 적막도 비애도 없이 무감하기에 말이 많고 실없는 웃음을 보인다고 했다. 백석은 조선인이 요

*그것말: 의미상 '거짓말'로 판단됨.

설인 동안 조선이 고난 속에 있다는 것은 거짓말이고 조선인은 지랑과 희망을 말할 것이 아니라 자성, 회오, 속죄, 근신, 분노, 비애, 심각한 고통을 지녀야 한다. 그리고 "비록 몸에 남루를 걸치고 굶주려 안색이 창백한 듯한 사람과 한민족"에 "천근의 무게"가 있으려면 "입을 담을고 생각하고 노하고 슬퍼하라. 진지한 모색이 잇서 더욱 그리할 것이요, 감격할 광명을 바라보아 더욱 그러할 것이다"라고 했다. 인도와 몽고 민족과 조선인을 민족의 경중輕重으로 비교하면서까지 조선인의 요설을 비판하는 이 글에서 '감격할 광명'이 무엇을 지칭하는 것인지 알 수 없지만 분명한 것은 조선, 조선인의 상황에 대한 백석의 판단과 인식이 매우 부정적이라는 것이다. 조선, 조선인에게 고난, 근신, 분노, 비애, 고통을 요구하는 것은, 당시는 요설과 웃음에 적합하지 않고 고난, 근신, 분노, 비애가 자연스러운 고통의 상황이며 자성, 속죄, 회오가 필요한데 현실의 조선, 조선인은 그것을 모르는 듯 요설과 웃음을 보이고 있어 백석의 "코춤과 구역"을 불러일으키기 때문이다.

30여 년을 지나며 식민 압제의 무게와 고난을 잊은 듯한 조선인의 실없는 행태와 요설은 조선의 작가, 문학인들의 그것일 수 있으며 이는 당시 만주에 형성된 조선인 문단에 대한 비판이자 경성 문단과 조선인에 대한 비판이기도 하다. 여하튼 만주 시절 백석에게 조선, 조선인, 조선 문단의 현실은 식민의 무게에 눌린 억압된 세계 안에서 최소한의 비애와 분노마저 잃어버려 비웃음의 코춤과 혐오, 구역嘔逆의 대상이었다. 연구자들이 포착한 것처럼, 만주 시절 백석은 이방인 의식, 비극적 자의식과 우울, 혐오로 침잠되어 있었고 만주의 상황에 대해 비판적이었다. 만주 시절 백석의 그늘진 내면과 고뇌는 시, 산문 그리고 러시아 문학 번역에도 반영되어 있었다.

백석 시에 대한 북한 문단의 평가

백석이 북한 문학계에 편입된 후 발표한 작품 중 동화시를 제외하고 북한 문학계의 평가 대상이 된 것을 찾아보기 힘들기 때문에, '북한 문학계가 1930년대 시인 백석을 어떻게 평가하는가'를 살피는 것은 북한 문학계의 변화에 따라 백석에 대한 평가가 어떻게 달라지는가를 살피는 일과 다르지 않을 것이다. 여타의 북한 문학 연구가 가지는 문제점인 자료의 한계에서 이 글 또한 자유롭지 못하다. 제출되고 제시된 자료에만 의지해야 하고 이면의 해석은 확인 불가능한 추측에 머물 수밖에 없기 때문이다.

1930년대 시인 백석에 대한 평가와 텍스트 확정의 문제

북한 문학사들은 1930년대를 항일 혁명 투쟁 형상화 문학의 시기로 정의한다. 일제에 의해 카프가 강제로 해산당한 뒤 "조선의 진보적 문학가들은 김일성원수가 지도한 조선 인민의 항일 무장 투쟁에 고무되면서 조선인민의 민족해방투쟁을 좀 더 높은 사상적 심도와 좀 더 우수한 서사시적 화폭으로 형상화해내기 시작한" 시기라는 것이다.[71] 이 시기의 중요한 시인으로는 「초불」, 「앗을대로 앗으라」의 김창술, 「산제비」의 박세영, 「강동의 꿈」의 안룡만, 「자라나는 힘」의 류완희, 「승리의 봄」의 박팔양, 「소년공의 노래」의 권환을 꼽고 있다.[72] 이 시기 시의 주된 소재는 독일이나 일본 같은 제국주의 비판, 사회주의 문학으로서 계급성 강조, 항일 무장투쟁의 성과 찬양이다. 그 외의 주제를 다룬 작품은 '반동적인 자연주의' 문학이고 '퇴폐적인 정서'를 가진 문학으로 치부하며 남한 문학사에 기록된 대표적인 시인들을 신랄하게 비판하는 것이 북한 문학사의 일반적인 서술 양상이다. 북한 문학 형성 초기에는 사회주의 리얼리즘 문학을 확립하고자 이론적, 창작적 역량을 결집하였기 때문에 서정과 언어, 전래의 풍속에 집중하여 사회주의 이념과는 거리가 멀었던 백석의 1930년대 시는 관심에서 밀려나 있었다. 때문에 북한 문학사에서 시인 백석의 1930년대 작품에 대한 평가를 찾는 것은 쉽지 않다. 1950년대와 60년대에 출간된 북한의 문학사에는 1930년대 백석 시뿐 아니라 1960년대 시인 백석의 존재와 평가가 전무하다. 1950년대 후반 동화시나 60년대 초 발표한 백석의 작품들은 북한 문학계에서 주류로 주목받지 못했던 것이다.

북한에서는 시보다 동화시나 동시를 더 많이 발표했고 북조선 문예총의 외국문학 분과위원을 맡아 러시아 문학 번역에 몰두하는[73] 등 시인 백석의 활동이 아동문학가나 번역자 백석보다 더 활발했던 것은 아니었다. 그러나 50년대 후반 백석은, 아동문학 논쟁의 한가운데에서 시정詩情과 철학을 담아야 한다는 나름의 문학론을 펴고 안함광, 한설야 같은 이론가와 창작자들이 내세운 '도식주의', '무갈등론'에 대한 반론에도 동조했던 만큼 문단에서 그의 존재감이 없지는 않았다. 또 임화, 설정식, 이원조처럼 1953년에 이미 남로당 사건에 연루되어 숙청된 상태도 아니었고, 한설야, 안함광, 윤세평이 아직 실세失勢하기 전이었으므로 '부르조아 혹은 반동주의 사상에 함몰된 월북 문인'들과 백석이 같은 부류로 분류되어 문학계에서 소외되었던 것도 아니었다. 그럼에도 당시 백석 작품에 대한 평가는 매우 소략했다.

1930년대 시인 백석에 대한 북한 문학계의 평가는 1995년에 이르러 나타난다. 1995년에 출간된 류만의 문학사는 백석을 비롯하여 양주동, 심훈, 김달진, 윤동주 등의 시인들을 긍정적으로 평가하고 있다. 류만의 『조선문학사』[74]는 이전의 문학사에 비해 비교적 짧게 문학사 시기를 구분하고 다양한 시기적 특성을 추출하여 많은 작가의 많은 작품을 분석하면서, 그동안 계급성과 당성을 보여주지 않으면 '부르조아 반동문학'으로 치부하여 비판하거나 논의에서 제외시켰던 남측의 시인들에 대해서도 나름의 분석을 했다. 이는 1980년대 후반 이후 달라진 북한의 사회적 분위기를 반영하는 것이라 할 수 있다. 1980년대는 북한 문학의 주제와 소재가 다양해지고, 문학 작품에 대한 평가에서도 유연하고 다채로운 시각을 포용하는 분위기가 형성되었으며 실제 생활 주제의 다양한 작품들이 제작된 시기였다.[75] 그러나 아쉽게도 이러한 유연성과 다채로움은 90년대 중반 이후에 다시 경색되는 양상을 보인다. 90년대 중반 김일성 사후에 김정일로 정권이 승계되는 과정의 긴장과 이른바 '고난의 행군'이라 부르는 극심한 자연재해, 기아, 빈곤이 겹쳐진 내부적 난제와 함께 사회주의 연방 붕괴 이후의 어려운 국제 정세와 경제 제재 조치 등이 북한 사회를 다시 한 번 경색되게 한 것이다. 이러한 상황에서 남측 시인들에 대한 류만의 평가는 북한 문학사의 맥락에서는 매우 이채로운 것이다.

류만은 1930년대 중반에서 1940년대 전반기 문학을 "항일 무장 투쟁에 대한 지지와 공감, 생활의 고통과 울분을 반영한 시문학"으로 설명하면서 백석, 이용악, 김태오, 윤동주 등이 특색 있는 시 창작으로 "저항정신과 애국애족의 터전에서 싹트고 자라온 문학의 명맥"을 이어갔다고 평가하였다. 백석의 경우는 세태 풍속과 민족적 정서를 재현함으로써 '저항정신'과 '애국애족의 정신'을 드러냈다고 판단하고 있는 것이다. 류만은 백석의 시 「녀승」[76]을 1934년 작품이라 소개하고 「비」를 1935년, 「모닥불」을 1939년 작품으로 소개하면서 이런 시들이 "하나의 풍속도라 할만치 세태적인 생활감정으로 일관되여 있다"[77]고 하였다.

류만의 문학사적 평가를 논하기에 앞서 일단 사실 관계의 오류부터 바로잡아야 한다. 시 「여승女僧」이나 「모닥불」의 발표 연대가 남한 연구자가 확인한 것과는 다르기 때문이다. 남한 연구자 고형진의 작품 연보에 따르면 「여승」은 1936년 발간된 시집 『사슴』에 처음 실린 것이다. 백석이 「정주성定州城」으로 등단한 시기가 1935년 8월 30일이므로 「여승」의 발표 연대를 1934년으로 표기한 것은 류만의 명백한 오류이다. 「모닥불」 또한 『사슴』에 실린 것인데 1939년 발표라고 한 것도 오류이다. 일제강점기 문학의 중심이 경성이었으므로 경성 이외의 지역에서 각종 동인지나 잡지 등의 자료를 구하는 것이 상대적으로 어려움이 있어 원전을 확인하지 못한 까닭이 아닌가 추측해본다. 한편으로는 분단 후 40여 년이 흐른 뒤의 시점에서 1930년대 백석의 시를 평가하는 것이므로, 남아 있는 자료 역시 많지 않은 상태에서 원전과 다른 불명확한 모종의 다른 자료를 근거로 문학사가 쓰였을 수 있다는 짐작만 가능할 뿐이다. 사실 관계의 오류라는 치명적인 문제를 가졌음에도 불구하고 이 문학사는 백석을 비롯한 1930년대 문인들을 적극적으로 평가한 흔치 않은 문학사이다. 사실 관계의 오류뿐 아니라 시 텍스트에도 남한 연구자가 확정한 원본 혹은 정본의 텍스트와 일치하지 않는 부분을 찾아 볼 수 있다. 아래는 류만의 인용시이다.

> 통영장에 낮에 들렀다
> 갓 한잎 쓰고 건시 한법 사고 홍공단 단기
> 한감 끊고 술 한병 받어들고
> 오다 가수내 들어가는 주막 앞에
> 문둥이 품마타령 듣다가
> 열일헤 달이 올라서
> 나룻배 타고 판데목 지나간다 지나간다

– 「통영」 중에서[78]

김재용의 『백석전집』[79]과 고형진의 『정본 백석 시집』[80]에는 위의 시 「통영統營」에 '남행시초南行詩抄 2'라는 부제가 달려 있다. 아래는 『정본 백석 시집』에 실린 「통영統營 – 남행시초南行詩抄 2」의 전문이다. 몇몇 시어가 전혀 다른 단어로 드러나 있고, 행갈이가 달라졌으며, 1연으로 보이는 류만의 인용과 달리 정본은 5연으로 구분되어 있음을 알 수 있다. 류만의 인용에는 "화륜선 만져보려 선창 갔다"라는 구절도 누락되어 있다.

동잉(統營)장 낫내들있다*

갓 한 닢 쓰고 건시 한 접 사고 홍공단 단기** 한 감 끊고 술 한 병 받어들고

화륜선*** 만져보려 선창 갔다

오다 가수내**** 들어가는 주막 앞에
문둥이 품바타령 듣다가

열니레 달이 올라서
나룻배 타고 판데목***** 지나간다 간다[81]

*낫대들었다: 낮때에 가 보았다. (송준, 511)
낫대들다[낫다+대들다]: 바로 들어가다. 대뜸 들어가다. (고형진, 859)
낫대: 낮때. 대낮에. 한낮에. 경남 남해안에서 두루 쓰는 사투리로 '낙때'라고도 한다. (김수업, 204)
**홍공단紅貢緞: 붉은 빛깔의 공단. '공단貢緞'은 두껍고, 무늬는 없지만 윤기가 도는 고급 비단. (고형진, 122)
홍공단: 붉은 빛깔의 공단. '공단'은 무늬 없이 두껍고 기름기가 흐르는 값진 비단. (김수업, 204)
홍공단 단기: 붉은 공단 댕기. 공단은 비단 이름. (송준, 606)
***화륜선: 예전에, '기선汽船'을 달리 이르던 말. (고형진, 350)
화륜선: 화륜선火輪船을 말함. 증기기관으로 움직이는 기선. (송준, 606)
화륜선: 증기기관으로 물바퀴를 돌려서 움직이는 배. (김수업, 204)
****가수내: 여자아이 또는 처녀. (송준, 492)
가수내: 지명으로 추정되는데, 현재까지 어디인지 확인되지 않는다. '가시내'의 방언일 수도 있다. (고형진, 246)
가수내: '계집아이'의 경상도 사투리. 이밖에도 가시내, 가수나, 가시나 따위 여러 소리가 있다. (김수업, 204)
*****판데목: 경상남도 통영의 앞바다에 있는 수로 이름으로 1932년 해저터널이 완성된 곳. '판데다리'라고 하는데 옛날에는 '달고보리'라고 했음. (송준, 600)

시 분석에서 단어 하나의 표기나 행갈이, 연의 구성은 시의 의미를 바꾸어놓는 커다란 의미 지표이다. 예를 들어 "낮에 들렀다"와 "낫대들었다"는 그 의미 자체가 다르다. "낮에 들렀다"는 통영장을 낮에 들러 보았다는 평범한 의미가 되지만 "낫대들었다"는 '대뜸 들어갔다', '바로 들어갔다'의 뜻으로 해석될 수 있는 것이다.[82] 낮에 들렀다는 것과 다른 곳을 거치지 않고 바로 들어갔다는 것은 의미 자체도 다를 뿐 아니라 여행 중인 화자의 심리 상태를 판단할 때 중요한 차이를 만들어낸다. '낮에 들른' 것은 일상적인 행위 중의 하나로 의도성이 강하지 않으나 '바로 들어간' 것은 의도적이기도 하고 통영장에 목적을 둔 화자의 심정을 함축하기 때문이다.

마지막 부분의 "지나간다 간다"를 남한 연구자들은 '지나간다 지나간다'의 뜻으로 확정하고 있는데 이 부분 또한 의미상 큰 차이를 보인다. "지나간다 지나간다"는 지나가는 사실을 한 번 더 반복함으로써 통영을 떠나는 아쉬움을 강조하는 것으로 해석할 수 있지만 "지나간다 간다"는 '지나가'서 이제는 통영을 떠나가는 것과 함께 다른 곳으로 향한다는 의미로 해석할 수 있다. 통영과 미륵도 사이의 수로 판데목을 지나가면서 화자는 또 다른 여행지로 가는 것이고 남행南行을 계속하고 있음을 의미하는 의도적 구문으로 해석되어야 하기 때문이다.

또 1연 7행으로 드러난 류만의 인용시와 5연 7행으로 구성된 남한 연

판데목: 경상남도의 통영반도 남쪽 끝과 미륵도 사이의 좁은 수로. 가느다란 사취가 발달하여 반도가 거의 연결되어 있다. 1932년 12월 이곳에 운하가 만들어졌다. 백석 시 「통영統營 - 남행시초南行詩抄 2」의 용례는 시인이 이곳을 나룻배를 타고 지나가고 있는 것을 말하는 것이다. (고형진, 275)
판데목: '땅을 판 데의 물목'이라는 뜻의 땅 이름. 임진왜란 때 왜적 수군이 통영 앞바다에서 이순신 장군에게 쫓겨 서쪽으로 달아나다가 판데목에 와서 배가 지나갈 수 없으니까 물밑의 땅을 파고 넘어간 곳이라 해서 붙여진 이름이다. (김수업, 204)

구사의 텍스트는 여행사의 움직임과 시간의 경과에 따라 세시되는 풍경을 연 갈음으로 제시한 시인의 의도를 드러내는지 아닌지 그 차이를 보여주는 예이다. 이러한 텍스트 불일치를 해명할 방법은 없다. 북한 학자의 의도적 오류라고 판단할 근거가 없는 것처럼, 실재하지 않는 제3의 텍스트에 의존한 오류일 것으로 판단할 근거도 없기 때문이다.

위의 예는 남북 연구자 간의 텍스트 불일치를 보여주는 대표적인 사례가 될 것이다. 북한의 연구자 류만이 북한 지역에 남아 있는 제3의 텍스트를 참조한 것인지, 텍스트에 대한 고증과 확인이 있었는지, 불명확한 텍스트를 임의대로 수정한 것인지는 확인할 수 없다. 시의 어형 분석과 의미 분석에 관한 연구가 백석 연구의 한 경향을 형성할 정도로 시어 자체의 비중이 큰 백석 연구에서 이러한 불일치와 임의적인 텍스트 수정에 대한 의심은 남북한의 공동 연구에서 근본적인 불신과 의구심의 시작이 된다. 텍스트와 정전에 대한 북한의 임의적 수정은 문학 작품에만 국한되는 것이 아니다. 정책적 근거로서 인용되는 김일성 부자의 어록이나 교시문의 내용이 간행 연대와 정책적 요구에 따라 달라지는가 하면, 때로는 최초 연설 일자 자체가 변동되는 경우도 있다. 북한에서 텍스트는 학문적 엄정성을 위해 확정되기보다는 정치적 함의와 정치적 효용성을 위해 변형되고 창출될 수 있는 것이다. 사실 텍스트의 수정 및 기원의 변동은 북한 사회에서 관례적 허용의 범위에 드는 것으로서 남북 사이에 존재하는 기본적인 이질성의 한 국면이기도 하다.

두 인용시를 비교해보면 '통영장에 들러 건시에 홍공단을 사고 주막 앞에서 품바타령을 듣다가 나룻배 타고 통영을 지나간다'는 내용과 정황은 대동소이하다. 그러나 단어 하나, 문장 부호 하나에 따라 해석을 달리하고 분석이 달라지는 민감한 시 텍스트의 특성상, 표기법, 연 구분 등의 형식적 차이를 용인한다 해도 두 인용시 사이에 존재하는 텍스트상의 거리, 정서적 상이함 등을 인정할 수밖에 없다. 텍스트의 차이는 의미 분석의 차이를 만든다. 이 시에서 남한의 연구자들은 백석이 남도를 기행하며 경험한 유랑의 정서와 객체화된 풍물과 세태에 투영된 내면의 쓸쓸함에 주목했다면 북한의 연구자는 식민지 시대의 어려움 속에서도 찾아볼 수 있는 '인정이나 즐거움, 사람들의 사연, 웃음, 눈물'을 그려내는 세태 풍속도의 의미를 강조하고 있다. 백석의 시 전편을 통찰할 때 풍속이나 인정 묘사 등은 의미 있는 주제이지만 언어, 운율, 정서, 정신적 고도를 압도할 만한 주제는 아닐 것이다. 식민지 시대라는 1930년대를 역사적, 정치적, 물적 토대만을 중심으로 논의하는 북한 문학계의 한계와 특성을 확인하게 되는 대목이다.

풍속, 언어, 운율을 바라보는 북한 문학의 '인민'적 관점

불명확한 텍스트 문제와 더불어 세태와 인정만을 부각시키는 평가의 문제는 「통영」과 함께 인용된 「고성가도」와 「모닥불」에서도 마찬가지로 지적된다. 류만이 인용한 「고성가도固城街道 – 남행시초南行詩抄 3」의 마지막 부분이 연 구분 없이 이어진 것에 비해 김재용, 고형진 등 남한 연구자들의 정본 텍스트에서는 3행에서 연 구분이 되어 있다. 이것이 의미상의 큰 차이로 해석되지는 않겠지만 어감과 시상의 전개라는 관점에서 본다면 분명한 차이로 인식되어야 한다. 아래에 제시한 인용시 중 ①은 류만이 『조선문학사 9』[83]에서 인용한 「고성가도」의 부분이고 ②는 『백석전집』과 『정본 백석 시집』에 실린 시 「고성가도固城街道 - 남행시초南行詩抄 3」이다.

① 가까이 이 잔치가 있어서

곱디고흔 건반밥*을 말리우는 마을은

얼마나 즐거운 마을인가

어쩐지 다홍치마 노란 저고리 입은 새악시들이

웃고 살을것만 같은 마을이다

② 가까이 잔치가 있어서

곱디고은 건반밥을 말리우는 마을은

얼마나 즐거운 마을인가

어쩐지 당홍치마** 노란저고리 입은 새악시들이

웃고 살을 것만 같은 마을이다

*건반밥: 잔치 때나 쓰는 약밥. 건반乾飯밥. (송준, 498)
건반밥: 세반細飯. 찐 찹쌀을 말려 부수거나 빻은 가루로, 꿀이나 조청을 묻혀 강정이나 산자를 만들어 먹는다. 세반을 만들 땐, 찐 찹쌀을 절구에 찧어서 반은 그대로, 나머지 반은 분홍색이나 노란색으로 물들여 다시 말린 다음 기름에 잠깐 튀겨 낸다. 백석 시 『고성가도固城街道 - 남행시초南行詩抄 3』에서 '빨갛고 노란 건반밥'(세반)은 바로 찐 찹쌀을 찧은 가루를 빨간색과 노란색으로 물들여 말리는 상태를 나타낸 것이다. 조선의 궁정 연회 음식 목록에 '홍세건반강정', '황세건반강정'이란 강정 종류가 나오는데, 백석 시에서 '건반밥'은 바로 '세건반'이란 옛 음식 이름에서 나온 말로 보인다. (고형진, 143)
건반밥: 말린 밥. '건반밥'은 말린 밥이라는 뜻의 한자말 '건반乾飯'이니 거기에 '밥'이 포개진 말이다. '반'이 밥을 뜻하는 한자인 줄 모르는 여느 사람들은 흔히 밥을 포개서 '건반밥'이라 했고, 시인은 여느 사람들이 쓰는 그대로 썼다. (김수업, 207)
*당홍치마: 약간 자주빛을 띤 붉은 물감을 들인 치마. (송준, 519면)
다홍치마: 짙고 산뜻한 붉은빛 치마. 전통적으로 결혼하기 전의 처녀들이 입은 한복의 배색은 노란저고리에 다홍치마였다. (고형진, 113)

다음 시는 「삼천포」 중 한 부분이다. ①은 류만의 『조선문학사 9』[84]에 수록된 텍스트를 인용한 것이고 ②는 김재용, 고형진의 일치된 정본 텍스트 「삼천포三千浦 – 남행시초南行詩抄 4」이다.

> ① 졸레졸레 도야지새끼들이 간다
>
> 귀별이 재릿재릿하니 볏이 담뿍 따사로운 거리다

> ② 졸레졸레* 도야지새끼들이 간다
>
> 귀밑이 재릿재릿하니** 볕이 담복*** 따사로운 거리다

두 텍스트를 비교해보면 '돼지 새끼들이 지나가는 풍경과 귀밑에 느껴질 정도로 햇볕이 따사롭다'는 내용은 큰 차이가 없으나 명사와 의태어 표현상의 차이는 존재한다. "귀별"과 "귀밑", "담뿍"과 "담복"이 그것이다.

*졸레졸레: 줄레줄레. (송준, 586)
졸래졸래: ① 까불거리며 경망스럽게 행동하는 모양. ② 여럿이 무질서하게 졸졸 뒤따르는 모양. (고형진, 562)
졸레졸레: 짐승의 어린 새끼들이 어미를 따라 서로 앞을 다투며 앞서거니 뒤서거니 쫓아가는 모습. '줄레줄레'와 비슷한 말이지만 더 작은 새끼들 모습이다. (김수업, 211)
**재릿재릿: 자릿자릿. 저릿저릿. 짜릿짜릿. (송준, 582)
재릿재릿하니: 매우 재릿하다. '재릿하다'는 "안타까운 느낌이 나도록 저린 듯하다"(『조선말대사전』)는 뜻. (고형진, 730)
재릿재릿하니: 재릿재릿하게. 따사한 햇볕이 살갗에 닿아 부드럽고 따스한 느낌이 간지럼을 타는 듯하게. '자릿자릿'보다는 작지만 세고 '짜릿짜릿'보다는 작으면서 여리다. (김수업, 211)
***담복: 담뿍. (송준, 519)
담복: '담뿍'에서 온 말. 넘칠 정도로 가득하거나 소복한 모양. (고형진, 644)
담복: '담뿍'의 여린말. 넘칠 정도로 가득하거나 소복하도록. (김수업, 211)

재릿재릿한 긴지리운 느낌을 가지는 부분이 귀볕인지 귀밑인지를 확정하는 문제는 쉬운 일이 아니다. 물론 남한 연구자의 정본은 남아 있는 자료를 근거로 한 것이며, '귀밑'이 사전에 등재된 표준어인 데 비해 '귀볕'은 등재되지 않은 비표준어이기 때문에 '귀밑'으로 보는 것이 타당하다고 할 수 있다. 그러나 표준어 규정에 대한 고려가 엄격하지 않았던 당시의 표기법 상황, 조어와 합성어에 자유로운 시 갈래의 특성을 생각한다면 '귀볕'을 완전한 오류로 보기는 어렵다. 문제는 이렇듯 남북 연구자들 간 텍스트 확정의 차이가 만들어내는 의미의 차이일 것이다. 안타깝게도 류만의 평가는 앞서 서술한 바와 같이 세태와 인정을 보여주었다는 것으로 압축되어 있다. 남한 연구자들이 "도야지 새끼", "재릿재릿", "담복", "따사로운" 등의 의성어, 의태어의 시적 효과를 논하고 그것을 시적 정황과 분위기 분석에 활용하며, 백석 시 전체를 통어하여 언어적 효과를 유형화하고 의미화하는 체계적 접근을 시도하는 것과는 대조적이다. 북한 문학의 연구서와 연구 논문 등에서 쉽게 찾을 수 있는 단순한 분석 기제와 단선적인 논리, 주의·주장의 반복은 일종의 문풍文風[85]이 되어버린 듯하다.

류만은 "그의《풍속도》는 단순히 하나의 풍속묘사에 그치는 것이 아니라 거기에는 가지가지의 생활도 있고 하많은 사연도 있으며 웃음도 있고 눈물도 있다. 분명 시인은 그 무엇에 대하여 옛말처럼 구수하게 이야기하고 있는 것 같은데 우리에게는 그것이 시로 느껴지는 것이다"[86]라고 1930년대 백석의 시를 평가했다. 백석의 시에서 세태 풍속을 구체적으로 표현하는 기교를 높이 사고 있으며 인정을 담은 묘사의 솜씨를 상찬하고 있다. 또 백석의 '풍속도'가 단순히 풍속 묘사에 그치지 않고 생활 속의 "웃음"과 "눈물"을 "옛말처럼 구수하게 이야기하"는 독특한 솜씨가 있다고 의미 부여를 하고 있다. 풍속화를 보듯이 세태를 잘 그려낸다는 것은 형상화의 핍진성을 강조하는 동시에 보통 사람들의 생활에 밀착하는 '인민성'을 염두에 둔 평가라 할 수 있다. "간고한 시기의 생활에 시달리는" 모습과 "생활의 일상사와 사말사" 가운데 있는 '눈물', '인정', '퇴락한 농촌마을' 등은 일제강점기의 민중이 가진 고난과 시련의 생활이라는 함의로 평가되므로 이것을 그려내는 것 자체가 사회주의 리얼리즘 문학의 잣대로 보자면 '계급성'을 강조한 것이다. 인민성과 계급성의 잣대로 시를 평가하는 기준이 우리의 그것과는 너무도 다른 북한 문학 일반의 특징이라 할 수 있겠지만 여기에는 좀 더 세심한 관찰이 필요하다.

류만의 문학사는 우리 문학에 대해 짧은 시기로 시대 구분을 하고 그 안에 가능한 한 많은 작품을 담으려 한 커다란 기획이며 따라서 출간 또한 오랜 시간을 두고 진행되었다. 여기에 인용하고 있는 『조선문학사 9』는 1995년에 발간되었는데, 이후에도 류만의 『조선문학사』는 계속 간행된다. 1995년은 앞서 언급한 바와 같이 북한 사회가 대내외적 요인으로 위기를 겪는 시기이며 이를 극복하기 위해 체제 단속을 강화하는 시기이기도 하다. 이른바 '주체'를 다시금 강조하며 이른바 북한 문학에 불었던 다양한 소재와 형식의 실험이라는 '훈풍'이 사라지고 다시금 주체문예이론이 강하게 주입되는 시기라고 할 수 있다. 그러나 류만의 백석 시 분석에서는 주체문예이론에 대한 언급이 전혀 없으며 오히려 북한 문학 초기에 강조되었던 사회주의 리얼리즘의 원칙인 '인민성', '계급성'으로 회귀하는 것 같은 느낌을 받는다. 물론 사회주의 리얼리즘에서 '당성'의 원칙을 강조하는 것이 주체문예이론과 밀접히 연결된다고 판단할 수 있으나, 백석 시 분석에서 당성이 강조되고 있지는 않다. 이는 문학 연구자 류만이 가진 균형 감각과 소신에서 나온 것임을 그의 다른 평론을 통해 확인할 수 있다.

류만은 「소월과 그의 시에 부치는 말 몇 마디」(『실천문학』 2005년 봄호)에서 김소월에 대한 북한 문학사의 공통적인 평가를 다음과 같이 요약한 바 있다. "김소월은 자기의 시작품들에서 상징주의를 비롯한 일련의 경향을 나타냈지만 기본적으로는 1920년대 사실주의 시문학을 개척한 시인의 한 사람이며 민요풍의 시창작으로 현대 자유시 문학 발전에 특색있는 기여를 한 개성이 뚜렷한 서정시인이라는 점이다." 김소월을 사실주의 시인으로 보고 있으면서도 민요적 율조와 독특한 개성을 인정한다는 것인데, 민요적 율조란 부연 설명이 필요 없이 남한의 학계에서도 꾸준히 논의되어온 바이고 '독특한 개성'이란 논자에 따라 다르게 제시하는 것이므로 여기에서 설명을 요하는 부분은 "사실주의"라는 표현일 것이다. 류만은 이때에도 사실주의를 주체문예이론과는 다른 의미로 사용하고 있는데, 사회주의적 사실주의로서 김소월의 시가 당시의 시대적 상황을 대표할 수 있는 정황을 보였고 이에 대응하는 시적 자아를 표현하고 있다는 의미로 파악한 듯하다.

그는 또 백석의 시 「모닥불」[87]의 마지막 부분이 "모닥불에 깃든 할아버지의 불행한 력사를 상기시킴으로써 조상대대로 내려오는 생활의 가난과 불행은 계속되고 있다는 것을 서럽게 이야기하였다"고 하였다. 이것은 "인간생활의 심각한 의미가 반영"된 것으로 "그 의미는 때로 가난과 설움에 대한 고발이기도 하고 때로 조상 전래로 우리 인민이 간직해오는 생활 풍습과 미풍이기도 하며 때로는 인정세계이기도 하다"고 하였다. 이는 다분히 역사적 의미와 계급성에 초점을 맞춘 분석이다. 할아버지의 서러움을 일제의 탄압으로 고통받는 민족 전체의 서러움으로 확대 해석하고 생활

풍습과 세태에 주목하는 것을 '인민'이라는 계급적 기준으로 설명하고 있는 것이다. 이는 북한 문학 비평에서 흔히 볼 수 있는 바이지만, 계급적 관점이 명백히 드러나지 않았다거나 제국주의에 대한 강한 저항과 투쟁 의지가 부족하다는 것이 비판의 절대적 잣대가 되었던 여타 문학사가들의 관점과 비교해보면 류만의 평가는 문학적 기준을 갖춘 것으로 볼 수 있다. 남한의 연구자들은 이 시를 보조사 '도'로 연결된 사물들이 만들어내는 독특한 정조와 유대감에 주목하고 있는 데 반해[88] 류만은 할아버지의 설움에 초점을 맞추고 있다는 것이 다른 점이라 할 수 있다. 류만은 백석이 당시의 잡다한 문예 조류에 휩쓸리지 않고 '풍속과 세태를 노래하는 독특한 시풍'을 가졌기에 '멋'이나 '식' 등 부르주아 문학의 잔재가 없다고 설명하면서 독특한 운율에 대해서도 설명하고 있다.

> 그의 시에는 〈멋〉이나 〈식〉은 도저히 찾아볼 수 없는 반면에 구수한 이야기가 있으며 〈토장〉냄새가 있다. 그는 자기의 시의 시행을《있다, 했다, 졌다, 감다, 있었다, 많다, 운다, 온다, 간다, 이다, … 다》등 식으로 마감함으로써 독특한 운률적인 맛을 돋구고 있으며 시에서 공간적인 비약을 많이 하면서 보다 풍부한 생활적인 이야기, 생동한 세부들을 특색있게 삽입하였다.
>
> 민족적 풍속을 독특한 시풍으로 그려낸 백석의 시는 민족적인 모든 것이 짓밟히던 시기 시문학의 진보성, 민족성을 지켜내는데서 한 모습을 보여주었다.[89]

류만은 백석이 시에서 평북 방언과 각종 음식명, 농경 공동체의 풍속을 보여준 것을 '조선적인 것', '민족적인' 것의 탐구로 판단한다. 또 당시의 문단 조류와는 다른 독특한 시풍을 보여주었다는 점을 높이 사고 있는데, 이는 1920년대부터 30년대까지 다양하게 대두된 여러 사조들을 염두에 둔 발언이다. 상징주의, 낭만주의, 퇴폐주의 등의 유파들을 북한 문학계는 '멋'이나 '식'을 추종하는 허식으로 평가하기 때문이다. 북한 문학사에서 사실상 KAPF와 사실주의 문학의 범주에 넣을 수 있는 일부 작품들을 제외하고 일제강점기의 문학은 비판의 대상일 뿐이다.

그는 백석 시의 종결어미들이 내는 독특한 효과에 주목한다. 비록 "독특한 운률적인 맛"이 있다는 설명에 그치고 있지만 류만이 강조한 "있다, 했다, 졌다, 감다, 있었다, 많다, 운다, 온다, 간다, 이다, … 다" 등은 남한의 많은 연구자들이 주목하고 집중 논의한 부분과 겹쳐지는 대목이다. 시 인용이나 자세한 설명 없이 "공간적 비약"이 많다는 막연한 서술로 드러나 있기는 하지만 백석이 보여준 세태 묘사와 운율, 세부 묘사를 우리 시의 발전된 모습으로 인정한 류만의 평가는 시사하는 바가 있다. 그동안 인민성, 당성, 계급성과 주체문예이론의 경직된 기준으로 평가하던 북한 문학사 서술의 다양성과 포용성을 확인할 수 있다는 것이 첫 번째이고, 같은 맥락에서 가능한 일이겠지만 북한 문학사에서 도외시되었던 백석 시의 가치를 인정하였다는 점이 두 번째일 것이다.

북한 문학계에서 백석 시에 대한 평가가 얼마나 더 가시적인 성과를 보여줄지는 알 수 없다. 북한의 문학 연구, 비평계의 구조와 활동 양상은 우리의 그것과는 달라서 과거 작품에 대한 문학사적 맥락 평가보다는 현재 작품에 대하여 완성도를 평가하고 창작의 방향을 지도하는 이른바 지도비평의 성격이 짙고 사적 연구와 작가론적 연구가 많지 않기 때문이다.

또 백석을 비롯해 김소월, 한용운, 윤동주[90] 등 남북한 시사가 공유하고 있는 소중한 시의 자산을 서로 인정하고 소통할 만한 소양과 균형 감각을 가지고 평가하는 문학사가나 문학사 자체를 찾아보기 어렵다는 것도 한계라고 해야 할 것이다.

북한 시인 백석

「등고지」의 의미

정거장에서 60리
60리 벌'길은 멀기도 했다.

가을 바다는 파랗기도 하다!
이 파란 바다에서 올라 온다 —
민어, 농어, 병어, 덕재, 시왜, 칼치…가

이 길외진 개포*에서
나는 늙은 사공 하나를 만났다.
이제는 지나간 세월

앞바다에 기여든 원쑤를 치러
어든밤 거친 바다로

배를 저어 갔다는 늙은 전사를!

멀리 붉은 노을 속에
두부모처럼 떠 있는
그 신도**라는 섬으로 가고 싶었다.

-「등고지」 전문

「등고지」는 북한의 문학예술종합출판사에서 발행하는 주간 신문 『문학신문』 1957년 9월 19일자에 수록되었다. 한국연구재단의 지원으로 수행된 '북한의 시학 연구' 연구팀이 발굴하여 학계에 최초로 보고한 시이다. 지역의 자랑과 명소를 문학으로 소개하는 '내고장의 자랑'란에 '평북편(4)'로 실린 이 시는 평북 출신 백석이 평북 용천에 있는 신도를 소재로 쓴 것이다. 정거장이 있는 큰길에서도 60리를 들어가야 하는 외진 개포에서 노인을 만나 과거 전쟁의 기억을 더듬는 단순한 구성이다.

보통 북한 문학에서 '원쑤'는 미국, 친미 세력, 남한 정부 등을 지칭하는데, 가끔은 일제강점기 항일 투쟁을 회고할 때 등장하기도 한다. "원쑤"를 치러 나갔던 전투란 아마도 한국전쟁일 것이다. 바다로 침투하는 적이라면 항일 투쟁기와는 어울리지 않기 때문이다. 그러나 한국전쟁이라면 불

*개포: 바닷물이 드나드는 물가인데 민물이 겹쳐나는 곳에 인가人家가 형성되어 있는 곳을 말한다. 포浦보다는 작은 지형적인 의미를 갖고 있다. (송준, 497)
**신도: 薪島. 평안북도 용천군 신도면에 속한 섬. 육지가 침수되어 이루어진 섬으로 알려져 있음.

과 수년 전의 일인데 "이제는 지나긴 세월"로 부르기에는 이색힌 부분이 없지 않다. 그럼에도 다음 연의 "늙은 전사"와 연결되는 바가 있어서 한국전쟁기의 추억으로 판단하는 것이 적절할 것이다. 다르게 생각하여 "지나간 세월"이 그저 노사공의 세월을 염두에 둔 것일 수도 있지만 그렇게 본다면 배경, 공간을 묘사하며 시적 대상을 사람으로 좁히고 사연으로 들어가는 시의 전개와 맥락에서 흐름이 끊기는 표현이 될 수도 있기 때문이다. 늙은 전사의 기억은 그날 밤 거친 바다로 배를 저었다는 단편적 기억에 그치고 더 이상의 자세한 묘사나 설명 소개, 사연 등이 없다. 그리고 시는 '멀리 보이는 신도라는 섬에 가고 싶다'는 소망으로 마무리된다. 백석의 시가 아닌 누구의 시로 보더라도 성과작은 아닌 것으로 보인다. 짧고 단순한 이 시에서는 '개포', '어든 밤의 거친 바다', '신도' 그리고 제목 '등고지'를 정확히 연결하고 파악할 여지가 많지 않다. 과거의 전선戰線이었던 고지高地에 올라 용천 앞바다와 신도를 바라보는 것인지도 모호하다. 나루, 포구의 뜻이 담긴 개포의 지명으로 보아 고지의 나루터라는 해석도 어색하다. 등고지가 평북 방언 연구로 확인해야 하는 미지의 단어인지도 아직은 확실하지 않다.

이 시는 고장 탐방류의 시에 속하는 짧고 단순한 소품이지만, 동시를 제외한다면 백석이 북한에서 발표한 첫 시로서 이후 백석 시의 변화 과정을 보여준다는 점에서 의미가 있다. 한국전쟁을 소재로 한 보통의 북한 시들에는 자세한 전투 묘사, 전사들의 용맹함, 후일담 등이 담긴다. 때문에 시의 길이도 길어지고 미군과 한국군에 대한 적개심과 반감을 적나라하게 드러내는 것이 특징인데, 이 시는 그러한 일반적인 특징에서 벗어나 있다. 또 '원쑤', '전사' 외에는 북한 시 특유의 이미지들이 보이지 않는다. 북한에서 발표한 첫 시 「등고지」는 분단 이전에 발표한 「남신의주 유동 박시봉방」, 「흰 바람벽이 있어」 등의 시와 1958년 5월 이후 발표되는 일련의 시들 사이에 위치한다. 그럼에도 양쪽의 시기를 연결하는 교량으로 평가할 만한, 양쪽에 잇닿은 특징을 찾기는 어렵다. 짧은 시형과 단순한 구조가 양쪽 시기 모두와 다른 것이 차라리 특징이라고 할 만하다. 이후 백석은 1958년부터 간헐적이나마 시를 발표하는데 오히려 「등고지」 이후의 시에서 분단 이전 백석 특유의 시적 표현과 특징이 부분적으로 드러나고 북한 시의 전형적인 몇몇 특징들도 함께 드러난다고 할 수 있다. 시의 길이가 길어지면서 주제가 부각되고 소재와 이미지, 상징, 시어가 풍부해지는 등의 변화가 그것이다. 물론 「공동 식당」에서 보듯 백석 특유의 사회주의 인식과 표현 방법을 확인할 수도 있다. 그러나 이후 이러한 경향에 변화가 일어난다. 1960년 초에 발표한 몇몇 시들에서는 북한 시의 전형성이 강해지는 것을 볼 수 있다.

시정詩情, 서정抒情, 언어言語

백석이 북한 문단에서 발표한 시를 정리하면 다음과 같다.

〈표 4〉 북한 문단에서 발표한 백석 시 목록

제목	연도	출전
「등고지」	1957. 9. 19.	『문학신문』
「제3인공위성」	1958. 5. 22.	『문학신문』
「이른 봄」	1959. 6.	『조선문학』
「공무 려인숙」	1959. 6.	『조선문학』
「갓나물」	1959. 6.	『조선문학』

제목	연도	출전
「공동 식당」	1959. 6.	『조선문학』
「축복」	1959. 9.	『조선문학』
「하늘 아래 첫 종축 기지에서」	1959. 9.	『조선문학』
「돈사의 불」	1959. 9.	『조선문학』
「눈」	1960. 3.	『조선문학』
「전별」	1960. 3.	『조선문학』
「천 년이고 만 년이고…」	1960	『당이 부르는 길로』
「탑이 서는 거리」	1961. 12.	『조선문학』
「손'벽을 침은」	1961. 12.	『조선문학』
「돌아 온 사람」	1961. 12.	『조선문학』
「조국의 바다여」	1962. 4. 10.	『문학신문』

위에 정리한 백석 시에 대한 북한 문단의 평가를 찾는 것은 쉽지 않다. 보통 화제작이거나 수작秀作인 경우 『조선문학』이나 『문학신문』의 다음 호를 통해서라도 즉각적으로 논평하는 경우가 많고, 태작이거나 문제작인 경우에도 즉각적으로 비판하는 것이 북한 문학 비평계이다. 이러한 경우에 해당되지 않더라도 상반기와 하반기로 나누어 발표된 시들에 대한 총평을 하는 것이 문예지 『조선문학』의 관행인데 이러한 결산 총평에도 백석의 시는 전혀 언급되지 않았다. 백석이 『문학신문』 편집일을 맡은 1957년 후반에서 1958년 후반까지 발표한 시들에 대해서도 북한 문단은 전혀 언급하지 않았던 것이니, 삼수 산골로 떠난 1958년 이후에는 더 말할 것이 없다. 이 시기 백석에 대한 평가는 동시와 동화시에 집중된다.

1940년대 초 만주에 머물다 해방 후 귀향한 백석이 번역이 아닌 자신의 창작을 발표한 것은 1956년 1월이다. 『아동문학』에 발표한 동시 「까치와 물까치」, 「지게게네 네 형제」는 일제 말과 해방 공간, 한국전쟁기로 이어지는

10어 년 만에 처음으로 발표하는 자신의 작품이라 할 수 있다.[91] 10여 년의 공백기는 러시아 작가의 작품 번역으로 채워졌다. 이후 백석은 꾸준히 동시를 발표한다. 1957년 출간한 동시집 『집게네 네 형제』(조선작가동맹출판사, 1957), 1957년 4월 『아동문학』에 발표한 동시 4편, 1960년 5월 『아동문학』에 발표한 동시 3편, 1962년 3월 『새날의 노래』에 발표한 동시 3편, 1962년 5월 『아동문학』에 발표한 동시 1편 등 25편이 그것이다.

동시를 제외한다면, 『문학신문』 9월 19일자에 실린 시 「등고지」는 백석이 북한 문단에서 발표한 첫 시가 된다. 이후 백석은 1958년 5월 22일 『문학신문』에 「제3인공위성」을 발표하였으며, 1959년 6월에는 북한 문학 최고의 문예지 『조선문학』에 시 5편, 9월에는 2편, 1960년 3월에는 2편을 발표하고 1962년 4월 10일 『문학신문』에 「조국의 바다여」를 발표한다. 동시가 아닌 이후의 시에 대해서는 현재까지 알려진 바가 없다.

동시와 시를 합쳐 30~40편으로 추정되는 만큼 수적으로 많은 것은 아니지만 백석의 시가 1957년 무렵부터 집중 발표되었다는 점은 주목할 필요가 있다. 1956년에서 1958년은 북한뿐 아니라 소련의 정치와 문학에서도 매우 중요한 시기이다. 이 시기는 '8월 종파' 사건이 있던 북한 사회 혼란기에 해당하며 중소 분쟁의 틈바구니에서 자주노선을 택한 김일성의 주체 구상이 이루어지던 시기이다. 백석의 작품이 집중적으로 발표될 수 있는 직간접적 기반 역시 그 시기에 이루어졌다. 1956년 북한의 정세와 8월 종파 사건은 1957~1958년에 발표된 백석 시와 1959년 이후 발표된 백석 시를 살펴보는 중요한 분기점이 된다.

밤을 새우면서 토론하는 직장동맹 회의장의 꺼지지 않는 불빛(「이른 봄」, 「돈사의 불」, 「천 년이고 만 년이고…」), 증산과 농업 기계화의 상징 뜨락또르(「이른 봄」), 희망과 기쁨에 찬 화자와 동료들(「하늘 아래 첫 종축 기지에서」, 「돈사의 불」), 자신의 임무를 성스럽게 여기는 노동자(「탑이 서는 거리」, 「손'벽을 침은」 외 다수), 당과 김일성에 고마움을 표하는 화자(「눈」 외 다수), 북한의 미래에 대한 낙관적인 전망(「공동 식당」 외 다수) 등은 당시 북한 시들에서 흔히 볼 수 있는 소재이며 이미지들이다. 당시 북한 문학의 유형화된 주제와 이미지들이 백석의 시에서도 포착되는 것인데, 동시대의 북한 시인들에게 보이는 극렬한 감정과 구호가 주류를 이루지 않을 뿐 백석 시 역시 '사회주의를 위해 인민을 교양하는' 사회주의 문학의 범주에 들어 있다고 볼 수 있다. 1960년 이후에는, 북송 교포를 환영하는 일종의 행사시 「돌아 온 사람」, 조선노동당 창건 15주년 기념시집 『당이 부르는 길로』에 실린 시 「천년이고 만 년이고…」와 같은 김일성에 대한 노골적인 찬양의 시도 창작한다. 「탑이 서는 거리」, 「조국의 바다여」 등에는 미국에 대한 원색적 표현과 남한의 박정희 정부 비판, 도식적 수사가 드러난다. 모두 전형적인 북한 시의 주제와 표현의 범주 안에 있는 시들이다. 물론, 「눈」처럼 형상성과 서정성에서 아름다운 시도 있으나 그 시들에서도 주제와 부분적인 표현을 살펴보면 같은 평가가 가능하다.

북한의 시를 분석할 때 유형적으로 등장하는 주제에 집중하면 모든 시들의 주제가 전일해져서 자칫 북한 시의 주제 분석이란 의미 없는 것처럼 보이기도 하는데, 이는 백석 시 분석에서도 생길 수 있는 문제이다. 이 문제 또한 북한 문학의 변화와 경험 아래에서 해명해야 할 것이다. 러시아 시 번역에 집중하던 백석이 1956~1957년 무렵 집중적으로 자신의 시와 동화시를 창작한 배경과 1959년 초 목축 노동자로서 삼수 관평으로 배치된 후 발표한 시들에서 보이는 김일성 찬양, 체제 찬양의 구호는 모두 북한 사회의 변화에 의거하여 설명될 수 있다. 1953년 스탈린 사망과 소련 문학의 '해빙' 그리고 북한의 '8월 종파'가 그것이다. 이 모든 북한의 정세와 북한 문학의 상황을 떠나 북한 시인 백석을 온전히 설명할 수는 없다. 백석이 북한에서 쓴 시가 실재하듯 백석이 북한에서 시를 쓴 시인이라는 것은 사실이기 때문이다.

북한 문단에서 창작한 백석의 시는 공산주의 찬양과 체제 찬양을 주제로 하는 전형적인 북한 시로 보인다. 「제3인공위성」 같은 시에서는 노골적으로 '공산주의 찬양'이 드러난다. 소비에트연방이 제3인공위성을 쏘아 올린 것을 찬양한 이 시는, 사회주의 연방을 "해방과 자유의 사상", "공존과 평화의 이념", "위대한 꿈"을 가진 것으로 묘사하고 "지칠줄 모르는 공산주의"를 찬양하면서 끝난다. 인공위성을 의인화하여 '나'로 칭하는 것이 특이한데, 1인칭 화자의 채택이 동시 같은 느낌을 주어 과학 문명이 가져다주는 미래에 대한 희망을 좀 더 순수하고 감격적인 것으로 표현하고 있다. 이러한 기법적 고려가 특색 있지만 노골적인 공산주의 찬양과 과장된 어조가 다른 북한 선전선동시와의 차이점을 알 수 없게 한다. 이 시에서도 지난날 백석 특유의 서정과 섬세한 언어 감각을 찾을 수 없는 것이 사실이다.

「이른 봄」은 본격적인 농사철을 맞아 농업 생산량을 채우기 위해 분주해진다는 내용의 시이다. 감자 생산량 40톤, 아마 생산량 30톤이라는 관리위원회의 생산 계획 숫자와 이에 매진하기 위해 "붉은 마음들은 / 언제나 이른 봄의 결의로, 긴장으로 일터에 나서"는 노동자의 모습은 이전의 백석 시에 등장하는 인물들과는 매우 다르다. 아무 일도 하지 못하고 어두운 마음으로 방바닥에 뒹굴며 고민하거나, 서러운 옛날이야기에 젖어

먼 시원의 고향을 상상하거나, 짙은 음식과 삶의 냄새에 고향을 그리워하던 서정적인 화자의 흔적을 전혀 찾을 수 없는 것이다.

삼수 양돈 농장의 작가로 배치된 후 현장 노동자로서 현장 소식을 시로 전하는 시인의 역할을 다하기 위해 창작한 시편들에서도 백석 특유의 어조와 토속어, 서정성을 찾아보기 어렵다. "당의 웅대하고 현명한 또 하나의 설계"와 "조국의 북쪽 땅을 복지로 만드는 일"로 고무된 번식돈 관리공을 소재로 한 「하늘 아래 첫 종축 기지에서」와 「돈사의 불」, 일 잘하는 남쪽 집 처자를 시집 보내며 "어린 전우들을 딴 진지로 보내는 일"이 "얼마나 즐겁고 미쁜"지 "얼마나 거룩하고 숭엄한"지를 깨닫는 「전별」 등은 이른바 현장 지도와 그 상황을 문학 작품으로 생생히 전하라는 문예 당국의 지침에 충실한 작품이다. 이러한 시들에서 시적 정서와 감동이 있을 수 없는 것이 사실이고 시대적 가치에 고양되는 감격성만이 드러난다. 이러한 시대적 교양과 감격이 최고조로 드러난 것이 「탑이 서는 거리」와 「손'벽을 침은」, 「돌아 온 사람」이다. 이 중 혁명의 거리에 인민 영웅의 탑이 세워지는 광경을 노래하는, 일종의 행사시 성격이 짙은 「탑이 서는 거리」에는 상투적인 관념어와 상투적인 격정의 언어가 반복된다.

> 혁명의 거리로
> 혁명의 노래가 흐른다.
> 혁명은 청춘,
> 청춘의 거리로
> 청춘의 대오가 흐른다.
> 흙묻은 배낭에 담긴 충성이,

검붉은 얼굴에 빛나는 영예가, 높은 발구름에 울리는 투지가,
오색 깃발에 나부끼는 긍지가……
흐른다, 흐른다,

-「탑이 서는 거리」 부분

위의 시에서 보이는 혁명, 청춘, 충성, 영예, 투지, 깃발, 긍지 등은 이전의 백석 시에서 찾아볼 수 없는 관념적이며 이념적인 추상어들이다. 또 "혁명", "청춘", "흐른다", "왔구나", "청년들이여" 등의 시어를 수없이 반복하여 오히려 시적 긴장을 떨어뜨리는 것은 백석 고유의 창작 방법론과 거리가 멀다. 더욱이 이렇게 관념적인 시어를 반복하며 공허하게 감정을 격앙시키는 듯한 구호에 대해서는 백석 자신이 이미 깊은 혐오감을 내보인 바 있다.

한편, 분단 후 백석이 발표한 동시를 정리하면 다음과 같다.

〈표 5〉 북한 문단에서 발표한 동시 목록

제목	연도	출전
「병아리 싸움」	1952. 8. 11.	『재건타임스』
「까치와 물까치」	1956. 1.	『아동문학』
「지게게네 네 형제」	1956. 1.	『아동문학』
「소나기」	1956. 8.	『소년단』
「우레기」	1956. 12.	『아동문학』
「굴」	1956. 12.	『아동문학』
「계월향 사당」	1957. 1. 24.	『문학신문』
「집게네 네 형제」	1957	『집게네 네 형제』
「쫓기달래」	1957	『집게네 네 형제』

제목	연도	출전
「오징어와 검복」	1957	『집게네 네 형제』
「개구리네 한솥 밥」	1957	『집게네 네 형제』
「귀머거리 너구리」	1957	『집게네 네 형제』
「산'골총각」	1957	『집게네 네 형제』
「어리석은 메기」	1957	『집게네 네 형제』
「가재미와 넙치」	1957	『집게네 네 형제』
「나무 동무 일곱 동무」	1957	『집게네 네 형제』
「말똥굴이」	1957	『집게네 네 형제』
「배꾼과 새 세 마리」	1957	『집게네 네 형제』
「준치가시」	1957	『집게네 네 형제』
「메'돼지」	1957. 5.	『아동문학』
「강가루」	1957. 5.	『아동문학』
「기린」	1957. 5.	『아동문학』
「산양」	1957. 5.	『아동문학』
「감자」	1957. 7. 19.	『평양문학』
「오리들이 운다」	1960. 5.	『아동문학』
「송아지들은 이렇게 잡니다」	1960. 5.	『아동문학』
「앞산 꿩, 뒤'산 꿩」	1960. 5.	『아동문학』
「석탄이 하는 말」	1962	『새날의 노래』
「강철 장수」	1962	『새날의 노래』
「사회주의 바다」	1962	『새날의 노래』
「나루터」	1962. 5.	『아동문학』

백석이 북한에서 발표한 창작 시집은 1957년 조선작가동맹출판사에서 펴낸 동화시집 『집게네 네 형제』가 유일하다. 북한 아동문학 연구자 원종찬은 백석이 『집게네 네 형제』 외에도 『네 발 가진 멧짐승들』(1958년 추정), 『물고기네 나라』(1958년 추정), 『우리 목장』(1961년 추정) 등 3권을 더 출간했으리라고 추정한다. 그러나 현재 실물이 확인된 것은 『집게네 네 형제』뿐

이며, 다른 세 권은 『문학신문』에 언급된 기사를 통해 간접적으로 존재를 확인할 수 있을 뿐이다. 원종찬에 따르면 이 중 『네 발 가진 멧짐승들』과 『물고기네 나라』는 학령 전 아동을 위한 그림책이라고 한다.[92] 『우리 목장』은 『문학신문』 1962년 2월 27일자에 실린 리맥의 글 「아동들의 길'동무가 될 동시집 – 백석 동시집 《우리 목장》을 읽고」에서 자세히 논의되었는데 이 역시 원본을 확인할 수 없다.[93]

『문학신문』 1957년 6월 20일자(29호)의 '신간안내'란에는 『집게네 네 형제』의 광고가 실려 있다. 『문학신문』에 전재된 내용을 옮기면 다음과 같다.

> △ 동화시집 《집게네 네 형제》, 백석 작. 이 시집에는 최근 시가 작가 백석이 창작한 《집게네 네 형제》, 《쫓기달래》, 《오징어와 검복》 등 12편의 작품이 담기여 있다. 4.6판 96페지. 값40원. 작가동맹출판사 간행

또 『조선문학』 1957년 9월호의 신간소개란에는 『집게네 네 형제』를 '최초의 동화 시집'으로 소개하고 있으며 동화 장르에서 조국애와 계급 의식, 상호 협조의 공산주의적 덕성과 진리를 형상화하고 있다고 평가하고 있다. 그 내용을 옮기면 다음과 같다.

> 집게네 네 형제, 백 석 저. 4×6 판 96페지 값 40원. 동화 시집으로서는 우리나라에서 처음으로 출판되는 책이다. 이 저작집에는 《집게네 네 형제》를 비롯하여 《쫓기달래》, 《나무 동무 일곱 동무》, 《개구리네 한솥밥》, 《귀머거리 너구리》, 《산'골 총각》등 도합 열 두 편의 동화시가 수록되었다. 동화 잔르가 가지는 환상의 세계에서 아동들에게 조국애와 계급

의식과 호상 협조의 높은 덕성과 생활의 진리를 예술적 형상화를 통하여 보여 주고 있다.

아동들을 위해 조국애, 계급 의식, 상호 협력의 덕성, 생활의 진리와 같은 사회주의 도덕을 예술적으로 잘 형상화했다는 평가이다.

백석은 사회주의 혁명과 계급주의 주제에 몰두한 나머지 문학적 형상화와 예술성을 간과한 소위 '도식주의' 문학을 비판하는 입장에 서 있었다. 백석은 1956년 발표한 평론 「나의 항의, 나의 제의」에서, 아동문학 분과에서 '벅찬' 현실을 그려내지 못했다고 비판받은 류연옥의 「장미꽃」을 옹호하면서 아동문학계를 포함한 북한의 문학계에 만연한 도식주의를 비판한다. 벅찬 공산주의 시대를 그리는 것이 기중기, 고층 건물, 수로, 공장 굴뚝만이 아닐 텐데, 류연옥, 석광회, 리원우, 정서촌, 김순석 등의 모든 작가가 기중기만 노래한다면 아동문학을 포함한 시문학에서 다양한 쩨마(테마: 필자 주), 감정, 정서가 없는 "도식화된 사회학적 내용"에 국한되는 도식주의에 빠진다는 것이다.[94] 그는 또 아동시단에 교훈, 금언, 사화, 변론이 판을 치고 있는데 당대의 시인으로 존경받는 안룡만과 북한 아동문학의 태두라 할 수 있는 윤복진도 예외가 아니라고 하였다. 생활의 현실을 간명하고 정확하게, 소박하게 말해주어야 하는 아동문학이 "짜증나는 교훈과 충고를 일삼는 작가들에게 이런 역스러운 교훈과 충고를 호도하기 위한 방편으로서 미려한 사화와 변론에 의거하고" 있으며 대표적인 미려한 사화로는 '햇빛', '흥겨운 노래소리', '즐거운 물결', '황금 물결', '승리의 태양', '자랑찬 깃발' 등이 있고 이런 말들이 당시 북한 시단에서 관용어처럼, 형상의 "스탐프"로 되었다고 개탄한다.

그러나 자신의 평론에서 강도 높게 비판한 도식주의와 미려한 사화, 그리고 관용어들이 몇 년 후에 발표한 「탑이 서는 거리」, 「손'벽을 침은」, 「돌아 온 사람」에는 무수히 출현한다. 이것을 어떻게 설명해야 하는가? 시와 시론의 괴리나 이론과 실천의 간극으로 설명하기보다는 시간에 따른 예술혼과 기개의 사라짐으로 보아야 할 듯하다. 이른바 천리마 시대이며 주체 시대를 예비하는 북한 권력의 움직임이 가속화하는 1960년대는 백석의 예술혼과 문학적 기개를 용납할 수 없었다. 「나의 항의, 나의 제의」가 집필된 것은 1956년 9월이고 당시는 백석이 아동문학 분과위원으로서 활발한 평론 활동을 하며 나름의 문학론을 개진하고 있던 때이다. 그러나 1958년 말이나 1959년 초, 삼수에 배치된 이후 그는 노동 현장, 건설의 현장을 문학으로 전달하는 문학 노동자일 뿐 담론을 생산하거나 발전시킬 지위도 의욕도 허용되지 않았다. 당이 요구하는 작품을 써내야 했고 백석은 그렇게 했다. 그러나 이것을 두고 시인 백석의 훼절이나 변절 혹은 자포자기라 말할 수는 없을 것이다. 사상을 선택한 월북이 아니라 재북 문인이었던 백석은 사회주의 문학의 강압적 이념과 창작 풍토에 적응하지 못한 것으로 보이지만 고리키, 마르샤크Samuil Marshak, 벨린스키Vissarion Belinsky, 미할코프Sergey Mikhalkov, 숄로호프, 베르만 등의 러시아 문학을 번역하고 이론을 소개하면서 나름의 문학적 활동을 한 것이 사실이다. 백석은 자신이 공부하고 번역한 작가들의 문학에 관한 경구를 자주 인용하는데, 이는 주로 사회주의 리얼리즘의 사상성에 대한 강조보다는 문학의 형상성이나 시적 언어의 활용 등 주로 문학 원론적인 인용이었다. 도식주의 논쟁의 양상이 되어버린 아동문학 논쟁에서 자신의 목소리를 내면서도 러시아 유명 작가들의 인용을 통해 이론적 기반과 논의의 정당성을 얻은 것으로 보인다.

북한 문학에서 도식주의 논쟁은 문학의 사상성과 형상성 사이의 선택을 요구하는 비평계 최대의 쟁점이었다. 백석과 리원우[95] 사이에 있었던 '아동문학 논쟁'은 당시 북한 문학계의 도식주의, 무갈등론, 긍정적 주인공 논쟁과 다를 바 없는 양상을 보였다. 백석은 아동문학도 문학으로서 시정詩情과 철학에 입각하여 창작되어야 하고 음악성과 해학성 등도 고려해야 하며 아동문학의 본질과 특성을 고려하지 않는 강압적 교양은 문제가 있다는 요지로 일련의 평문을 발표하였다. 이에 대해 리원우는 아동문학 또한 여타의 사회주의 문학과 마찬가지로 사상성과 교양성을 우선해야 한다고 주장하였다. 여기에 백석은 사상성과 교양성이 정치적, 사회적 의미로만 이해될 수 없으며 아동문학으로서 명랑하고 건강한 웃음과 낙천적 성격을 형성하게 하는 것도 '공산주의자적 인격'을 위한 사상성과 교양성이라고 역설한다. 이 논쟁은 1950년대 후반에서 60년대 초반에 이르는 북한 문학계의 선택처럼 사상성과 계급성을 고양하는 사회주의 리얼리즘을 강조하는 이론가들의 승리로 귀결이 되고 계급주의 문학 안에서도 문학성과 문학의 형상성을 걱정한 문인들은 복고주의를 벗어나지 못한 자들로 비판받으며 북한 문단에서 퇴조하는 것으로 종결된다. 북한 문학 건설기에 맹활약하였던 윤세평, 안함광, 한설야 등이 이때에 사라지고 백석 또한 이 무렵 농촌 협동농장에 배치된 것으로 보인다.

아동문학에 관한 그의 일련의 평론들은 1930년대 자유롭고 다양한 근대시의 조류를 목격하면서 자신만의 시 세계를 이룬 뛰어난 감성의 시인 백석의 문학론과 그 변화를 보여준다. 변화란 순응順應, 가장假裝, 반어反語, 훼절毁節, 변절變節, 왜곡歪曲 등의 여러 국면을 함축하고 있으나 역시나 한정된 자료만으로 백석의 내면과 당시 상황을 추측할 수 있을 뿐이기에 순응, 가장, 훼절, 변절, 왜곡 중 어느 것도 객관적인 단언이기 어렵다. 다만 시에 대한 자신만의 시론을 펼친 백석의 모습을 통해 백석의 문학론을 가늠하는 일이 가능할 뿐이다.

「탑이 서는 거리」, 「손'벽을 침은」, 「돌아 온 사람」 등 1960년대 초반에 발표한 백석의 시에서 도식주의와 교훈적 사화를 확인한 것이 사실이지만, 1956년 발표한 「나의 항의, 나의 제의」와 그 무렵 발표한 일련의 평론에서 백석은 일관되고도 강력한 어조로 아동문학과 시단에 만연한 도식주의를 비판한다. 사회주의 교양을 위해 관용적인 소재와 교훈적 선언으로 일관하는 도식주의를 극복할 문학 정신으로 백석이 주장한 것은 '시정'과 '감정', '정서', '생활'이었다. 또 문학 정신을 드러낼 언어로서 아동문학과 시가 시어의 '선명성', '명확성', '긴장된 소박성', '운률적 구조', '율동'을 갖출 것을 촉구하고 언어의 음악성과 묘사의 선명성, 시적 언어의 긴장 등을 강조하였다. 비슷한 시기에 발표된 「동화문학의 발전을 위하여」[96]에서는 문학이 시정과 철학을 필수 불가결하게 요구한다고 했는데, 이때의 철학이란 당시의 생활 윤리, 시대적 지향, "쏘베트 사회의 윤리"로 이해할 수 있다. 시정을 위해 갖추어야 할 것으로 '과장', '환상'을 들었고, 이를 위해 생활에 기초를 둔 '구비 전설'을 문학적으로 활용하는 것이 필요하다고 했다. 문학의 생명인 '시'를 느끼지 못하고 형식주의에 빠진 아동문학을 경계하며 인민 문학의 중요성을 강조하였다.

백석이 강조한 구비 문학과 인민 동화는 다른 말로 하자면 구비 전설과 전래 동화이다. 실제로 백석의 이러한 아동문학적 신념이 가장 잘 반영된 것이 『집게네 네 형제』라 할 수 있다. 전래의 민담과 동화를 아이들의 입말로 변형시키고 동물을 의인화하는 환싱의 수법으로 생활 속의 교훈과 인정 세태를 설명한 이 동화시집은 백석의 시론과 아동문학론이 결집된 것으로 볼 수 있다. 전래의 민담과 구비 전설은 분단 이전 백석의 시에서 가장 잘 형상화되고 높이 평가받은 요소였음을 상기할 때 위와 같은 문학론, 시론 형성의 배경은 분단 이전이었으리라 생각한다. 북관의 전설이나 산골 마을의 저녁 풍경, 할머니가 들려주던 전설과 옛이야기 등으로 환상성과 시원의 세계를 연상시키며 깊은 정서적 공감을 이끌어낸 백석이 분단 후 아동문학론을 통해 그 시론을 스스로 정리하여 드러내고 있는 것이다.

> 시적 언어의 모범은 무엇일가? 그것은 인민의 언어이다. 뿌슈낀이 일찍 가장 본질적인 언어를 인민언어에서 찾으라고 절규한 것은 우리들에게 큰 교훈으로 된다. 우리 동화 작품에서는 찬란하고 호화로운 많은 조사들을 볼 수 있다. 그러나 이런 언어는 소박하지 못하고, 형상력이 약한 것들로서, 그 대부분이 수식을 위한 언어이며, 동화의 시정과 피로써 통한 언어는 아닌 것이다. 소박하고 투명하고 명확하고 간소한 언어야 말로 아동독자들의 창조적 환상을 풍부히 할 수 있으며, 그들에게 작품의 세계를 선명하게 인식시킬 수 있으며, 사회의 도덕 륜리적 --법칙을 옳게 가르칠 수 있는 것이다. 우리 동화 작품 중 황민의 『굴렁쇠』는 이런 의미에서 높은 자리에 올라가야할 작품이다. 이 작품에서는 작위적인 조사를 거의 발견할 수 없다. 그 어느 작품에서나 소박하고 간결하고 투명하고 정확한 언어를 이 작품에서처럼 대하기 힘들것이다. 독자는 이 작가의 언어에 대한 절도 있는 태도에 호의를 가지게 되며, 그 정직한 언어로 된 표현 속에서 수정같이 맑은 형상을 들여다 보게 된다. 『…벌건 나사

못이 녹쓴 몸을 털며 굴렁쇠를 보고 쓸쓸히 말했습니다.』

『…굴렁쇠는 이렇게 생각하며 고갯길을 쏜 살같이 굴러내려 오다 몸을 기울이고 빙 돌아 내리막 길에서 벗어져 학교 운동장으로 굴러들어 갔습니다.』

이 작가의 언어 구사에는 독자가 안심할 수 있으며 그 문장에서 높은 유열을 느낄 수 있다.[97]

위의 인용에서 보듯 백석은 시적 언어의 모범을 인민의 언어에서 찾고 있는데, 소박하고 간결하며 투명한 인민 언어의 한 예를 조사의 용법으로 설명하고 있다. 황민의 문장이 작위적인 조사를 볼 수 없고 정확하고 간결하다고 했는데 짧은 인용문과 모호한 설명만으로 구체적인 '조사'의 활용법이 가지는 효과에 대해 논하는 것이 쉽지 않다.[98]

백석은 여러 평문에서 '인민의 언어'를 강조하는데 여기서 '인민'은 계급성을 가진 인민이라기보다는 민족이나 향리 사람들, 친근한 이웃의 말과 풍속이 담긴 말이라는 뜻으로 이해된다. 전투적, 혁명적, 사상적 언어보다는 소박하고 투명하고 간소한 언어가 시적, 문학적 언어이고 '인민 언어'라고 간주할 수 있다.

북관의 풍경과 공동체의 유대감

「나의 항의, 나의 제의」[99]에서 백석은 아동문학이 가야 할 방향으로 풍자 문학, 향토 문학, 낭만적인 분야, 구전 문학과 인민 창작을 강조하였다.

여기서 백석이 강조한 '향토'와 '구전 문학', '인민 창작'은 앞서 발표한 평론 「동화문학의 발전을 위하여」에서는 구비 문학과 인민 동화로 표현되어 있다. 아직 장르를 구분하는 개념이 확고하지 않은 상태이므로 구비 문학은 구전 문학과 같은 의미로, 인민 창작은 인민 동화와 같은 의미로 보아도 무방할 것이다. 이들을 또 남한 연구자들이 사용하는 문학 용어로 바꾸면 신화, 전설, 민담, 전래 동화 등을 포괄하는 광범한 구비 전승의 옛이야기라 할 수 있다. 백석은 구비 전승의 옛이야기에 실린 풍자와 낭만성(=낙천성[100]), 해학성이 문학으로서의 동화문학이 지향할 바라고 하였다. 이것을 백석 시론으로 이해한다면 아래의 시들은 당의 정책과 요구에 따라 목축 노동자이자 현장 문학가로서 살아가면서도 자신의 시론을 작품으로 지켜낸 것으로 볼 만하다.

어려서 고아가 되어 "당과 조국의 품 안에서 / 당과 조국을 어버이로 하고 자라난" 부부가 아이의 첫돌에 타지에서 온 손까지 청한 이야기를 소재로 한 「축복」은 백석의 이전 시편들을 떠올리게 한다. 표면적 주제는 '당과 조국의 은혜'를 축복으로 여긴다는 것이지만 여럿이 한집에 모여 음식을 나누며 피붙이처럼 홍성스럽게 어울리는 풍경과 소재는 「여우난곬족族」을 연상시킨다. 실제로 '당'이나 '조국', '은혜', '축복' 등이 들어간 연을 제외하고 시를 인용해보면 이전 시가 보여주던 정서와 옛 고향집 풍경이 재현됨을 알 수 있다.

> 이 먼 타관에서 온 낯설은 손을
> 이른 새벽부터 집으로 청하는 이웃 있도다.

어린 것의 첫생일이니
어린 것 위해 축복 베풀려는 이웃 있도다.

이깔나무 대들보 굵기도 한 집엔
정주*에, 큰 방에, 아이 어른 — 이웃들이 그득히들 모였는데,
주인은 감자 국수 눌러, 토장국에 말고
콩나물 갓김치를 얹어 대접을 한다.

-「축복」 부분

이전의 백석 시에서 집은 할아버지, 할머니, 고모, 삼촌에 사촌 형제까지 다 아우르는 대가족이 모이는 곳이었다면 이 시에서의 집은 가족이 아닌 이웃이 모여 있는 곳이다. 이웃 아이, 어른들은 한 가족처럼 스스럼없이 방에 가득 들어앉아 아침을 맞는다. 새벽부터 감자 국수 누르고 콩나물 데워 "낯설은 손"까지 대접하는 삼수의 풍속이 백석의 고향 정주의 기억을 떠오르게 하였을지도 모른다. 친족 공동체로 흥성이던 잔칫집이 이제는 '당'과 '조국'이라는 사회적, 정치적 공동체로 대치된 구도를 보여주고 있으나, 3연에서 보듯 종결어미 없이 수식하는 절로 구성된 연과 '-데'로 풍경을 묘사하는 수법 등이 이전 백석 시의 그것과 다르지 않다. 향토의 음식으로 후각과 미각을 자극하며 감각적으로 접근하는 수법 또한 마찬가지다. 이처럼 공산주의 공동체의 '인민'을 친족 공동체의 식구인 양

*정주: 정주간. 부엌과 안방 사이에 벽이 없이 부뚜막과 방바닥이 한데 잇닿는 곳. (송준, 584)

스스럼없는 사람들로 표현하여 그들이 둘러앉은 공간을 혈연적 유대를 가진 공간처럼 따뜻한 것으로 형상화하는 백석 특유의 수법은 「공동 식당」에도 잘 드러나 있다. 가족처럼 스스럼없이 어우러져 그득 채워 앉은 그들은 음식을 나누며 더욱 가까워진다. 같은 음식을 먹는 자체가 일종의 유대를 위한 제의일 수 있기 때문이다.

아이들 명절날처럼 좋아한다.
뜨락이 들썩 술래잡기, 숨박꼭질.
퇴 위에 재깔대는 소리, 깨득거리는 소리.

어른들 잔칫날처럼 흥성거린다.
정주문,[*] 큰방문 연송[**] 여닫으며 들고 나고
정주에, 큰방에 웃음이 터진다.

먹고 사는 시름 없이 행복하며
그 마음들 이대도록 평안하구나.
새로운 둥지의 사랑에 취하였으매
그 마음들 이대도록 즐거웁구나.

아이들 바구니, 바구니 캐는 달래
다 같이 한부엌으로 들여오고,
아낙네들 아끼여 갓 헐은 김치
아쉬움 모르고 한식상[***]에 올려놓는다.

왕가마들에 밥을 짓고 국은 끓어
하루 일 끝난 사람들을 기다리는데
그 냄새 참으로 구수하고 은근하고 한없이 깊구나
성실한 근로의 자랑 속에……

밭갈던 아바이, 감자 심던 어머이
최뚝****에 송아지와 놀던 어린것들,
그리고 탁아소에서 돌아온 갓난것들도
둘레둘레 돌려놓인 공동 식탁 위에,
한없이 아름다운 공산주의의 노을이 비낀다.

–「공동 식당」 전문

아이들은 명절날처럼 좋아하고 어른들은 연방 웃음을 터뜨리고 아낙네들은 아낌없이 김칫독을 헐어 같은 상을 보는 풍경은 여느 잔칫집의 그것과 다를 바 없다. 여기에 아바이, 어머이, 갓난것들까지 돌아와 앉은 식탁은 그야말로 커다란 가족 공동체를 연상시킨다. 이런 풍경이 명절처럼 어쩌다 하루가 아니라 매일매일 펼쳐지고 있으며 그것이 공산주의의 낭만이며 낙천성이라는 것이 이 시의 주제이다. 주제로만 본다면 "한없이 아름

*정주문: 정주간에 있는 문. (송준, 584)
**연송: 연속. 계속해서 연달아. (송준, 572)
***한식상: 한 밥상. (송준, 603)
****최뚝: 풀 난 자연둑. 낮은 언덕. (송준, 595)

다운 공산주의의 노을이 비낀다"는 마지막 행만으로 공산주의 찬양의 시가 되어야 하겠지만, 사람의 모습과 음식을 묘사하는 방식이 여전히 유려함을 눈여겨 보아야 한다. 다만 차이가 있다면 「여우난곬족」에는 가난하지만 따뜻한 가족, 무서우면서도 재미있게 듣던 향리의 이야기, 그리우면서도 쓸쓸하고 슬픈 정서를 느끼는 화자가 보였다면 「축복」이나 「공동 식당」의 화자는 '당'과 '조국', '공산주의', '동지의 사랑'으로 전혀 쓸쓸하거나 슬프지 않고 자족적인 화자로 대체되었다는 점이다. 체제와 당 정책, 공산주의 공동체에서 쓸쓸하고 외롭고 괴로운 주체란 용납되지 않는다. 이는 곧 체제 비판이며 공산주의에 대한 회의로 간주되기 때문이다. 사회주의 문학에서 고독, 슬픔, 쓸쓸함은 용납되지 않는 감정인 것인가, 사회주의 문학에서 페이소스pathos 즉 '빠포스'는 어떻게 구현되는 것인지가 해명되어야 할 부분이다. 도식주의 비판자들이 강조한 것도 문학의 감정(페이소스=빠포스: 필자 주)이었다. 그러나 북한 문학에서 이것은 사회주의 이상과 현실을 벅차게 노래하는 형식적인 감정으로 대치된다.

> 다정한 이야기같이, 살뜰한 쓰다듬같이
> 눈이 내린다.
> 위안같이, 동정같이, 고무같이
> 눈이 내린다.
> 이 호젓한 밤'길에 눈이 내린다.
> 여인의 발'자국을 그리며 지우며,
> 뜨거워 뜨거운 이 녀인의 가슴속
> 가지가지 생각의 자국을 그리며 지우며

푹푹 내리여 쌓인다, 그 어느 크나큰 은총도
홀아비를 불러 낮에도 즐겁게
홀어미를 불러 이 밤도 즐겁게
더욱 큰 행복으로 가자고, 어서 가자고
뒤에서 밀고 앞에서 당기는 당의 은총이.

밤'길 우에,
이 길을 걷는 한 녀인의 우에
눈이 내린다,
눈이 내려 쌓인다,
은총이 내린다,
은총이 내려 쌓인다.

-「눈」 부분

눈을 당의 은총에 비유하여 주제 의식을 선명히 하고 있는 이 시에서 "당의 은총"이라는 표현만 제외한다면 눈은 "다정한 이야기 같이, 살뜰한 쓰다듬같이", "위안같이", "동정같이", "고무같이", "뜨거운 이 여인의 가슴 속 / 가지가지 생각의 자국을 그리며 지우며", "푹푹 내리여 쌓인다". 「나와 나타샤와 흰당나귀」에서처럼 눈은 내려 "푹푹 쌓"인다. 가난하고 쓸쓸한 내가 나타샤를 사랑하고, 내게 온 나타샤와 내가 흰 당나귀를 타고 깊은 산골로 가고자 했던 「나와 나타샤와 흰당나귀」에서 본 듯한 풍경이 이 시 「눈」에도 들어 있는 것이다. 푹푹 나리는 눈과 눈길을 걷는 여인 그리고 눈을 사랑이나 은총처럼 생각한다는 점은 두 시의 공통점이라 할 수 있다. 다만 시 「눈」의 '눈'은 "당의 은총"의 은유로 쓰였다.

북한의 서정시를 읽고 분석하는 방법 중의 하나가 드러난 주제에 집중하지 않고 그것을 표현하는 방법에 집중하는 것이다. 또 드러내놓고 칭송하는 것은 실제가 그러해서가 아니라 그러하기를 바라는 것으로 해석하는 것이다. 가령 '수령'과 '장군님'을 칭송하는 표면적 주제 뒤에 실제로 그들이 그처럼 인자하고 합리적인 지도자였으면 하는 바람이 있다고 생각하는 방식으로 분석하고, 실제로 북한 사회가 기아와 빈곤에서 벗어나 행복한 사회이기를 바라는 가상의 낙원을 찬양하는 것으로 해석하는 방식이 가능하다는 뜻이다. 이렇듯 진의를 숨기고 짐짓 행복과 찬양을 가장하고 은폐하는 비정상적인 창작이 이루어져야 하는 북한 문학의 현실이 안타까울 수밖에 없다. 이 시 역시 주제 의식을 표 나게 한두 행, 혹은 한 연에 집중하여 표현하고 시의 나머지 부분에서 시인의 시적 상상과 표현을 펼치는 방법을 시도했다고 볼 수도 있는데, 백석의 이 시를 그렇게 분석하기 전에 연구자가 고려해야 할 것이 있다. 연구자는 이미, 그토록 아름다운 시를 쓴 백석이 북한 문학에서 어떻게 살아남았을까, 살아남기 위해 얼마나 고통스러운 억지 창작을 했을까를 궁금해하는 선입견을 전제하고 있다는 것을 인식하고 있어야 하며, 그것이 시 해석의 가능성을 협소하게 할 수 있다는 것도 알고 있어야 한다. "공산주의의 노을"이나 "당의 은총"을 근거로 백석의 훼절과 체제 순응 행적을 논하는 것과 같은 정도의 오류를 저지를 수 있는 조건이 된다. 현재로서는 1950년대 후반에서 1960년대 초에 발표한 백석의 시편에서도 청신한 감각과 민족 혹은 친족 공동체의 정겨운 유대감, 비약과 생략으로 긴장감을 유지하는 시어가 있다는 것 정도가 판단 가능한 학문적 사실일 것이다.

1950년대 후반 아동문학 평론가로 활발히 활동하면서 개진한 문학론과 시론, 1960년대 초까지 발표된 백석의 시를 주제 의식과 표현, 언어의 측면에서 이전의 시와 비교한 바를 정리하면 다음과 같다. 백석은 시 정신, 언어, 구비 문학, 향토, 낭만성 등을 문학과 시의 언어로서 강조했는데, 언어의 생명력과 형상화를 향한 백석의 노력은 다른 북한 평론가에게는 모호한 사상성과 불명확한 주제 의식으로 비추어졌고 비판의 대상이 되었다. 이 과정에서 백석은 점차 동화시 창작을 줄이고 시를 창작하기도 하나 그 시기는 1960년대 초반에 국한되었고 이후에는 북한 문학사에서 사라지게 되었다.

> 아이들 명절날처럼 좋아한다.
> 뜨락이 들썩 술래잡기, 숨박꼭질,
> 퇴 우에 재깔대는 소리, 깨득거리는 소리.
>
> 어른들 잔치날처럼 흥성거린다.
> 정주문, 큰방문 연송 여닫으며 들고 나고
> 정주에, 큰방에 웃음이 터진다.
>
> 먹고 사는 시름 없이 행복하며
> 그 마음들 이대도록 평안하구나,
> 새로운 동지의 사랑에 취하였으매
> 그 마음들 이대도록 즐거웁구나.

아이들 바구니, 바구니 캐는 달래
다 같이 한부엌으로 들여 오고,
아낙네들 아끼여 갓 헐은 김치
아쉬움 모르고 한식상에 올려 놓는다.

왕가마들에 밥은 잦고 국은 끓어
하루 일 끝난 사람들을 기다리는데
그 냄새 참으로 구수하고 은근하고 한없이 깊구나
성실한 근로의 자랑 속에…

밭 갈던 아바이, 감자 심던 어머이
최뚝에 송아지와 놀던 어린것들,
그리고 탁아소에서 돌아온 갓난것들도
둘레둘레 둘러 놓인 공동 식탁 우에,
한없이 아름다운 공산주의의 노을이 비낀다.

–「공동 식당」 전문

하루 일과를 마치고 돌아온 아이들과 어른들이 공동 식탁에 둘러앉아 저녁을 먹는 모습을 그린 시이다. 아이들의 모습을 "뜨락이 들썩", "퇴 우에 재깔대는 소리, 깨득거리는 소리"로 표현한 부분과 "정주문, 큰방문 연송 여닫으며 들고 나고 / 정주에, 큰방에 웃음이 터진다", "아이들 바구니, 바구니 캐는 달래 / 다 같이 한부엌으로 들여 오고", "왕가마들에 밥은 잦고 국은 끓어" 등에서 독자들은 백석 특유의 호흡과 묘사와 리듬감을 느끼게 된다. 명절의 흥성스러움과 음식 냄새로 가득했던 「여우난곬족族」의 풍경을 떠올린다. 「여우난곬족」은 명절 큰집에 모여드는 일가붙이들, 그들과 밤늦도록 북적북적 지내는 정겨운 시간, 맛있는 음식 냄새만으로 생생하고 그리움 가득한 풍경을 그려냈었다. 이 시 「공동 식당」에서, 「여우난곬족」에 나타났던 일가붙이의 정겨움은 "새로운 동지의 사랑"으로, 산골의 옛이야기는 "성실한 근로의 자랑 속에…"로 대체되었다. 유장하게 이어지는 풍경과 호흡만으로 생생하고 아름답게 규정되던 것들이 「공동 식당」에서는 "한없이 아름다운 공산주의의 노을이 비낀다"로 집약되고 명시되어 있다. 마지막 행의 "공산주의의 노을"에 집중하여 이것이 분단 전후 백석 시의 차이와 변화라고 할 수도 있고, 체제 찬양의 수사를 필수적으로 수반해야 하는 공산주의 체제 문학의 한계라 할 수도 있다. 그러나 이 부분에 대해서도 세심한 분석과 고민이 필요하다. 대체이든 체제 문학의 한계이든 양쪽 모두 너무 단순하기 때문이다. 단순함을 넘어 더욱 문제적인 것은 다음과 같은 명쾌한 요약이다. '어떤 부분은 백석의 옛 모습을 가지고 있어서 백석 시의 향수를 불러일으키고, 그것이 이렇게 바뀌어서 시적 긴장 없이 단순하며 울림이 없는 사회주의 문학의 전형을 보여주고 있다. 이는 시인으로서 매우 안타까운 일이며 민족 분단의 비극적 장면이다.' 이 단순성과 명쾌함이 분단 후 백석 시를 단순화하고 백석의 30여 년 문학 활동까지 단순화할 수 있다.

북한에서 발표한 백석 시에서 옛 모습을 찾기는 어려운 일이 아니다. 공동체의 모습, 토속어, 연속되는 사물의 이름, 음식들, 다양한 반복 구문들이 적지 않기 때문이다.

① 이깔나무 대들보 굵기도 한 집엔

정주에, 큰방에, 아이 어른 — 이웃들이 그득히들 모였는데,

주인은 감자 국수 눌러, 토장국에 말고

콩나물 갓김치를 얹어 대접을 한다.

–「축복」 부분

② 어미돼지들의 큰 구유들에

벼 겨, 그리고 감자 막걸리,

새끼돼지들의 구유에

만문한* 삼배 절음에, 껍질 벗긴 삶은 감자,

그리고 보리 길금**에 삭인 감자 감주

–「하늘 아래 첫 종축 기지에서」 부분

③ 깊은 산'골의 야영 돈사엔

밤이면 불을 켠다.

한 5리 되염즉,*** 기다란 돈사,

그 두 난끝 낮은 처마 끝에 달아

유리를 대인 기다란 네모 나무등에

*만문한: 문문한. 뜨거운 김 같은 것이 피어오르는. (송준, 533)
**길금: 질금가루. 단술이나 엿을 만들 때 쓰이는 재료. (송준, 506)
***되염즉: 됨직한. (송준, 525)

가스'불, 불을 켠다.

-「돈사의 불」 부분

①은 「축복」의 3연이다. 주인은 아이의 첫돌을 맞아, 낯선 손님들을 아침상에 초대한다. 이깔나무 대들보가 굵은 집이다. 이처럼 집에 대한 묘사가 원경이나 공간 위치가 아닌 집의 한 특징적인 부분으로 단도직입한 것과 "정주에, 큰방에", "아이 어른" 등으로 이어지는 열거 방식, 감자 국수, 토장국, 통나물, 갓김치 등의 음식과 '눌러', '말고', '얹어' 등에서 보듯 격조사를 생략하고 술어에 직접 연결하는 생략과 비약의 표현이 이전의 백석 시를 떠올리기에 충분하다. 우랑 품종의 돼지를 키우는 종축 농장에서 소명을 다해 일하는 양돈공을 칭송하는 시 「하늘 아래 첫 종축 기지에서」에서도 이전 백석 시에 나오는 나열과 함께 특유의 간결하면서도 리듬감 있는 수사 구조를 찾을 수 있다.

②의 "만문한 삼배 절음에, 껍질 벗긴 삶은 감자, / 그리고 보리 길금에 삭인 감자 감주"는 연속하는 초성의 겹침까지 고려한 구절이다. 경쾌한 호흡과 생생한 묘사를 확인할 수 있다. 그러나 이 시에서도 이 부분은 배경과 전경의 설명과 묘사 부분이며 시의 주제를 집약하는 구절은 "내 마음 참으로 미쁘기도 하구나", "내 그저 축복드린다, / 하늘 아래 첫 종축 기지의 주인들에게 / 기쁨에 찬 한량없는 축복드린다" 등으로 완전한 문장 구조를 갖추고 있다. 이처럼 주제 의식을 완결하는 문장 구조는 이전의 백석 시에서는 찾기 어려운 것이다.

③은 번식공의 야간 작업 모습을 그린 시 「돈사의 불」 첫 연이다. 깊은 산골, 야영 돈사, 돈사 처마끝, 유리 대인 나무 등의 "가스'불"로 좁혀지는

묘사의 속도가 빠르다. 생략과 비약이 시적 설명을 시적 묘사로 전환하며 리듬과 함께 긴장과 쾌감을 주는 부분이다. 이 또한 이전 백석 시 특유의 표현 방식이라 할 수 있다. 그러나 이를 확인하는 것에 그치고 그 이상으로 나아가지 못한다면 그것은 백석에 대한 향수와 추억을 반복하는 것에 지나지 않는 일이다.

유사한 부분에 초점을 맞춘 옛 모습 찾기가 아닌, 차이에 초점을 두고 상이한 부분을 찾는 것 또한 한계가 있기는 마찬가지다. '차이'는 주로 마지막 시행에 주목해서 찾아볼 수 있다. 아이들, 어른들, 아낙들, 갓난이까지 공동 식탁에 모여들듯이 시 「공동 식당」의 마지막 연은 시상을 잘 갈무리하고 있다. 마지막 행 "둘레둘레 둘려 놓인 공동 식탁 우에, / 한없이 아름다운 공산주의의 노을이 비낀다"는 주제 의식을 잘 집약하여 명확하게 보여준다. 이는 사상과 교양의 도구로 쉽게 이해되고 주제가 선명히 드러나는 사회주의 문학의 특징인데, 백석의 시는 이를 충실히 따르고 있는 것으로 보인다. 이전 백석 시들의 마지막 행을 떠올려보면 그 차이는 더욱 선명해진다. 백석은 "샛문틈으로 장지문틈으로 무이징게국을 끄리는 맛있는 내음새가 올라오도록 잔다"(「여우난곬족」), "이 그지없이 고담枯淡하고 소박素朴한 것은 무엇인가"(「국수」), "그리고 또 「프랑시쓰·쨈」과 도연명과 「라이넬·마리아·릴케」가 그러하듯이"(「흰 바람벽이 있어」) 등 여러 시편의 종결되는 행에서 지속되는 상황을 보여주거나, 새로운 풍경이나 행동을 제시하였다. 이전의 백석 시에서는 북한에서 쓴 시가 보여주는 완결형 표지를 찾아볼 수 없다. 갈등과 상황이 완결되어야 하는 동시나 동화시를 제외하고도 백석이 북한에서 발표한 시들의 마지막 행은 시 전체를 요약하고 집약하는 매우 안정적이고 완결된 문장으로 제시된다. 그러나 이것을 세련된 서정과 감각적 시어를 구사한 시인 백석이 처한 현실적 고통과 타협의 지점으로 특정하는 데까지 나아가는 것은 경계할 필요가 있다. "한없이 아름다운 공산주의의 노을이 비낀다"를 체제 찬양을 위해 쓰여진 억지의 시행이 아니라 사회주의 시인 백석이 이상적으로 생각하는 '공산주의'의 모습으로 읽을 수도 있기 때문이다. 「사회주의 도덕에 대한 단상」[101]에서 백석은 사회주의자의 의식을 다음과 같이 정리한 바 있다.

> 먹을 것과 입을 것이 넉넉하고 거처할 곳이 비좁지 아니하고 그리고 길에 늙은이의 짐을 지고 다니는 모양을 볼 수 없고, 차 안에 아이업고 서 있는 어머니의 모양을 볼 수 없고, 길을 가리키는 사람의 말이 친절한 정에 넘치고, 그리고 존장과 선배 앞에서 외면하는 젊은 사람이 없는 나라 — 이 구현은 오늘 우리들에게서 혁명적 도덕의 준수를 요구한다. 례의 — 이는 혁명적 도덕이며, 공민의 의무이며, 공산주의자의 의식임을 잊어서는 안될 것이라고 생각한다. (「사회주의 도덕에 대한 단상」, 『조선문학』, 1958. 8. 부분)

백석은 공산주의, 공산주의 사회에 사는 공민의 의무, 공산주의의 혁명적 도덕을 위와 같이 인식하고 있었다. 기본적인 생존이 보장되고, 인간과 인간 사이의 예의와 인정, 친절을 잃지 않는 것이 그것이다. 여기에는 마르크스·레닌주의에 입각한 계급성, 당성, 인민성에 대한 언급이 없으며, 정치적 혁명성과 사회적 발전과 계급투쟁에 대한 언급이 없다. 다만 도덕적 품성과 조국을 사랑하는 마음을 강조하고 있으며, 인간의 향기 즉 품격을 논하고 있다. 백석에게 공산주의란 품성과 품격을 갖춘 인간이 사는 안정된 사회이고, 그 사회는 노을이 비끼는 식당의 저녁 풍경처럼 웃음과 친절과 정이 있는 사회인 것이다. 그렇다면 "한없이 아름다운 공산주의의 노을이 비낀다"는 구절은 체제 적응을 위한 훼절의 징표가 되기 어렵고, 시인의 고뇌를 은폐한 도식적 사회주의 문학의 단면이기 어렵다. 이 마지막 구절까지 백석의 시로 인정할 때 사회주의 시인 백석의 모습이 심도 있게 논의될 수 있다. 백석은 공산주의에 대한 낭만적 환상을 가지고 있었고 그것의 중심에는 인간의 따뜻한 품성과 평화에 대한 동경이 자리 잡고 있는 것으로 보인다. 이는 계급투쟁과 사회주의 혁명 단계 완성을 외치는 당시의 북한 시들과 사뭇 다른 지향이며, 여기에서 김일성에 대한 개인숭배와 국제 사회주의의 격변 속에서 자주를 강조하는 북한식 사회주의의 구호를 찾아볼 수는 없다. "한없이 아름다운 공산주의의 노을이 비낀다"는 백석이 생존을 위해 선택한 위장과 엄폐의 시행이 아니라 북한 시인 백석이 시로써 시대와 현실, 정치와 인간에 대한 인식을 드러낸 대목일 수 있다. 1950년대 후반 북한 시단에 이와 같은 낭만성을 가진 시인들과 시인들이 있었는지를 확인하고 함께 논의해야 하는 문제가 남아 있지만, 현재로서도 백석이 생존을 위해 훼절의 창작을 했다는 판단은 유보해야 한다. 다른 시의 마지막 행도 살펴 이전 백석 시와의 차이를 설명할 수 있다.

> 그 한평생이 당과 조국을 기쁘게 하는 / 한평생이 되기를 비노라
>
> –「축복」 부분

> 그러나 얼마나 거룩하고, 숭엄한* 일인가!
>
> –「전별」 부분

한 탑을 세워 / 천만의 탑을 세우려 온 청춘들이여!

-「탑이 서는 거리」 부분

위의 시 외에 더 많은 예를 제시하고 각각의 시와 연결해서 논의해볼 문제이지만, 화자, 이미지, 시상 전개, 내용 등이 단순하고 주제 의식이 선명하면 선명할수록 마지막 부분은 반복과 구호, 감탄으로 이어지는 경향성을 발견할 수 있다. 영탄조의 종결어미와 감탄 부호는 이전의 백석 시에서 찾아보기 어려운 것이고, 완전한 문장으로 맺어지는 문장 형식 또한 분단 후 백석 시에 나타난 변화라고 할 수 있다. 이는 분명히 시 내용, 전체의 변화와 관계있는 것이므로 백석 시의 전반적 변화라 하는 것도 무리는 아니다. 하지만 이러한 변화는 백석 개인의 창작 차원에서 논의되어 개인의 불행과 현실적으로 타협한 결과로 볼 것이 아니라 북한 시 전체의 맥락에서 설명되어야 한다. 사회주의 문학이 가진 도식성과 목적성 때문에 마지막 행에 늘 주제 의식을 선명히 노출해야 한다는 논리가 자연스럽고 타당해 보이지만 그것이 기대고 있는 것은 역시 논리적 추론보다는 상식적 추측에 가깝다. 관련 연구가 미비하다는 한계가 있지만 북한 문학, 북한 시, 사회주의 시, 사회주의 문학, 사회주의 리얼리즘의 범주 안에서 그 종결형의 도식성과 주제 의식의 문제를 연결하여 검증할 필요가 있다. 관련 연구의 성숙이 이 부분을 해명해줄 것으로 기대한다.

*숭엄한: 숭고하고 엄숙한. (송준, 561)

백석의 사회주의

사회주의와 공민의 도덕

1930년대 조선 문단의 대표 시인이었던 백석은 분단 후 사회주의 국가 북한에 정착하였다. 고향 평북 정주를 택해 북한으로 귀국했다고 하더라도 해방기와 한국전쟁 중에 남한을 선택할 기회가 없지 않았을 텐데 그는 북한을 떠나지 않았다. 1940년대 후반 사회주의 체제, 사회주의 문학으로 급속히 재편되는 북한과 북한 문단을 경험하고도 예술성과 창작의 자유가 보장되지 않는 사회주의 북한에 머물렀던 것이다. 1960년대 초까지 북한 문단에서 백석은 수십 편의 시와 동시, 한 권 이상의 동시집, 수백여 편의 번역 작품 등 적지 않은 작품을 남겼다. 정치적 입장을 드러낸 정치 평론들에서 그는 원색적으로 남한 정부를 비판하기도 했고 사회주의 이념과 김일성을 찬양하는 시, 북송 교포를 환영하는 시들을 썼다. 모두 북한 문예 당국의 요구에 부합하는 것이었다. 작품의 양과 소재, 주제만으로 판단하면 백석은 사회주의 문학 작품을 창작한 사회주의 작가이다.

그러나 백석을 쉽게 사회주의 작가로 명명할 수는 없다. 백석은 사회주의 작가로서 적극적이지 않았으며 북한의 그것과는 다른 체제와 문학에 대한 인식을 가지고 있었기 때문이다. 한국전쟁 전 그는 북한 문단에서 시인이기보다는 러시아 문학 번역자, 동화시 작가로서 문단 주변적 활동을 했을 뿐 여타 다른 문인들처럼 적극적으로 사회주의 이념을 설파하거나 주장하지 않았으며 북한식 사회주의 문학 수립을 위해 들끓었던 이념 논쟁에서도 물러나 있었다. 또 사회주의 국가 건설을 위해 문학의 계몽성과 이념성을 강조한 당시 북한 당국의 거센 요구에도 문학성과 형상성을 옹호했다. 이념성은 문학성으로 드러나야 하고 계급성 또한 문학의 형상성 안에서 이루어져야 한다는 자신의 문학론을 고수하였다. 때문에 사회주의 계급 교양에 적극적이지 않다는 공개적인 비판을 받았으며 문단 주류에서 밀려나 1958년 말에서 1959년 초, 삼수로 현지 파견되는 문학적 숙청을 겪었다. 1962년 몇 편의 시 발표 이후 1996년 별세할 때까지 30여 년을 작품 발표 없이 살았다. 이는 사회주의 문학에 걸맞지 않은 시인, 혹은 적응하지 못한 작가로서 백석을 사회주의 작가의 범주 밖에 두어야 하는 충분한 이유가 될 만하다. 그 어느 시인보다 자유로운 정신과 풍부한 감성, 모던한 시 의식과 세련된 언어 감각을 지닌 백석이 사회주의 문학 안에서 시인으로서의 어떤 자의식을 가졌으며 그것이 어떻게 나타났는지가 중요하다.

사회주의 리얼리즘 혹은 사회주의적 사실주의는 "로동계급의 혁명적 문학예술. 사회주의 문학예술의 창작방법"으로 정의된다. 북한 문학은 "로동계급을 비롯한 인민대중의 생활과 투쟁을 혁명적 발전 속에서 력사적 구체성 속에서 진실하게 그려내는 것을 기본 요구로 하는 사회주의적 사실주의의 창작방법은 과학적이고 정당한 창작 방법"이라고 주장한다.[102] 사회주의 리얼리즘을 창작 방법으로 하는 사회주의 문학예술은 "사회주의에 대한 로동계급을 비롯한 인민대중의 지향과 리상을 구현하고 있으며 사회주의, 공산주의 사회 건설에 복무하는 혁명적이며 인민적인 문학예술"로 정의된다. 북한 문학은 "로동계급의 당과 국가에 의하여 목적의식적으로 창조되며 건설되는 가장 선진적이며 혁명적인 문학예술"로서 주체문학으로 이어진다.[103] 예술론과 창작 방법론으로서의 사회주의 문학, 사회주의 리얼리즘의 개념에서 가장 중요한 것은 '로동계급의 지향과 이상 구현', '당에 의한 목적의식적 창조', '인민적인 예술'이라 할 수 있다. 이는 흔히 '당성', '계급성', '인민성'으로 정의되는 사회주의 문학의 요체이다. 이를 전달하고 드러내기 위해 작가는 '인간 의지를 개조하는 기사技士'로서 교양적 문학의 전달자[104] 기능을 요구받게 되었다. 작품 창작에서 작가는 기능적 필요충분조건일 뿐이다.[105] 사회주의 건설과 유지를 위한 당의 교시와 강령은 '당성, 계급성, 인민성'을 갖춘 구체적 작품을 주문하고 작가는 그것을 문학적 형상으로 제작해주는 기능적 역할을 하는 것이 사회주의 체제 작가의 운명이다. 한국전쟁 후에도 북한에 남았다는 것은 백석이 이러한 운명을 택한 것이라 할 수 있다. 백석은 자신이 택한 사회주의 체제, 사회주의 국가를 어떻게 이해하고 있었던 것일까?

해방 후 백석은 소련 문학 번역에 동원되어 많은 소련 사회주의 문학을 번역했지만, 해방 전에 백석이 사회주의에 대한 의견을 표했다는 기록이나 이념적 사회 조직이나 단체에 가입한 이력은 발견된 바 없다. 다만 그가 해방 전부터 러시아어를 배우고 접한 정황은 포착된다. 청산학원 시절 러시아어를 공부했고 1930년대 후반 함흥 영생고보 교사 시절에는 러시아어를 구사했으며 1940년대 초 만주 시절 '백계 러시아인'에게 러시아어를 배웠다는 증언들이 그것이다. 그러나 그의 러시아어 공부는 학문적 열의로 여겨질 뿐 사회주의를 동경한 이념적 선택으로 볼 만한 근거는 찾기 어렵다. 그가 사회주의에 경도된 정황이나 사회주의, 사회주의 문학에 대해 언급한 것이 전혀 남아 있지 않기 때문이다. 북한 문단과의 거리를 두기 위해 선택한 것이든 러시아어를 할 수 있는 몇 안 되는 조선인이기에 주어진 임무였든, 백석이 사회주의 이론에 대한 충분한 학습이나 논쟁을 거쳤다고 확언할 근거는 없다. 소련 문학 작품 번역으로 느닷없이 사회주의 체제와 사회주의 문학에 편입되었을 가능성이 있다.

> 나는 지난날 어느 한 고명한 문학가가 한, 쏘련 인상담의 한 토막을 잊을 수가 없다. 쏘련에서는 공산당원을 곧 알아 볼 수가 있는데, 빼스나 기차 안에서, 또 어느 극장이나, 식당이나, 지하철도나 역사 같은 데서 가장 단정하고 겸손하고, 친절하고 그러면서 어딘지 높은 인간의 향기를 풍기는 사람이 있다면 그는 곧 공산당원으로 생각하여 틀림이 없을 것이라는 것이 그 말이였다.[106] (중략)
>
> 우리는 오늘 사회주의적 도덕을 말하며 사회주의적 도덕에 의거하며, 사회주의적 도덕을 강조한다. 례의는 인민적 의식에서 발현되는 인간의 량심인 것을 생각할 때 이것은 인민적인 도덕이며 또 프로레타리아트의 도덕인 것이다. 말하자면 례의는 인민의 품격과 프로레타리아트 문화 혁명의 품격을 규정하는 것이라고 할 것이다. (중략) 오늘 우리 사회에서는 이 도덕적 품성에서 곧 공산주의적 의식이 태여난다는 중대한 사실을 인식할 필요가 있다.[107]

사회주의 공민으로서의 인민적 도덕과 '프로레다리아트'의 도덕을 강조하는 이 글의 핵심 주제는 '례의'이다.[108] 예의는 "인민의 품격과 프로레타리아트 문화 혁명의 품격을 규정하는 것"이라 했지만, 백석이 말하는 예의는 '머리 센 늙은이의 짐 지고 가는 몰골을 볼 수 없는' 인지상정의 마음, 인간적인 행동의 범주에 속하는 것이다. 단정, 겸손, 친절과 같은 인간의 향기는 이방 외국인의 인상담에 어울리는 '인상'일 뿐이고 일반적 인간의 품성을 갖춘 사람을 공산당원으로 '알아보는' 것은 그저 추측일 뿐이다. 고명한 문학가의 소련 인상담 역시 사회주의 이념의 혁명을 위한 목적성이나 계급성과 관계없는 인간으로서의 아름다운 인격, 품성으로 이해한 것이라 볼 수 있다. 이는 사회주의에 대한 낭만적 인식이자 인상 차원의 견해이다. 여하튼 백석은 그 부분을 유념하였고 자신의 견해를 표하는 데 활용했다.

이 글이 쓰인 시점에도 유의해야 한다. '지난 날'에 든 생각을 북한 문학계에 변화가 오고 자신이 『문학신문』 편집진이 된 이즈음에야 피력하였다. 왜일까? 1958년이 자신의 견해가 받아들여질 수 있는 시점이라고 판단했기 때문이다. 다른 말로 하면 이전에는 그런 생각을 드러낼 수 없었다는 것인데, 자신의 생각이 사회주의 원칙에 철저하지 못하다는 것을 알았고 그것을 드러내면 안 된다는 것을 알았기 때문이다. 자신의 관점이 주류 사회주의자들과 다르다는 자의식을 가지고 있었던 것이다. 또 자신의 견해를 이 시점에 드러냈다는 것은 현재적 관점에서 이전에 대한 비판일 수 있으며 현재와 미래에 대한 제안일 수 있다. 백석이 "오늘 우리 사회에서는 이 도덕적 품성에서 곧 공산주의적 의식이 태여난다는 중대한 사실을 인식할 필요가 있다"고 힘주어 말한 것이 그 근거이다.

백석이 인식한 사회주의 국가란 선량하고 착한 품성의 사람들이 일제 통치와 같은 억압과 압제 없이 아름답고 평화롭게 살아가는 공동체였다. 계급성, 당성에 철저한 당원의 풍모는 그저 선량하고 예의 있는 도덕적인 사람의 그것이고 공산주의, 사회주의 국가는 그런 사람들이 모여 사는 공동체인 것이다. 사회주의 문학에서 '인민'과 '공민'은 사회주의 국가의 공적 의무와 권리를 가진 정치적 존재로서, 사회경제적 이념을 공유하고 실천하는 행동의 주체라 할 수 있다. 그러나 백석에게 '인민', '공민公民'은 보통의 선량한 사람들이라는 의미가 강하다. 당시 북한의 인민, 공민은 당성, 계급성 아래 시대적 전형과 혁명적 성격을 체화하는 도덕을 갖춘 인간을 말한다. 이에 비하면 백석의 사회주의, 공산주의 인간형은 매우 소박하고도 일반적인 도덕, 인성, 품격을 갖춘 사람들로 이전의 백석 시에 그려진 '백성', '선량한 사람'과 다르지 않다.

예의와 도덕, 양심 등을 강조하는 인성 차원의 백석식 '공산주의 도덕'은 리원우와 벌인 아동문학 논쟁에서 더 선명히 드러난다. 백석은 당시 북한 문단에서 기계적으로 강요되는 도식적 교훈의 수사와 주제 의식을 비판하며 사회주의적 사실주의 문학이란 인도주의적 문학, 선량한 사상이어야 한다고 주장한다.

> 주위 사물과 현상을 과학적으로 인식하는 것은 한계 사상성을 띤 일이며 그것들의 건실한 아름다움을 감득하는 것도 또한 사상성을 띤 일이다. 우리 주위의 자연을 적은 규모에서나마 인류의 복리에 복종케 하려는 의도 역시 사상성을 띤 일이며 우리 주위의 모든 초보적인 인간 관계에서 인도주의의 싹을 보이는 것도 또한 사상성을 띤 일이 아닐 수 없

다. (중략)

여기에 강요되는 교훈과, 주입되는 의식을 떠나 진실한 문학의 일익이 있는 것이다. 우리가 오늘 사회주의 사실주의 문학 속에서 행복됨은 진정한 문학이라는 것을 언제나 인도주의적 문학으로서, 언제나 인간의 건강하고 즐겁고 선량한 사상을 주장 옹호하여 오는 문학으로서 인정하는 때문이기도 할 때, 더우기 이러한 아동 작품의 경향과 세계는 인정되지 않아서는 안될 것이다.[109]

백석은 인류의 복리에 복종하고 인도주의를 실행하며 건강하고 즐겁고 선량한 사상이 진정한 사회주의 사상이라고 주장한다. 이는 기중기와 트랙터를 소재로 하지 않은 시인들을 사회주의 건설의 이상과 사상성이 부족하다고 비판하던 리원우가 대표하는 당시 북한 문단 분위기와는 매우 동떨어진 것이다. 북한 문단에서 사상성이란 인도주의와 선량함 또한 계급 투쟁과 당파성에 기반한 것이어야 했다. 백석은 "현실의 벅찬 한 면만을 구호로 웨치며 흥분하여 낯을 붉히는 사람들의 시 이전인 상식을 아동시는 배격"하고 "아동들의 인간성 속 바탕 깊이 아름다운 것과 옳은 것에 대한 강렬한 사랑을 아울러 길러 주지 아니할 때 즉 아동 교양의 사회적 심리적 조화가 없을 때 그런 교양이란 아무런 가치도 가지지 못한다"고 주장한다. "시는 깊어야 하며, 특이하여야 하며, 뜨거워야 하며 진실하여야" 한다며 "기중기적 시도 진실할진대 좋을 것이며, 장미꽃의 시도 진실할진대 또한 좋을 것이다"[110]라고 강하게 주장하는 그에게 북한 문단의 강조점이었던 '교양, 교훈, 사회'는 사랑, 진실, 선량함, 인도주의의 바탕 없이 존재할 수 없는 공허한 것이었다. 하지만 당시 북한 문단에서는 이러한 백석의 주장이 오히려 더 힘이 없어 공허한 외침이었다.

이후 북한 문단에 시작된 부르주아 사상 잔재 문학 비판의 첫 자리에 놓인 백석은 급기야 스스로 그토록 비판하던 '기중기 시', '구호와 외침의 시'를 쓴다. '백성', '조선인', '사람들'은 '인민', '공민', '공산당원', '프로레타리아트' 등으로 대체되었고, 진실, 선량함, 인도주의는 "원쑤에 대한 증오심이며, 조국과 인민을 위한 복무에서 보이는 희생 정신과 아울러 그들은 이 평범하나 실로 위대한 도덕적 면모를 구유하여야"[111] 한다는 주장에 묻혔다. 1959년 이후 60년대 초에 발표한 일련의 시들이 이에 해당한다. 이 시기에 백석은 뜨락또르, 기관선, 직포기 등이 등장하는 「이른 봄」, 「강철 장수」와 같은 '기중기' 시와 「전별」, 「천 년이고 만 년이고…」, 「탑이 서는 거리」, 「사회주의 바다」와 같은 외침과 구호의 시를 쓴다. 그 작품들에서 느낄 수 있는 것은 수사와 시어로서의 사회주의, 공산주의일 뿐 혁명의 열정과 사상적 열도를 감지하기는 어렵다. 이는 작가 의식과 수사의 괴리라는 관점에서 논의되어야 하는데, 이는 또 다른 논의를 필요로 한다. 사회주의에 대한 강력한 유인이나 사상적 경도 없이 북한을 택한 백석은 사회주의 문학 역시 단편적이고 인상적인 이해의 수준에서 받아들였고 예의, 도덕, 진실, 선량, 인도주의, 사랑 등을 그 위에 두었다. 교양, 교훈을 위해 예술성을 포기하는 것을 '가치 없는 교양'이라고 몰아붙인다는 것은 사회주의 문학의 목적성을 무시한 것으로 보이기 때문이다. 인간, 문학, 예술, 언어에 대한 그의 견해와 입지는 북한에서 낡은 사상, 부르주아 예술관으로 비판받았다. 사회주의, 사회주의 문학에 대한 백석의 생각은 사회주의 작가의 그것으로 볼 수 없는 백석만의 개인적 소신일 뿐이었다. 백석의 소신이 꺾이고 '기중기 시', '구호시', 체제 찬양과 당대의 정치적 이슈에 충실한 시를 쓰게 된 계기를 설명해주는 사실이나 정황 근거로 삼수 파견 이외의 것을 찾을 수 없어 안타깝다.

작가의 역할과 번역자 백석

북한 문단 초기에 백석은 외국문학 분과[112]에 소속되어 활동했다. 1930년대부터 시작된 백석의 번역은 영미 시와 러시아 소설 등으로 다양했지만, 북한 문단에서는 1947년 시모노프의 소설 『낮과 밤』을 시작으로 주로 러시아와 소비에트사회주의공화국연방(소련) 소속국 작가들의 작품을 대상으로 하였다. 이는 1917년 혁명을 통해 먼저 사회주의 국가를 출범시킨 소련을 모범으로 삼아 군사, 문화, 예술, 사회, 경제 등의 제 분야에서 소련을 따라 배우고 소련과의 친선과 지원을 강력하게 추진한 북한 당국의 친소 정책에 의한 것이었다.[113] 소련 작품의 번역과 소개는 북한 문예 당국의 지원과 요구 아래 조직적으로 진행되었고 백석의 번역 활동 또한 그 맥락 안에서 이루어졌다. 1940년대에는 소설 번역이 많았고 한국전쟁 후 1950년대 초반부터는 시와 아동문학 번역이 많았다. 백석은 자신의 시와 동시를 발표하기 시작하던 1950년대 중반 이후에도 소련 시인들의 시와 산문을 번역하였고 1958년 발표한 산문 「국제 반동의 도전적인 출격」[114]이 마지막 번역 작품이 되었다. 1958년 후반에서 1959년 초는 사실상 문학적 숙청으로 보이는 삼수 파견 시점이다. 문단에서 멀어진 물리적 거리와 함께 숙청에 가까운 현지 파견을 간 작가에게 당 주도 사업인 번역은 주어지지 않은 것으로 보인다. 이는 곧 백석의 번역 활동이 근본적으로 당 문예 정책에 의한 것임을 시사한다. 물론 문예 당국이 정한 작가와 작품의 테두리 안에서의 선택은 백석의 의지일 수 있었겠지만, 이 또한 문예 당국 주도, 곧 당 주도 사업이라는 번역의 태생적 한계 안에서 제한된 의지로 이해해야 할 것이다. 백석의 번역은 장편 소설을 포함한 번역소설이 수십 편에 이르고 시집, 동화시집 등을 포함한 번역시 또한 200여 편이 넘는 상당한 양에 달한다.

번역 작품이 많고 그 작품들이 모두 문예 당국의 요구와 사회주의 이념에 부합하는 작품이므로, 해방 후 북한 문단을 택한 백석이 사회주의를 추종하고 사회주의 문학에 호의적이었다고 평가할 수도 있다. 반면에 시 창작이 아닌 번역을 택했기에 백석이 북한 문단 활동에 미온적이었고 이념성 강한 작품보다 서정성 강한 작품을 택해 번역한 것으로 보아 당시 북한 문학과는 행로를 달리하였으며 이는 사회주의 문학에 대한 비판적 태도였다고 판단할 수도 있다. 행동, 작품 등의 결과를 확인할 수는 있지만 그 동기, 내면의 갈등, 과정의 의도성 등을 파악할 객관적 근거는 없기 때문에, 이를 통해 백석이 사회주의 혹은 사회주의 문학에 대해 어떤 인식을 가지고 있었는지 판단하는 것은 매우 조심스러운 일이다. 김재용은 백석이 북조선 문학예술총동맹 산하 문학가동맹 시 분과가 아닌 외국문학 분과위원이었고 이후 번역에 몰두한 것을 북조선 문예총과 거리를 둔 것으로 판단했다. 또 서정성 강한 작가 이사콥스키Mikhail Isakovsky의 시집을 번역한 것도 당시 북한의 도식주의를 비판하는 자신의 문학적 견해를 우회적으로 드러낸 문학 행위로 보았다.[115] 필자는 이 견해에 부분적으로 동의하면서도 부분적으로 유보적 입장을 취한다. 백석의 번역 활동 혹은 번역 작품은 직접적인 정치적 활동 혹은 창작 자체가 아니라는 점,

당시 북한 문단에서 번역 작품 선택과 번역자 배정의 과정을 명확히 파악하기 어려워 번역 작품 선정에 백석의 의도와 의지가 어느 정도 반영되었는지를 가늠하기 어렵다는 점, 번역 작품 자체에 대한 연구가 아직 소략하다는 점을 상기할 필요가 있다.

시모노프의 『낮과 밤』(1947), 숄로호프의 『그들은 조국을 위해 싸웠다』(1947), 알렉싼들 야ᄭᅩ볼렙의 「자랑」(1947), 파데예프의 『청년근위대』(1949) 등은 1942년의 독소전쟁을 배경으로 한 소설이다. 독소전쟁은 소련에서는 대조국전쟁大祖國戰爭으로 부르는데, 이 작품들은 독일로 대표되는 파시즘에 맞서 스탈린그라드를 방어하는 시민, 군대의 활약상을 그렸다. 독일의 공격을 대혈투 끝에 물리치고 스탈린그라드를 지킨 시민들의 결의, 목숨 걸고 전투를 수행한 군인의 용맹함, 전쟁의 와중에도 유정油井을 발굴하여 후방에서 승리를 견인한 과학자 노동자들의 긍지를 그린 이 소설들을 번역 소개하여 북한 문예 당국은 '제국주의 비판', '사회주의 건설'을 설파하려 했다. 백석 역시 「자랑」 번역본 부기附記에 "인민경제부흥 발전"을 위해 "교훈과 격려"를 목적으로 번역하였다고 밝혔다.

> 이 小說은 쏘聯 週刊綜合雜誌 『등불』 第七號에 掲載된 短篇인데 그 有名한 싸라톱-모스끄바間의 가스 導管 敷設에 對한 後日譚이다. 人民經濟復興發展의 巨大한 困難한課業을 앞에한 北朝鮮人民들에게 이한篇은 先進쏘聯의 좋은 教訓과 激勵가 될 듯하야 여기 拙譯을 試圖한 바이다. (譯者)

해방 후부터 시작된 일본 제국주의 비판, 1947년부터 강조된 인민경제

계획[116], 신생 사회주의 건설을 위한 대중 계몽은 북한 사회의 목표였다. 백석이 번역을 통해 접한 소련의 문학은 당 정책에 의해 정해진 시대적 요구에 부합하는 작품들이었다. 백석은 번역을 통해 소련의 반파시즘 전투 성과와 사회주의 건설을 위해 노력하는 인민 대중의 모습을 북한 주민에게 전달하여 경제 부흥 정책에 도움이 되어야 하고 '교훈과 격려'를 수행해야 하는 '인간 개조 기사'로서의 사회주의 작가 역할을 의식하고 있었다.

한국전쟁기 이후 백석은 소설 번역 대신 시와 동시, 동화문학론 번역에 주력하였다. 이사콥스키,[117] 푸시킨[118]과 같은 소련 대표 시인의 시집, 시초와 마르샤크의 『동화시집』,[119] 고리키[120]와 나기쉬낀[121]의 동화론을 번역하였으며 『쏘련 시인 선집』[122]이나 『평화의 깃발』[123]과 같이 당 주도의 선집 번역 사업에 참여하였다. 번역이 아닌 자신의 시, 동시, 평론 등을 발표하기 시작한 1955년 이후에도 백석의 시 번역은 계속된다. 히크메트Nāzım Hikmet, 레르몬토프Mikhail Lermontov, 티호노프Nikolai Tikhonov(당시 표기로는 '찌호노브'), 굴리아Dmitry Gulia 등의 시와 시집을 번역하였는데 특징적인 것은 그중에는 그루지야(오늘날의 조지아), 터키 등 자국의 언어와 풍속을 담아 민족적 색채를 드러낸 주변 민족 시인들의 작품이 많다는 것이다. 번역 작품을 통해 백석의 의도와 문학론을 판단하고 의미를 부여하는 것이 여전히 조심스럽지만, 1930년대 조선 문단에서 토속적 언어와 북방의 정서로 대표되는 시인이었던 백석과 북방 밀림을 배경으로 한 소련 소수 민족의 삶을 다룬 작품은 걸맞는 짝으로 보인다. 이때 백석은 번역자로서 스스로의 역할을 어떻게 규정하고 있었던 것일까?

1956년 12월 말 인도의 수도 뉴델리에서 열린 제3차 '아세아 작가 대회'에서 북한 작가 대표단 단장으로 참석한 조선작가동맹 위원장 한설야는 "우리 문학은 우리 인민의 영웅 정신과 분리되여 론의될 수 없"고 "정의를 위한 투쟁에서, 평화를 위한 운동에서 우리 문학이 출중한 영웅으로써 등장하"리라 예고하는 연설을 했다. 백석은 이 모습을 일종의 정치평론인 「부흥하는 아세아 정신 속에서 – 아세아 작가 대회와 우리의 각오 –」에서 자세히 소개한다. 이 글에서 주목할 것은 사회주의 국가, 사회주의 문학의 자장 안에 든 백석이 파악한 작가의 역할을 피력한 부분이다.

> 이렇게 생각할 때 우리 작가들의 창조 사업은 곧 영웅적인 사업으로 되여야 할 것이다. 우리들의 작품은 이 거창한 운동에서, 이 숭고한 투쟁에서 절망하는 사람에게 희망으로 되며, 겁을 먹는 사람에게 용기로 되며, 피곤한 사람에게 휴식으로 되며, 힘 없는 사람에게 힘으로 되며, 방황하는 사람에게 지침으로 되며, 후퇴하는 사람에게 추진으로 되며, 전진하는 사람에게 충격으로 되여야만 할 것인 동시에 국가와 민족의 자유와 독립의 존엄성을 유린하거나 유린하려 하며, 소박한 인민의 행복을 파괴하거나 파괴하려 하는 자들에게는 철퇴로 되는 그런 작품들로 되여야만 할 것이다.[124]

백석은 사회주의 작가의 역할을 '희망, 용기, 휴식, 힘, 지침, 추진, 충격, 철퇴' 등의 비유적 표현으로 설명하였다. 당시 북한 문단은 내부에서도 도식주의, 교조주의를 비판할 정도로 계급성과 교양성, 투쟁성을 강조하며 구호와 외침의 수사를 남발하여 문학성을 잃어가고 있었는데 이때에 백석은 매우 소박한 언어로 자신이 파악한 사회주의 문학의 경계를 설정하고 있었던 것이다. 당시 관점으로 보면 백석은 계급성이란 전무하고 사상성이 빈약하고 기존의 낡은 문학관을 고집하는 문학인으로 보였을 것이다. 사람들에게 희망과 용기를 주는 부드러운 문학, 국가와 민족의 자유와 독립을 빼앗고 행복을 파괴하는 이에게 철퇴가 되는 힘 있는 문학이란 해방 전 백석이 꿈꾸던 문학의 의미와 다를 바 없어 보인다. 그는 아시아인이 "외래 제국주의자들, 식민주의자들의 억압과 략탈과 착취로 하여 고혈을 빼앗겨 피폐"해진 것을 혐오하며 '문학의 발전을 방해하는 식민주의'를 배격하고 "소련이 식민주의를 절멸시키는 투쟁"에서 앞설 것이라는 꼰스딴찐 씨모노브(시모노프)의 말[125]을 금과옥조로 새긴다. 1957년 백석에게 사회주의 문학이란 억눌린 민중을 문학으로 구하고 위로할 수 있는 힘이었다. 대중을 구하고 위로할 수 있는 문학의 힘은 곧 시어의 힘이고 시어는 곧 대중의 말에서 탄생한다. 백석은 소련 시인들의 시를 번역하면서도 그들의 생활과 언어의 생생함을 옮기려 노력했다. 번역시에서도 외국문학이라 생각할 수 없이 유려하게 조탁된 언어, 서정성과 낭만성, 음악적 리듬을 중시한[126] 백석은 문학의 힘, 시의 힘, 말의 힘을 믿었고 그것을 전하는 자로서 작가의 역할을 인식하였다. 이 또한 당시의 '인간정신 개조 기사'로 존재해야 했던 당시 작가의 역할과는 근본적인 차이가 있었다. 백석이 공들여 옮긴 연설의 주인공 한설야 역시 1956년 제2차 작가대회 보고와 일련의 도식주의 비판에 앞장섰고 그로 인해 이후에 벌어진 문학적 숙청의 대열에 포함되었다. 사회주의에 대한 인식에서도 사회주의 문학과 작가의 역할에서도 백석은 인간과 도덕, 예술성과 시, 위로하는 힘의 전달자라는 기존의 인식을 고수하였다. 사회주의 국가에 살며 작품을 창작하지만 백석은 문학의 기능보다는 문학 고유의 힘에 가치를 부여하고 있었던 것이다. 이는 사회주의 문학의 핵심적 기능관과는 거리가 있는 인식이었다.

사회주의와 시인 백석의 거리

사회주의 도덕을 가진 착한 사람들의 모습, 함께 생산하고 함께 나눈다는 공산주의의 단순한 원칙을 아름다움으로 상상한 시인 백석은 다음 시를 쓴다. 이 시가 발표된 1959년 6월은 백석이 이미 중앙 문단에서 밀려나 삼수에서 목축 노동자로 살아가던 때이다. 목축 조합원의 저녁 식사 풍경이 「여우난곬족族」의 명절 잔칫날처럼 흥겹고 정겨운 풍경으로 그려진다.

아이들 명절날처럼 좋아한다.
뜨락이 들썩 술래잡기, 숨박꼭질,
퇴우에 재깔대는 소리, 깨득거리는 소리.

어른들 잔치날처럼 흥성거린다.
정주문, 큰방문 연송 여닫으며 들고 나고
정주에, 큰방에 웃음이 터진다.

먹고 사는 시름 없이 행복하며
그 마음들 이대도록 평안하구나,
새로운 동지의 사랑에 취하였으매
그 마음들 이대도록 즐거웁구나.

아이들 바구니, 바구니 캐는 달래

다 같이 한부엌으로 들여 오고,
아낙네들 아끼여 갓 헐은 김치
아쉬움 모르고 한식상에 올려 놓는다.

왕가마들에 밥은 잦고 국은 끓어
하루 일 끝난 사람들을 기다리는데
그 냄새 참으로 구수하고 은근하고 한없이 깊구나
성실한 근로의 자랑 속에…

밭 갈던 아바이, 감자 심던 어머이
최뚝에 송아지와 놀던 어린것들,
그리고 탁아소에서 돌아온 갓난것들도
둘레둘레 둘려 놓인 공동 식탁 우에,
한없이 아름다운 공산주의의 노을이 비낀다.[127]

먹고 사는 시름 없이 행복하고, 평안하며, 새로운 동지의 사랑도 있고, 성실한 근로의 자랑을 가지고 사람들이 공동 식탁에 모여 앉은 모습을 백석은 "한없이 아름다운 공산주의의 노을"로 표현하였다. '한없이 깊구나', '한없이 아름답다'는 직설적인 시어로 매우 평이하고 긴장 없이 표현되었다. 긴장과 힘의 구체성 없는 아름다움이란 혁명적 낭만주의며 맹목적 낙관주의로 치부될 만하다. '행복', '평안', '동지', '근로의 자랑' 등의 관념어들은 그 내포가 너무나 자명하여 관념의 의미도 찾을 수 없을 정도로 공허하다. 생존을 위한 포즈(제스처)와 제한되고 조율된 시정詩情만이 삼시된다. 이와 같이 삼수로 축출된 후 발표한 전형적인 체제 찬양의 시들과 정론政論들에 드러난 맹목적 낙관주의는 북한 문예 정책의 공허함에서 기인한 것이고 백석이 포기한 '도덕과 례의를 갖춘 아름다운 사람들이 사는 아름다운 공동체'의 환상에 기인한 것이기도 하다. 백석은 북한을 선택하며 사회주의 시인으로 살았지만 그의 '인민', '사회 도덕-례의', '공산주의'는 환상에 가까운 이상이었다.

『우리 목장』은 분단 후 백석의 네 번째 동시집이다. 아직 그 실물이 확인된 바 없으나 리맥의 글을 통해 실존은 인정할 수 있다. 리맥은 「아동들의 길'동무가 될 동시집 – 백석 동시집 《우리 목장》을 읽고」에서 이 시집의 주인공들이 영웅이나 혁신자가 아닌 평범한 보통 주인공이며 그들 '로동의 낭만 세계'를 여실히 보여주고 있는 점, 아동의 특성을 충분히 고려하여 어렵고 딱딱하고 무미건조한 서술이 아니라 "형상의 선명성, 묘사의 간결성, 언어의 평의성 그리고 정서와 환상의 풍부성"을 "현실에 대한 깊은 형상적 사고와 풍만한 서정"으로 보여주었다며 백석을 높게 평가한다. 사실이나 기록 보도에 떨어질 수 있는 교훈성 위주의 아동문학의 약점을 극복한 점, "평이하면서도 아름다운 시어를 구사하기 위하여 각별히 노력을 경주하고 있는 점" 또한 높게 평가했다. 그러나 한편으로는 주인공 소년의 태도가 방관자적인 것은 한계라고 지적한다.

> 이 시집을 읽으면서 부족점으로 느껴지는 것은 생산 관계의 사회주의적 개조가 완성되고 천리마의 기상으로 나래치는 시대인 오늘의 로동이 보여 주고 있는 그 참다운 아름다움과 그 위대성이 충분히 드러나지 못한 점이다.

이것은 시인이 생활 관찰과 소재 선택에서 목장 생활의 이모저모의 지식에 보다 많이 관심이 쏠림으로써 나타난 부족점이 아닌가 생각된다.

다음으로 이 시집에 나오는 목장 마을 소년들의 생활이 적극성을 띠지 못하고 있으며 부분적으로는 왜소하게 반영된 작품들도 있는 점을 결함으로 지적하여야 할 것이다.

이 시집에 등장하고 있는 주인공은 붉은 넥타이를 맨 소년이다.

그럼에도 불구하고 그들의 생활이 지내 방관적이다.

그리하여 이 시집의 부분적 작품들에 등장하는 소년들은 다만 아버지, 어머니, 언니들이 하고 있는 일을 동경하며 흥미를 느끼는 정도로 밖에 심화되지 못하였다.

시인은 이 시집에서 서정적 주인공으로 소년을 등장시켜 놓고는 적지 않게 시인의 말로 대치하고 말았다.

이것은 시인이 소년들의 생활 속에 더 깊이 침투하지 못한 데서 온 결함이라고 보아진다.

차라리 시인이 등장하고 시인의 말로 일관되였으면 이러한 결함은 덜 나타났을 것이다.[128]

리맥은 백석의 관심이 천리마 시대의 천리마 정신보다는 목장과 목장 생활, 목장 사람들의 이야기에 더 치중되었다고 평가한다. 소년단의 표식인 "붉은 넥타이"를 맨 주인공 소년이 목장 생활에 적극적이지 못하고 방관적으로 보인다는 점과 적극성을 소년의 생활이 아닌 시인의 말로 대치하고 있음을 지적한다. 이는 백석이 '천리마의 시대정신'이라는 주제보다는 생활에 대한 '지식', '관찰', '묘사'라는 문학성에 치중하였고 주인공 소넌을 천리마 시대의 노동 주체로서 설정하지 않았다는 의미로 이해할 수 있다. 다시 말해 백석이 대중 동원 정책인 천리마 시대의 노동 찬양이라는 정책적 주제에 적극적이지 않았다는 뜻이기도 하다. 동시집 전체를 확인하지 못하고 내리는 판단이기에 매우 조심스럽지만 1960년대 초 백석의 태도 또한 이 소년처럼 방관자 혹은 관찰자적 시선을 가지고 있었던 것은 아닐까 한다. 사회주의 체제 안에 있는 시인이 해야 할 일과 그것과 온전히 혼융되지 못하는 예술혼의 거리는 시인과 대상의 거리로 드러나기 때문이다.

어느 나라에 바다가 있네
이 바다 넓고 푸르고 푸른 바다라네
(중략)
이리도 고마운 제 나라의 제 바다를
그 어느 원쑤에게도 아니 앗길
그런 정신으로 억세게 하네

딴 나라 사람들 이 나라로 와
이 바다, 어떤 바다이냐 물으면
이 나라 사람들 선뜻 대답하리라—
이 바다, 사회주의 나라의
사회주의 바다라고
이 바다, 사랑하는 우리 조국의
우리 조국의 바다라고[129]

옛날에는 노동의 기쁨도 생활의 감격도 주지 못하던 어두운 바다가 지금은 행복과 기쁨을 주는 사회주의 바다가 되었다고 칭송하는 시이다. 기계배의 고동 소리 높은 이 바다는 미역, 다시마, 물고기로 이 나라 사람들의 문화 주택, 재봉기, 라디오, 비단 이부자리를 마련해주는 사회주의와 동일시되었다. 이 나라 사람들은 집과 옷과 라디오를 주는 이 바다를 사랑하여 그 어느 원수에게도 빼앗기지 않으려는 정신을 가지고 있다. 이 기쁨, 감격, 정신은 모두 사회주의 나라가 준 것이기에 사회주의 나라를 고마워하고 사랑한다. 주제도 형식도 명쾌하고 단순하여 논란의 여지 없이 사회주의 시로 보이는 이 시를 쓴 백석은 스스로를 어디에 두었을까. 백석은 '이 나라'에 속해 있는 것 같지 않다. 백석은 '어느 나라에 바다가 있었고 그 바다를 좋아하는 사람들이 있으며 그 사람들 아마 선뜻 대답할 것'이라는 가정 혹은 설정의 형식을 보여준다. 어디에도 핍진한 감정과 정서의 어휘가 없는 이 시에서 화자, 시인, 백석의 심정은 드러나지 않는다. 다만 '화자=시인=백석'은 그저 어느 나라의 이야기를 바라보고 전하는 거리를 유지하고 있다. 대상과 '화자=시인'의 거리를 유지하는 이 시의 형식도 그렇지만 이 시의 주제 역시 당시 문예 당국의 요구와는 거리가 있는 매우 원론적인 사회주의 찬양 주제라 할 수 있다.

당시 문예 당국이 부과하는 주제는 '사랑하는 우리 조국', '사회주의 나라' 식의 단순한 사회주의 체제 찬양이 아니라 매우 구체적인 것이었다. 당국은 '도시와 농촌에서 사회주의적 생산관계의 완전한 승리와 전진과 혁신', '천리마 대진군', '통일의 주제'와 같은 대주제를 다음과 같은 여러 형상으로 확산하고 심화할 것을 독려한다. 천리마의 현실 묘사, 천리마 영웅 전형 창조, 공산주의자의 전형 창조, 당과 김일성 수령 형상화, 1930

년대 김일성 항일 운동을 혁명 전통으로 수립, 남한의 대중 투쟁을 격동시키는 작품 창작, 통일의 염원 형상화 등이 그것이다. 이 주제들은 시대에 맞는 사상과 감정, 행동과 정신을 가진 공산주의자의 전형으로 드러나야 하고, 더 나아가 시인 자신이 '열렬한 공민적 빠포스'를 가지고 공산주의 투사의 한 사람으로 행동해야 한다고 강조한다. 이것이 당시 논자들의 관심 대상이었던 '현대성'이다.[130] '공민적 빠포스'를 가진다는 것은 사회주의 체제에서 거주하는 주민 이상의 공적 의무를 인식하고 집단적으로 또 체제적으로 고양된 '파토스'를 작품에 드러낸다는 의미이다. 백석의 시에서 파토스를 찾아볼 수는 있지만 그것이 '공민'의 것으로 고양되었다고 보기는 어렵다. 게다가 화자인 시인 자신이 고양된 공민적 파토스를 드러낸 작품은 찾을 수 없다. 북한 문예 당국의 요구에 부합하는 주제와 수사를 보여준 1960년대 백석의 시에서조차 우리는 백석과 그가 쓴 서정시의 주인공을 '열렬한 공민적 빠포스'를 가진 공산주의 전형으로서 동일시할 수 없다. 리맥이 지적한 바 있듯 『우리 목장』 속 소년 화자의 방관자적 소극성과 「사회주의 바다」에 나타난 화자의 관찰자적 거리는 동질의 것이다. 백석이 꿈꾸던 사회주의, 공산주의가 북한의 그것과 일치되지 못하는 환상에 가까운 것이었듯 문예 당국의 지침을 따른 것으로 보이는 시에서도 백석의 시는 전형적인 북한 시와 일치되지 못했다.

조선 문단 최고 서정시인 백석은 생애 후반기를 사회주의 체제에서 보냈고 자신만의 사회주의와 사회주의 문학에 대한 생각을 가지고 있었다. 50년간 사회주의 북한 주민이었지만 시인 백석의 '인민'과 '사회주의 도덕'은 해방 전 서정시인 백석의 '슬픈 력사를 지닌 사람들', '예의와 도덕을 아는 아름다운 품성'과 다를 바 없었다. 문예 당국의 요구에 부합하는 노골적인 수사의 시를 쓰던 1960년대에 그것은 시인과 대상의 거리감으로 드러났는데 이는 북한 사회와 문학에서 용납될 수도 포용될 수 없었다.

백석의 번역시

백석의 번역시 연구를 시작하기 전에

백석이 분단 전과 후를 막론하고 활발히 번역 활동을 하였음은 이미 알려진 사실이다. 특히 분단 후에는 창작보다 번역에 더 많은 힘을 쏟아 시, 소설, 동화, 평론 등의 다양한 장르에서 단행본 분량으로 수십 권에 이르는 작품을 남겼다. 많은 백석 연구자들은 이러한 번역 행위가 북한 문단에서 백석이 택한 또 다른 창작 행위라고 판단하기도 한다. 백석이 본격적 창작이 아닌 번역을 택한 것이, 그가 북한 문단에서 사회주의 찬양의 시를 쓰지 않고 순수 서정시인의 본령을 지킨 중요한 논거처럼 다루어지는 것이 사실이다. 그러나 이것은 백석의 번역 활동에 대한 성급한 일반화이자 시인 백석에 대한 도식적 평가일 수 있다.

우선 백석의 번역에 대한 학술적 평가는 물론 방대한 텍스트의 확인과 정리조차 아직 이루어지지 않았기 때문이다. 백석 탄생 100주년을 맞은 2012년 한 해 동안 많은 수의 백석 관련 전집, 자료, 연구가 산출되고 백석의 번역에 대한 관심으로 확대되는 것은 다행스러운 일이지만 이러한 열기가 곧 백석에 대한 감정적 추앙과 신성화로 이어지는 것은 경계할 일이다. 자유로운 시인 백석이 사회주의 체제하에서 시인으로 살지 못하고 번역으로 정치적·문학적 생명을 유지하였다는 식의 감상적 평가가 덧씌워진다면 백석은 분단 체제의 희생양으로 고정되어 그 이상의 논의로 진전될 여지가 없어질 것이기 때문이다. 분단 체제의 불행한 시인이었다는 도식적 평가는 백석이 다채로운 문학 활동을 한 문학인으로서 입체적 조명을 받을 기회를 없앤다. 이는 백석의 다양한 문학 활동을 면밀히 검토하고 논의하여 객관화된 결과로 극복할 과제이다. 이 글은 백석 번역문학 작품의 경계를 정하고 방향을 가늠하며 기본 논의를 점검할 것이다.

백석 번역 연구의 기본적인 과정을 정리하면 다음과 같다. (1) 번역 작품 발굴, 정리와 텍스트 확정 작업, (2) 번역 대상 작품과 작가에 대한 고찰, (3) 해당 작품의 원작과 백석 번역과 다른 역자의 번역 텍스트를 함께 비교하는 3자 또는 4자 비교, (4) 출발언어와 도착언어의 간극을 유지하고 극복하는 번역론의 관점 확보와 백석 번역의 객관적 평가, (5) 번역이 백석 문학 전체에서 차지하는 위상 평가와 백석의 번역 활동의 의미 부여 등이 그것이다. 위의 과정이 순차적으로 혹은 동시적으로 이루어진 후에야 백석 번역 활동의 내포와 외연을 살펴볼 기본적 조건이 마련될 수 있을 것이다. 문제는 아직 (1), (2)에 대한 연구도 충분히 이루어지지 않았다는 것인데, 백석에 대한 연구자들의 노력이 꾸준하고 일반 독자와 애호가들의 관심 또한 단순한 애호 취향을 넘는 진지한 것이어서 그 성과가 기대된다. 필자는 백석 번역 연구의 시론으로 기획한 이 논문을 통해 (1)과 (2)에 해당하는 작업을 하려 한다. 백석 번역 작품을 바라보는 관점, 번역 작품 목록 작성, 번역 대상 작품과 작가 고찰, 북한 문단 안에서의 백석 번역 활동 조망 등을 시도한다.

백석의 번역 활동은 1930년대부터 시작되었다. 오산고보 시절부터 어학에 재능을 보인 백석은 1930년 일본 청산학원에 입학하여 1934년 영어사범과를 우수한 성적으로 졸업하였다. 일본어와 영어 능력은 이때에 이미 갖추어진 것으로 보인다. 1930년 〈조선일보〉 신춘현상문예에 소설 「그 모母와 아들」로 등단한 그는 일본 유학에서 돌아와 존 던의 시 「사랑의 신」[131]을 번역하여 발표한다. 이후 「마을의 유화遺話」,[132] 「닭을 채인 이야기」[133] 등의 소설을 발표하는 동시에 귀걸이의 유래를 소재로 한 번역 산문 「이설耳說 귀ㅅ고리」,[134] 데이비스William Henry Davies의 시 「겨울은 아름답다」, 토마스 하디의 「교외郊外의 눈」[135]을 번역하여 발표하였다. 1935년 〈조선일보〉에 시 「정주성定州城」[136]을 발표하며 본격적인 시작詩作 활동을 보인 백석은 1936년 시집 『사슴』을 간행하였다. 이때부터 그는 이미 시, 소설, 번역을 동시에 진행한 다방면의 문인이었다. 또, 동화, 동시의 발표도 비슷한 시기에 이어져 백석은 아동문학가의 면모까지 보여주었다.

다방면 문인의 면모는 분단 후 북한에서 활동할 때 더욱 두드러진다. 첫 시집 발표 후 몇 년간 활발히 시를 발표하던 그는 1940년 만주로 이주한 후 시보다는 번역에 더 많은 시간을 보낸 듯하다. 간간이 국내 문예지에 시를 전하여 발표하던 그는 1940년 토마스 하디의 소설 『테쓰』[137]를 번역하여 발간하였다. 이후 러시아 작가 바이코프의 산문, 소설 등을 연이어 발표하며 영문학은 물론 러시아 문학 번역가의 면모를 보여주었다. 러시아 문학 번역은 만주 생활뿐만 아니라 분단 후 백석의 문학 활동 대부분을 차지하게 되었다. 러시아 시, 소설, 아동문학, 평론 등 장르면에서도 다양하고 작품 수도 많아서 분단 후 백석 연구에서 번역 작품에 대한 평가는 필수적이다. 백석의 번역 작품 수는 정확히 한정하기 어렵다. 백석의 번역이 몇 편을 제외하고는 북한에서 발표한 것이 대부분이어서 자료적 접근성이나 연구의 화제성 모두 부족하기도 하다. 그러나 백석 연구가 더욱 확대되고 심화되기 위해서는 북한에서의 백석이 객관적 시선으로 심도 있게 논의되어야 하고, 그렇게 확대된 백석 연구의 지평에는 수백 편에 이르는 백석의 번역 작품에 대한 자리도 마련되어야 할 것이다.

백석의 번역에 대한 관심은 백석의 아동문학 관련 연구에서 먼저 시작되었다. 김제곤,[138] 장성유,[139] 강정화[140]가 백석이 번역한 고리키의 동화론 「아동문학론 초」를 의미 있게 다루면서부터라 할 수 있다. 이들은 고리키가 각기 다른 시기와 매체에 발표한 동화문학 이론을 백석이 골라 묶어 편역하였다는 사실에 주목하고, 백석의 번역이 의식적인 선택 행위였다고 의미를 부여하였다. 이처럼 아동문학을 살피는 과정에서 번역의 의미가 주변적으로 거론되지 않고 백석의 번역을 본격적으로 다룬 논의로는 정선태의 「백석의 번역시」[141]를 들 수 있다. 『뿌슈낀 선집』, 『레르몬또브 시선집』, 『이싸꼽쓰끼 시초』, 『나즴 히크메트 시선집』, 『니꼴라이 찌호노브 시선집』, 『굴리아 시집』 등 최초로 공개된 167편의 백석 번역시를 소개한 이 글은, 저자에 대한 간단한 소개와 대표시의 번역을 싣는 형식으로 구성되었다. 그런 만큼 백석 번역시에 대해 본격적인 분석과 평가를 하지는 않았지만, 백석의 번역에 대해 전반적으로 살피고 개괄적이나마 번역시의 성과를 언급한 논의이며 백석 번역시에 대해 학계가 보인 최초의 관심이라는 점에서 의미가 있다. 정선태는 고유어, 토속어를 자유롭게 활용한 백석의 푸시킨 시 번역이 다른 번역과 비교하여 "외국문학이라고 생각할 수 없을 만큼 유려한 언어로 조탁(彫琢)되어 있"다고 평가하였고, 백석이 '주변부의 시인'인 굴리아의 시집을 번역한 이유로 "토속적 서정이 그를 강하게 사로잡았을 것이라는 점"을 추측하였다.

백석의 번역이 우리말의 고유어와 토속성을 부여한 자유로운 재창작에 가깝다고 평가하고 이를 백석 번역의 우수성으로 높이 평가하는 관점은 정선태와 송준 등 많은 연구자들의 평가에서 일치하는 부분이다. 송준은 『시인 백석 1·2·3』에서 백석의 번역이 자신만의 특유한 어휘와 방언을 구사[142]하는 것이며, 백석의 문채文彩[143]가 번역가 백석의 탁월함임을 반복적으로 강조한다.[144] 김병철은 백석이 번역한 『테쓰』의 제60장章의 한 단락을 원문과 비교하여 다음과 같이 평가하였다. "上記 대비에서 보면 原文 1段節이 譯文에서도 그대로 지켜져 外形一致가 遵守되어 있다. 내용 전달에 있어서는 다소의 누락과 語套의 어색한 점은 있으나 대체로 逐字譯이 이루어져 外形·內容 併重의 風이 갖춰져 있다."[145] 이는 번역시가 아닌 소설 번역에 대한 평가이기는 하지만 백석 번역에 대한 번역학계의 드문 평가로서 의미가 있다. 짧은 내용이나마 김병철의 평가 내용을 요약하면, 백석의 번역이 원문에 충실한 축자역逐字譯이라는 것과 어투에 어색함이 있다는 것, 그리고 외형과 내용의 균형이 갖추어져 있다는 것 등 대체로 긍정적인 평가라 할 수 있다. 다만 김병철이 언급한 '어투의 어색함'이 고유어를 자유로이 활용한 점을 가리키는 것인지, 백석 특유의 수사로 이어지는 묘사와 유장한 호흡을 지칭하는 것인지는 알 수 없다. 이외에 백석 번역시에 대한 구체적인 평가는 찾을 수 없었다. 『테쓰』, 『고요한 돈』 등의 소설 텍스트가 발견되었고 이에 대한 논의가 본격화되면 시, 소설을 아울러 백석 번역 전반에 대한 평가가 이루어질 것으로 기대한다.

수백 편의 시, 수십여 권의 소설과 동화에 이르는 백석의 번역문학에 대한 연구를 시작할 때 몇 가지 검토할 사항이 있다. 다음의 사항들은 당연한 전제이지만 탁월한 시인 백석의 번역이기에 균형을 놓칠 수 있는 사항들이기도 하다.

먼저, 백석의 번역을 백석 문학의 한 축으로 인정해야 할 것이다. 양의 방대함과 함께 1930년대 중반부터 50년대 후반까지 백석이 집중한 시간을 고려하더라도 백석의 번역은 문학적 잉여 행위이거나 창작열의 대체물로 한정하여 평가할 것이 아니라 문인 백석을 지탱하는 하나의 면모로 인정할 필요가 있다. 이는 백석의 번역을 북한 문단이라는 특수한 상황에서 택한 '또 다른 시 쓰기', 혹은 '간접적 시 쓰기'로 보는 관점에 대한 경계警戒와 포용包容의 문제와도 연결되어 있다. '또 다른 시 쓰기', '간접적 시 쓰기'란, 분단 전 백석의 면모에 준거하여 볼 때 혁명의 구호, 대중 선전과 고무의 수사, 김일성 찬양으로 대표되는 북한 시단의 풍토가 백석에게는 맞지 않아 절필하고 싶었지만 호구지책으로 번역을 택했고 번역을 통해 자신의 문학관을 설파하고 문학인의 지조를 지켰다는 추측의 결과이다. 이는 매우 자연스러워 보이지만 정작 이를 인정하고 논증할 근거는 충분하지 않다. 증거도 논거도 없는 상태에서는 인정할 수 있는 부분보다는 경계해야 할 부분이 강조되어야 한다. 해방을 평양에서 맞았다는 백석의 행적, 조만식의 통역 비서로 김일성이 마련한 회식연에서 「장군 돌아오시다」라는 즉석시를 읊었다는 그의 내면, 문학 단체에 적극 가담하지 않고 번역에 집중한 그의 심중, 한국전쟁 중 종군하지 않고 평양에 칩거한 채 번역에 몰두하며 월남을 권하는 시인들의 충고를 물리친 배경,[146] 삼수에서 목축 노동자로 살아가며 문학예술총동맹 기관지와 기획 시집에 김일성 찬양과 남한 비판의 시를 쓴 백석의 중년. 이 모든 것을 '시인의 고통을 가리는 생존을 위한 선택'으로 보는 관점과 번역을 '또 다른 시 쓰기'로 휩쓸어 보는 관점의 차이는 크지 않다. 모두 손쉬운 가정을 하고 그것을 논리적 유추로 이해하고 있을 뿐이다. 물론 백석의 번역이 어떠한 '문학적 선택'이었을 수도 있고 그랬으리라 생각하지만, 그것은 가정을 용인하는 것에서 일단락될 문제가 아니라 수많은 번역문학 작품의 분석을 통해 귀납적으로 이른 결론이어야 한다.

두 번째는 백석이 북한에서 발표한 시를 대할 때 경계해야 할 태도이기도 한데, 이는 바로 번역을 통해 백석의 옛 시어를 만나고 그를 흠향하려는 자세이다. 백석의 번역이 출발언어를 무색케 할 만큼 유려하다고 상찬받고는 있지만 그의 번역에서 옛 백석의 모습만을 찾으려 하는 것은 번역문학 작품에 대한 평가와 분석의 바른 방향이나 목적이 될 수 없다. 번역문학의 평가에서 번역자의 개성이 짙게 드러나는 경우, 원작이 아닌 번역자의 '문채'가 드러나는 것이 미덕일 수 있겠느냐는 기본적인 물음부터 제기할 필요가 있다. 번역문학을 평가하는 이론적 기반을 필자를 포함한 연구자들이 충분히 갖추지 못했기 때문에 생기는 문제일 것이다. '우리 토박이말, 사투리 등으로 바뀌어 있고 음성 상징어 등이 자유자재로 쓰여서 우리 작품처럼 느껴진다' 등의 단순한 언술로 백석 번역이 평가되거나, 문학적 생존을 위해 번역을 하였다는 면만이 부각되는 것은 모두 백석 번역에 대한 정당한 평가일 수 없다.

세 번째는 러시아, 터키, 그루지야 등의 언어에 대한 이해가 부족하다는 점이다. 이는 해당 언어, 문학 전공자와의 공동 작업으로 극복될 문제일 뿐 아니라 매우 긴 시간과 노력이 필요한 부분이다. 필자 또한 이 문제를 실감하고 실제 러시아 시 전공자에게 백석이 번역한 시인들에 대한 기본 조사와 함께 번역 작품의 대역을 의뢰하였다. 러시아 시인과 작품에 대한 기본 정보는 도움을 받아 이 논문에서 소개할 것이고 번역 작품 분석은 후속 논문에서 논의할 것이다. 번역시 목록을 공유하고 대표시를 대역하고 다른 번역자들의 번역과 비교하면서 연구를 진행할 계획이다. 그럼에도 번역 대상이 된 러시아, 터키, 그루지야 등의 시인에 대한 기본 정보가 매우 부족하다는 점은 이 연구가 직면한 또 하나의 어려움이다. 국내에 번역된 러시아 작가 사전이 없고 러시아에서도 사회주의 문학에 대한 평가가 긍정적이지 않은 까닭에 당시 러시아 사회주의 시와 시인에 접근할 어학적 도구도 자료도 많지 않다. 현재는 이 문제점을 인정하고 논문이 진행될 수밖에 없지만 후속 논문을 통해 극복되리라 믿는다.

백석 번역문학의 경계境界와 번역의 배경

논의를 위해 백석의 번역 작품 목록을 정리한다.[147] 백석의 번역 작품이 지속적으로 발굴되고 있어 목록에 추가될 작품이 더 있을 것으로 보이지만 현재 시점을 기준으로 정리해 보면 〈표 6〉 및 〈표 7〉과 같다.

〈표 6〉 분단 후 백석의 시 번역

원작자	작품명	출전	비고
뿌슈낀	『뿌슈낀시집』	1949	
이싸꼽스끼	『이싸꼽스끼 시초』	1949	
소애매	「전선으로 보내는 선물」	『문학예술』 1950년 1월호	
엠·이싸꼽쓰끼	「바람」 외 5편	『쏘련 시인 선집』, 연변교육출판사, 1953	
	『평화의 깃발: 평화옹호세계시인집』 중 11개국 시인 28편. 「아메리카여 너를 심판하리라」, 「가까운 사람들에게 띠우는 편지」 등	『문학예술』 1954년 4~5월호	
이싸꼽쓰끼	『이싸꼽쓰끼 시초』	연변교육출판사, 1954	
마르샤크	『동화시집』	민주청년사, 1955	리용악 교열
뿌슈낀	「쨔르스꼬예 마을에서의 추억」 외 12편	『뿌슈낀 선집』, 조쏘출판사, 1955	
나짐 히크메트	「아나똘리야」, 「새로운 예술」 등 39편	『나짐 히크메트 시선집』, 국립출판사, 1956	
레르몬또브	「사려」, 「시인」, 「A И 오도예브스끼의 추억」 등 3편	『레르몬또브 시선집』, 조쏘출판사, 1956	
블라디미르 로곱스코이	「아무다리야강 우의 젬스나랴드」	『조쏘문화』 1956년 5월호	
니꼴라이 찌호노브	「감남'빛 돌서덕 기슭으로」 등 74편	『니꼴라이 찌호노브 시 선집』, 조쏘출판사, 1957	리효운·백석 역
드미뜨리 굴리아	「바다를 향하여」 등 63편	『굴리아 시집』, 조쏘출판사, 1957	
마르가리따 아가쉬나	「나는 말한다」 「쓰딸린 그라드 아이들」 「조선에 여름이 온다」	『조선문학』 1957년 7월호 『아동문학』 1957년 7월호 『문학신문』, 1957년 일자 미상	
에쓰 미할꼬브	「카나리아와 고양이」	『아동문학』 1958년 5월호	

위의 표에서 보듯 백석의 번역문학은 양적으로나 질적으로나 관심의 대상이 될 만하다. 미처 정리되지 못한 많은 동화, 동시, 아동소설, 아동문학 관련 문학론, 아동문학 평론 등을 고려한다면 그 외연은 더욱 커질 것이다.

1930년대 시, 소설 창작과 함께 시작된 백석의 번역 활동은 주로 영시와 영소설 번역이 중심이었다. 존 던, W. H. 데이비스, 토마스 하디 같은 영국 작가의 작품을 번역하였다. 우리 번역사에서 1930년대는 문학 번역이 매우 활발했던 시기인데, 대학에서 외국문학을 전공한 이들이 번역을 담당하게 되면서 번역 태도와 형태 등이 모양을 갖추었다고 한다.[148] 백석 또한 이러한 1930년대의 흐름에서 번역 활동을 시작한 것으로 보인다. 「臨終체홉의 六月」의 경우 코텔리안스끼·탑린슨의 글에서 발췌했음을 밝혔으나 중역重譯인지는 알 수 없다. 1934년에 번역하여 발표한 「죠이쓰와 愛蘭文學」[149]은 러시아 작가 미르스키Dmitry Petrovich Mirsky의 글이지만 영어 중역임을 역자 후기에서 밝히고 있어[150] 백석이 러시아어를 직접 번역한 것은 1940년대 만주 시절 이후일 것이다. 분단 후 북한 문단에서 백석은 주로 러시아 시, 소설, 아동문학 등을 번역하였다. 분단 후 백석의 번역은 양적으로 증가함은 물론 동시, 동화, 아동문학 평론 등 장르 면에서도 폭넓게 진행되었다.

이후 백석은 문예 당국의 외국문학 분과에 속한 번역 작가로 활동하며 수많은 러시아 작품을 번역하였다. 당시 북한은 모든 부문에서 사회주의 선진국인 소련을 따라 배우는 것이 최대의 목표였다. 산업과 과학 분야에서 소련의 기술자와 자문단이 북한에 상주하여 지도했을 뿐 아니라 문화예술 분야에서도 소련을 모범으로 삼는 풍조가 만연하였다. 북한 문단은

〈표 7〉 백석이 번역한 소설, 동화, 산문

원작자	작품명	출전	비고
	「耳說 귀ㅅ고리」	〈조선일보〉, 1934. 5. 16.~19.	영어
코텔리안스끼·탑린슨	「臨終체홉의 六月」	〈조선일보〉, 1934. 6. 20.~25.	「체홉의 生涯와 書簡」에서 발췌
띠에스 미-ㄹ스키	「죠이쓰와 愛蘭文學」	〈조선일보〉, 1934. 8. 10.~9. 12.	영어 중역
토마스 하디	『테쓰』	조광사朝光社, 1940. 9. 30.	
엔 바이콥흐	『식인호食人虎』	『조광』, 1942. 2.	
엔 바이콥흐	『초혼조招魂鳥』	『야담』, 1942. 10.	
엔 바이콥흐	『밀림유정密林有情』	『조광』, 1942. 12~1943. 2.	
	「물색시」	『조광』, 1946. 12.	『세계걸작동화집』 중 영국 편
씨모노프	『낮과 밤』	1947	
숄로홉흐	『그들은 조국을 위해 싸웠다』	북조선출판사, 1947	
알렉싼들 야꼬블렙	「자랑」	『조쏘문화』, 1947. 8.	
파데예프	『청년근위대』(상)	1948	
	『청년근위대』(하)	1949	
꼰스딴찐 씨모노프	「놀웨이의 벼랑에서」	『조쏘문화』, 1948. 4.	
숄로홉흐	『고요한 돈 1』	교육성, 1949	
숄로홉흐	『고요한 돈 2』	교육성, 1950	아동문학
고리끼	「아동문학론 초」	『조선문학』, 1954. 3.	아동문학
나기쉬낀	「동화론」	『아동과 문학』, 1955. 12.	동화집
엘 워론꼬바	『해 잘나는 날』	민주청년사, 1956	
숄로호프	「말은 하나다」	『문학신문』, 1957. 7. 25.	
예 에브뚜쉔코	「10월」	『조선문학』, 1957. 9.	
베르만	「《황혼》의 사상성」	『조선문학』, 1957. 9.	
에쓰. 엔. 쎌계예브-첸스키	「1914년 8월의 레닌」	『문학신문』, 1957. 11. 7.	
마르샤크	「손자와의 이야기」	『문학신문』, 1957. 11. 21.	
이. 보이챠끄	「로동 계급의 주제」	『문학신문』, 1958. 1. 9.	
아·똘스또이	「창작의 자유를 론함」	『문학신문』, 1958. 1. 16.	(아·똘쓰또이 『문학을 론함』에서)
백석	「생활의 시'적 탐구 - 웨·오 웨치낀의 세계」	『문학신문』, 1958. 2. 6.	평론
백석	「국제 반동의 도전적인 출격」	『문학신문』, 1958. 11. 6	평론

소련의 사회주의 문학 이론을 수입하고 추수하는 것은 물론, 소련 작품을 번역하여 작가들을 교양하는 데 활용하였고 문예지에 번역 작품을 실어 일반 독자들에게도 소개하였다. 소련의 사회주의 리얼리즘 문학이 초기 북한 문단의 모범이며 지향점이었던 것이다. 이러한 상황에서 백석은 자신의 시를 발표하지 않고 러시아 문학 번역에 몰두한다. 번역 대상 작가는 러시아, 중국, 그루지야 등 주로 국제 사회주의 국가의 작가들이었는데 1940년대 후반에는 소설이, 50년대 초반부터는 시와 아동문학이 번역의 주를 이루었다. 분단 후부터 1950년대 중반까지 백석은 창작은 거의 하지 않고 번역에만 몰두하였으며 동시와 시 창작은 50년대 중반에 재개되었다. 동시와 시 창작을 재개하던 때는 백석이 『문학신문』의 편집위원을 맡은 시기와도 일치한다. 이 시기에 백석이 문예지 편집위원을 맡고 자신의 시와 동시 창작을 재개한 것은 우연한 사건이 아닌 것이다. 이는 국제 사회주의의 환경 변화 및 소련 문학의 변화와도 맞물려 있는데 이른바 소련의 해빙 문학이 그것이다. 논의를 위해 당시의 상황을 간단히 서술하면 다음과 같다.[151]

1950년대 이후 소련 문학에 훈풍이 불어왔다. 1953년 3월 스탈린이 사망하였고, 새로운 지도자 흐루쇼프가 스탈린의 개인숭배를 비판하면서 시작된 변화였다. 스탈린의 폭압 정치로 양산된 수많은 정치범들이 석방되었고 검열 제도가 완화되고 출판계에도 변화가 일어났다. 기존의 도식적인 사회주의 문학에서 벗어나 '자유의 한계성'을 묻는 작품들이 등장하였다. 에렌부르그Iliia Erenburg의 소설 『해빙』에서 이름을 빌려 러시아 문학에서는 이 시기를 러시아 문학의 '해빙기'라 지칭한다. 불가코프, 키릴로프가 복권되었고 백석이 번역한 바 있는 시모노프, 파데예프가 이때에 활동하였다. 1956년 2월 14~26일 열린 제20차 소련공산당대회에서 행한 흐루쇼프의 비밀 연설은 국제 사회주의뿐 아니라 북한 사회에도 많은 영향을 끼쳤다. 스탈린 개인숭배의 해악에 대한 비판, 문학·예술·경제 분야에서 개인숭배를 배격할 것과 서방 국가와의 협력을 촉구한 것이 핵심이었다. 이러한 변화는 개인숭배를 가속화하던 김일성에게 위협적인 것이었고 북한 문학의 도식성과 구호주의에 염증을 느끼던 문학인들에게는 희소식이었다. 제2차 조선작가대회에서 시인 김북원과 김순석은 해방 후 10년간의 평론이 지나치게 정치주의에 경도되어 구호시를 양산하고 서정성과 문학성 높은 작품을 억압하였다고 강도 높게 비판한다. 김북원은 김상오와 같이 서정성 높은 시를 쓴 시인들이 "지나가는 사람마다 건드리는 길 가의 북처럼 뚜들겨 맞"는 계열에 속해 부당한 대우를 받아 절필을 하는 지경에 이르렀고 구호시의 전형들이 과도한 대우를 받았는데, 이것이 모두 평론이 자의적 논리에 함몰되었기 때문이라고 하였다.[152] 제2차 조선작가대회의 주제는 단연 '도식주의 비판'이었다. 그간의 도식주의를 대신하여 이제 시의 서정과 시인의 생활, 개성이 강조되어야 한다는 주장이 이어졌는데 이는 북한 문학계의 '훈풍'을 예고하는 듯했다.

백석에 초점을 맞추어보면, 백석은 이때를 기점으로 동시집 『집게네 네 형제』[153]를 출간하고 북한 문단에서 동시를 제외한 첫 창작시 「등고지」[154]를 발표하는 등 자신의 작품을 창작하기 시작했다. 번역 활동에서도 변화가 있었다. 시모노프나 숄로호프의 장편 소설 번역에 몰두하던 백석이었지만 이때부터는 시 번역이 더욱 활발해졌다. 티호노프와 굴리아 시집 전체를 번역하기도 했다. 산문 번역에서도 장편 소설은 줄고 아동문학론이나 창작론과 같은 단문들이 주가 되었다. 백석이 아동문학의 사상성과 형상성을 중심으로 리원우와 논쟁을 벌인 것도 이때이다.[155] 1956년 말에서 1958년까지는 백석이 북한의 중앙 문단에서 가장 활발히 활동한 시기이다. 소련 문학의 훈풍이 북한 문단에도 불어오는 듯했고 백석 또한 그를 감지하고 창작과 번역에서 나름의 문학성을 펼쳐 보였던 시기라 할 수 있다. 이 시기는 백석의 번역뿐 아니라 시 창작과 동시 창작에서 매우 중요한 시기이자 전환점이다. 이후 북한 문단이 '도식주의'로 회귀하지 않고 서정, 생활, 개성의 문제를 문학적으로 발전시켰다면 백석 문학의 지형은 달라졌을 것이다.

그러나 1958년 이후, '도식주의'를 비판하고 서정과 개성을 주장하던 세력은 박세영, 윤세평, 한설야 등에 의해 '사상성 빈곤'으로 비판받으며 북한 문단의 중심에서 밀려났다. 북한 문학에서 개인숭배와 도식성은 더욱 강화되었다. 이는 당시 북한 사회 내 8월 종파 사건의 연장선상에 있는 것으로 판단한다. 요약하면 소련에서의 개인숭배 비판을 보고 김일성은 더욱 극렬하게 정적을 공격하여 개인숭배를 강화하였고 문학 또한 그 기획에서 벗어나 있지 않았는데, 김순석과 몇몇 시인들이 그 과정에서 정치적·문학적 숙청을 당했고 백석 또한 같은 경우였던 것이다.[156] 짧은 시기 북한 문학에도 훈풍이 불었고 이를 감지한 백석은 자신의 시와 동시 창작을 활발히 하는 한편 러시아 소설 번역에서 시 번역으로 이동하였던 것으로 판단된다.

백석이 『문학신문』에 발표한 번역 산문 「국제 반동의 도전적인 출격」[157]은 당시 해빙기의 소련 문학이 겪는 혼란상을 보여주는 동시에 북한 사회에서 해빙의 전파를 막고 사상을 강화하기 위한 의도적 번역이라 할 수 있다. 이 글은 소련 문학의 해빙 분위기에서 산출된 '빠쓰쩨르나크의 『쥐

바고 박사』'의 노벨상 수상에 내한 소련 문예 당국의 견해를 담고 있다. 소련에서 출간되지 못하고 1957년 이탈리아에서 출간된 이 소설을 노벨상 위원회가 1958년 노벨문학상 수상자로 선정하자 소련 문예 당국은 이 소설이 예술적으로 빈약하고 사회주의에 대한 증오로 가득 차 있으므로 이를 선정한 위원회의 결정과 수상은 반소비에트적인 적대적 정치 행위라고 비판하는 내용이다. 아동문학론과 번역시를 통해 '서정성'과 '예술성'을 드러내었던 백석의 생각과는 다른 논조의 글이다. 해빙과 결빙이 혼재한 소련 문학의 양상을 보여주는 대목이기도 하고, 백석과 김순석이 1958년 후반 북한 문단에서 처한 상황을 단적으로 보여주는 예이기도 하다.

이후 백석은 삼수 관평으로 내려갔고 그곳에서 노동 현장의 체험을 전하는 작품 몇 편과 김일성을 찬양하고 남한을 비판하는 내용의 시 몇 편을 발표한 후 문단에서 사라진다. 이러한 흐름을 이해하면서 백석의 번역시뿐 아니라 시에 대한 연구도 이루어져야 할 것이다. 분단 후부터 1950년대 중반까지 백석이 번역 대상을 선택할 때 작동한 예술적 인식과 시인의 내면이 있듯이, 1958년 이후 백석이 번역 대상을 고를 때에는 북한 사회의 변화가 백석에게 작동되었을 것이기 때문이다. 독자와 연구자에게는 그 선택의 안과 밖을 모두 살피는 심도 있는 시각이 요구된다.

러시아의 서정과 백석의 선택

등단 초 번역한 영시와 중국 소애매의 시, 터키 시인 나즘 히크메트, 그루지야(조지아) 시인 굴리아를 제외하면 백석이 번역 대상으로 삼은 시인들은 모두 러시아 시인들이다. 한국전쟁 후 1953년부터 순차적으로 번역된 『쏘련 시인 선집 1·2·3』은 문예 당국의 선택이었을 것으로 추측된다. 번역은 외국문학 분과원들 여럿이 나누어 번역하는 형태로 진행되었다. 이 시집에 실린 시들은 사회주의 건설과 전쟁 중 용맹한 전사들의 이야기를 담고 있다. 이때의 '전쟁'이란 독소전쟁 혹은 대조국전쟁이라 불리는, 2차 대전 중 독일과 소련 사이의 전쟁을 지칭한다. 제2차 세계대전 종전 후 소련에서는 전투 기록, 전쟁 영웅 발굴, 전방과 함께 투쟁한 후방의 모습과 같은 전쟁 소재 작품이 많이 창작되었고, 이즈음 백석을 포함한 북한의 번역가들은 이러한 소련 전쟁시를 주로 번역하였다. 독소전쟁 소재 작품은 시뿐 아니라 번역소설의 공통된 소재였다. 한국전쟁 후 북한 문학에서 전쟁 영웅 발굴 작품, 전쟁고아가 당의 보살핌으로 자라나는 모습을 그린 유가족 소재 소설, 전후 건설 주제의 작품이 활발히 창작되었는데, 이때에 독소전쟁기를 다룬 소련 문학의 번역이 활발했던 것은 자연스러운 현상으로 이해된다.

문예 당국의 선택이었을 각종 시인 선집을 제외한 푸시킨, 이사콥스키, 티호노프, 굴리아 등의 시인은 백석 스스로 선택했을 가능성이 높다고 할 수 있다. 1950년대 중반 이후 북한 문단 내에서 문학과 창작에 관한 자신의 목소리를 내기 시작한 백석이 택한 시인들의 면면을 살펴볼 필요가 있다. 19세기 러시아 시인 푸시킨, 레르몬토프[158]는 낭만적 시풍으로 평가받고 있는 시인들이다. 이들의 시에서 백석이 특별한 경향성을 취했다고는

할 수 없지만 이 시인들이 서정성과 언어에 민감했던 시인이라는 것은 기억해둘 만하다. 이사콥스키와 티호노프는 당대 소련 시인들 중 매우 유명한 시인들이라 할 수 있다. 굴리아와 감자토프의 경우도 러시아 민족이 아닌 소수 민족 출신으로 자신의 민족어로 시를 썼으며 전후에는 소련 전체에 대중적으로 알려진 시인이라고 한다. 한 가지 흥미로운 점은 푸시킨, 레르몬토프, 티호노프가 모두 낭만성을 가진 시인으로 평가되며 이들이 모두 캅카스Kavkaz에서 영감을 얻은 시인들로 논의된다는 점이다.[159]

캅카스(영어식 이름은 코카서스Caucasus)는 러시아와 그루지야(조지아) 사이의 산악 지대 명칭이다. 예로부터 험난한 산악 지대를 중심으로 중앙집권의 영역에서 벗어나 있어 복속 전쟁과 항거 전쟁, 내전과 분쟁 지역으로 알려져 있다. 캅카스의 험난한 산악 지형과 동양적 외모의 주민들은 '호전적', '거친 동양'의 이미지로 대변되었는데, 한반도 동쪽 산악 지형과 비슷하고 기후 또한 비슷하여 오래전부터 고려인들이 거주한 지역이기도 하다. 이 지역은 러시아 문인들에게 "낭만적 영감의 원천"으로서 동경, 신비, 오리엔탈리즘의 대상이었던 듯하다. 이는 더 확인해야 할 사항이지만 백석이 대상으로 삼은 시인들이 낭만적 지향성이 강하고 캅카스에 대한 동경을 가지고 있는 시인들이었다는 점은 의미 있다. 그루지야(조지아)의 시인 굴리아의 시에도 접경 지역인 캅카스 지역에 대한 시가 등장하는 것은 우연이 아닐 수 있다. 러시아어를 해독하지 못하는 필자의 한계와 1940년대 러시아 시인에 대한 정보를 찾을 수 없는 어려움이 있지만, 러시아 시 연구자 이명현 박사가 '북한의 시학 연구' 연구팀에 제공한 백석의 러시아 번역시인 정보를 바탕으로 백석의 번역시 목록에 오른 시인 중 몇몇에 대해 살펴보았다.[160]

미하일 바실리예비치 이사콥스키(1900~1973)

『쏘련 시인 선집』에서 이사콥스키의 시 6편을 번역한 바 있는 백석은 1년 후 『이싸꼽쓰끼 시초詩抄』를 번역한다. 엮은이의 말에 해당하는 다음 글에서 백석은 이사콥스키 시가 가진 서정성과 낭만성, 인민성을 강조한다.

> 그의 소박하고 순결하고 아름답고 밝은 서정시의 극도로 함축되고 세련된 감정의 표현은 포에지야*의 훌륭한 모범으로 되고 있다. (중략) 시 형식이 짧으면서도 내포된 고상한 사상과 감정은 조국과 향토에 대한 사랑으로, 풍만한 서정으로, 명랑성에 새로운 낭만과 음악적인 리즘**으로, 그리하여 부르면 그대로 노래가 되어 인민이 즐겨 부를 수 있는 그것으로 이싸꼽쓰끼의 시는 특징적이다.[161]

백석이 이사콥스키의 시를 선택한 이유는 '소박', '순결', '아름답고 밝은', '함축되고 세련된 감정', '조국과 향토에 대한 사랑', '서정', '명랑성', '낭만', '리즘', '노래', '인민이 즐겨 부를 수 있는' 등이다. 이런 것들이 실제 시 번역에서 어떻게 확인될 수 있는지, 그것이 백석의 번역 행위를 어떤 방식으로 설명해줄 수 있는지에 대한 검증이 남아 있다. 하지만 위의 짧은 인용에서 백석이 이 시인에게서 주목하고 옮기고 싶었던 것은 명확해 보인다. 서정성과 낭만성 그리고 인민성이 그것이다. 특히 백석은 '인민'이 즐겨 부르는 노래로서 이사콥스키의 시를 높이 사고 있는데 실제 이사콥스키는

*포에지야: 'poesie'의 다른 표기. 시의 정취, 작시법作詩法.
**리즘: 리듬.

소련 노래시[162] 장르를 대표하는 시인이었고 그의 노래시들은 소련 국민들 사이에서 널리 애창되었다고 한다. 노래시라는 장르 때문에 그는 소련 시인들 가운데 가장 대중적인 시인으로 남을 수 있었다고 한다. 소비에트 시대 시골에서 일어나는 역사적인 변화, 소비에트인의 의식 속에서 혁신적인 것의 승리, 독소전쟁 시기 소비에트 민중의 영웅성과 용맹성을 표현한 그의 시는 시어의 정겨움과 순수함, 소박함과 시행의 선율적인 요소가 특징적이며, 러시아 민요의 전통과 러시아 고전시를 계승 발전시킨 것으로 평가된다.

나짐 히크메트(1902~1963)

히크메트[163]는 그리스 태생 터키인으로 1950년에 소련으로 망명한 시인이다. 그에 대해 많은 자료를 찾을 수 없었지만, 『나짐 히크메트 시선집』의 '옮긴이 서문'에서 원작자 히크메트에 대한 번역자 백석의 평가를 들을 수 있다.

> 그의 문학은 그 문학방법에서도 투쟁적인 새로운 것으로 되지 않을 수 없다. 시인은 묘사를 극도로 단순화하며 그 무거운 형상적 비유의 짐을 벗어버리기에 노력하였다. 그는 모든 형식의 제약과 미를 재 고려하여 문학 정신의 진수에로 더욱 접근하였다. 이것은 곧 인민성의 새로운 터득이었다. 그는 인민에게 가장 중요한 것을 가장 소박하게, 가장 아름답게 말하기 위하여 직접적인 이야기의 형식을 골라잡기에 이르렀다. 여기에서는 운율이 전연 무시되거나 또는 자유로운 구사를 따를 수밖에 없이 되었다. 창작의 이러한 인민적 성격은 자연 언어의 순수화를 가져오

게 된다. 이 시인은 토이기 인민어의 보고에서 많은 진정한 토이기어를 발굴하여 이것들에 새로운 사상성을 부여하고 있다.[164]

히크메트를 인민성 강한 시인으로 평가한 백석은 단순한 묘사가 문학 정신의 진수에 닿게 하며 이것이 인민성을 얻게 한다고 판단한다. 소박하고 아름답게 말하기 위해 직접적인 이야기 형식이 필요했고 그것이 언어 순수화로 연결된다는 백석의 논리는 자신의 시론詩論으로 이해될 수 있을 것 같다. 여기에 인민어의 보고, 진정한 토이기어(터키어)의 발굴이 사상성과 연결될 수 있다는 판단은 북한의 시인 백석이 가진 사회주의 시학으로 보인다. 백석이 사회주의를 거부하거나 증오하였다는 증거는 찾을 수 없다. 그의 1960년 전까지의 시에서는 노골적인 사회주의 시의 양상이 보이지 않고 이상화된 사회주의의 모습이 보이고 있다.[165] 백석이 왜 북한 문단에 남았는지, 백석이 생각한 공산주의, 사회주의의 모습은 무엇인지, 그는 자신의 문학으로 공산주의와 사회주의 사회를 표현할 수 있다고 믿었는지 등을 알 수는 없다. 하지만 그에게 시의 언어란 '인민성'을 가진 '소박하고 아름다운 언어'이며 '인민성을 가진 소박한 언어'가 곧 '사상성'의 전제임은 확인할 수 있다.

니콜라이 세묘노비치 티호노프(1896~1979)

티호노프는 소련의 저명한 시인이자 1950년대 소련작가동맹 위원장을 역임할 정도로 문단 권력의 핵심에 있던 문인이었다. 그는 혁명 투쟁기의 공산주의자들을 찬미하는 시와 낭만성이 강조된 영웅 소재의 발라드, 서사시를 창작하였는데 이른바 사회주의 조국에서의 '새로운 영웅의 탐색'

이 그의 시적 주제였다. 국제주의(internationalism)적인 주제를 소비에트 문학에 최초로 구현한 시인으로 평가받는 그는 2차 대전 독소전쟁 중 레닌그라드 전투에 참여하기도 하였다.

드미트리 이오시포비치 굴리아(1874~1960)

굴리아는 국내에는 생소한 압하지야Abkhazia(당시 그루지야, 즉 조지아의 일부였으나 나중에 독립을 선언했다) 작가이지만, 압하지야에서는 민족 문학, 민족 문화 발달에 공헌을 한 인물로 널리 알려져 있다. 압하지야 최초의 일간지 〈압스니Apsny〉[166]의 편집인이기도 했던 그의 시는 압하지야어로 쓰였으며, 압하지야 민요의 모티프와 리듬에 뿌리를 두고 있어 압하지야 민중의 호응을 얻었다. 그는 민중을 향해 직접적인 언술을 하는 시인으로 알려져 있다. 대표작으로는 서사시 「압하지야에 관한 노래」(1940), 「시골 마을의 가을」(1946), 최초의 압하지야어 단편 소설 「낯선 하늘 아래」(1919), 장편 소설 『카마치치Камачич』(1940) 등이 있다.

라술 감자토비치 감자토프(1923-2003)

감자토프Rasul Gamzatovich Gamzatov는 다게스탄자치공화국의 아바르Avar 민족 출신의 러시아 시인이자 평론가, 정치가이다. 우리에게는 감자토프의 노래시 「학Журавли」이 알려져 있다.[167] 그는 고향 다게스탄의 자연, 다게스탄 민중의 삶, 소비에트 조국에 대한 애국심, 전쟁의 비극과 전사들의 영웅성 등을 주제로 다루었으며, 후기로 갈수록 사랑과 우정, 삶의 아름다움과 같은 보편적이고 서정적인 주제들이 그의 시에서 큰 비중을 차지하였다. 그는 푸시킨, 레르몬토프, 네크라소프, 마야콥스키와 같은 러시아 고전 및 현대 시들을 아바르어로 번역하였다. 감자토프가 소수 민족 아바르족으로서 아바르어로 시를 쓰고 러시아 고전과 소련 문학을 번역하며 고향의 삶과 민중의 삶을 노래한 것은 분단 후 백석의 모습과 겹쳐지는 부분이기도 하다.

백석이 번역 대상으로 선택한 러시아 시인과 소련 문인에 대한 기본 정보를 모아 정리해보았다. 여기까지의 논의로, 백석이 번역시를 선택할 때 '인민성', '서정성', '언어'를 고려했으리라는 가설을 세워볼 수 있다. 백석이 생각하는 '인민성'은 북한 문학에서 강조하는 계급성, 당성과 함께 사회주의 문학을 지탱하는 '인민성'과는 다른 개념일 것이다. 백석은 고향 또는 민족을 구성하는 사람들로서의 인민人民, 사람들의 소박한 모습을 그려내는 순수하고 서정적인 언어로서의 '인민성'을 의도하였을 것이다. 이 부분 또한 실제 시 작품 분석을 통해 밝혀지기까지는 가설일 뿐이지만 백석이 번역시의 대상을 고를 때 '인민성', '서정성'을 고려하였으며, 캅카스와 같은 북방, 삼림 소재의 시편들을 적지 않게 택했다는 점에 주목하고 싶다. 아동문학에 관한 의견이기는 하지만 백석은 스스로 시어의 모범을 '인민'의 언어에서 찾아야 한다고 역설한 바 있다. 가장 본질적인 언어를 인민의 언어에서 찾으라고 '뿌슈낀이 절규'하였다고 표현한 백석은 '소박하고 간결하고 투명하고 정확한 언어'를 인민의 언어로 이해하고 있었다.[168] '인민', '인민의 언어', '서정'에 대한 북한 문학 일반의 개념과 백석의 그것은 같지 않았던 것으로 보이며, 이에 대한 자세한 논의가 백석 번역뿐 아니라 북한 시인 백석의 시를 이해하는 데 도움이 될 것이다.[169]

백석의 번역소설

1930년대 최고의 시인이었던 백석이 분단 후 북한 문단에서 러시아 문학 번역가로 살았다는 사실은 단순한 전기적 사실 이상의 의미를 환기한다. 백석의 번역을 대상으로 한 그간의 연구에서는 백석이 분단 전의 작품에서 이루었던 문학적 감성과 성취가 사회주의 문학 환경에서 환영받지 못하고 무가치한 것으로 치부되었을 것이고 이에 백석은 생존을 위해 번역을 택했을 것이며, 시인 백석은 시 번역, 소설 번역, 아동문학 번역을 통해 시적 감성과 시론詩論을 드러내었을 것이라는 가정을 종종 해왔다. 이에 따라 백석의 번역은 번역문학적 성과보다 백석 문학의 대체창작代替創作으로 더 주목의 대상이 되는 듯하다. 이 또한 필요한 관점일 수 있지만, 백석이 번역을 통해 북한 문단에 문학적 저항을 했다고 강조하거나 번역 작품을 창작시와 같은 수준에서 의식을 추출하고 미적 성과를 논하는 것에는 신중할 필요가 있다.

번역이 원작자와 작품을 고르고 원문을 자신의 언어로 바꾸는 끊임없는 '선택' 행위이지만, 원작자, 원작, 원문 자체가 번역자의 그것과 동일시 될 수는 없다. 번역은 출발언어에서 번역자를 거쳐 도착언어로 표현되는

'과정'과 '거리'가 존재하는 문학 영역이기 때문이다. 이 논문 또한 이러한 거리를 인정하려 한다. 번역을 통해 성급하게 백석의 내면을 진단하거나 추측하기보다는 번역 당시 북한 문단의 요구와 북한 문학의 경향, 백석의 문학적 행보를 함께 살피는 것에 집중하고자 한다. 새로 발굴된 자료를 소개하고 분석한다는 논문의 목표에 부합하도록 텍스트에 대한 기본 정보와 소개, 기초적인 분석이 이 논문의 내용이 될 것이다. 아래의 두 작품은 비슷한 시기에 발굴되고 공개될 뿐, 비교·대조의 규준을 공유하고 있지 않으므로 무리한 공통의 의미화는 시도하지 않는다. 다만 기존에 소개된 번역문학과의 관계를 조망하는 것은 가능하리라 생각한다. 이나마도 매우 대략적인 수준에서 이루어질 것이다. 기존에 공개된 작품들 중 대부분이 학술적 분석은 물론 기본 해제도 이루어지지 않았기 때문이다. 오히려 이번에 발굴된 두 작품은 비교적 늦게 공개되어 분석의 대상이 될 수 있었다.

조소朝蘇 친선과 「자랑」

「자랑」은 러시아 작가 '알렉싼들 야꼬볼렙'[170]의 소설을 번역한 것으로 『조쏘문화』 6집(1947. 8.)에 수록되었다. 「자랑」이 『조쏘문화』에 실려 있다는 사실은 문헌 수집가들 사이에 알려져 있었으나 국내 기관이 소장한 『조쏘문화』에는 공교롭게도 6집이 결호여서 그동안 실물을 확인할 수 없었다.[171] 필자는 『조쏘문화』 6집을 미국국립문서보관소[172]에서 찾을 수 있었다. 『조쏘문화』 6집은 한국전쟁 중 미군이 수집한 노획문서 중 신新노획문서로 분류되어 있었다.[173]

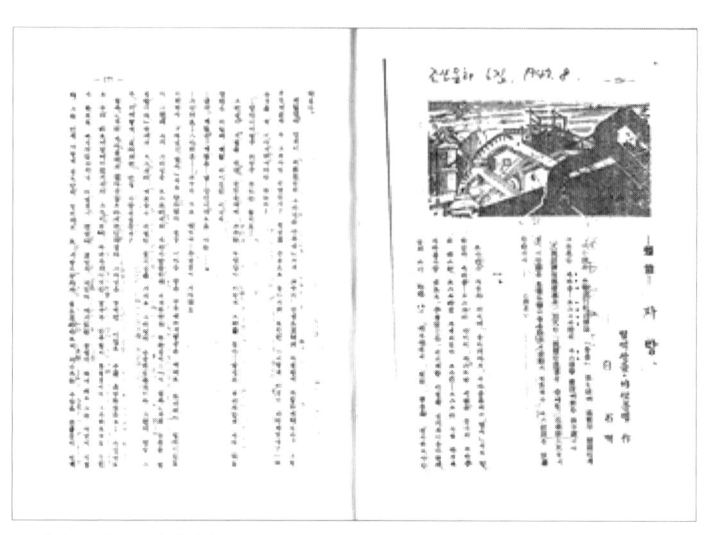

알렉싼들 야신볼렙, 「자랑」(백석 역, 『조쏘문화』 6집, 1947. 8.)

사회주의 국가 체제를 선택한 북한이 체제 수립 초기부터 모든 분야에서 소련을 사회주의 모범으로 삼고 이를 따라 배우도록 장려하며 소련과의 친선을 표방한 것은 자연스러운 과정처럼 보인다. 소련은 이미 사회주의 국가의 기틀을 다진 국제 사회주의의 중심축이었기 때문이다. 물론 당시 북한 사회가 소련에 대해 찬양과 흠모 일변도만을 보여주는 것은 아니어서 친소 정책의 문학적 형상화는 다소 복잡한 양상을 띠지만,[174] 분단에서 한국전쟁기까지의 북한에서 소련은 선진 사회의 모범이자 해방의 조력자로서 동맹과 친선의 대상이었다. 이러한 조소 친선 정책은 한국전쟁 후 전후 복구기에까지 이어지며 경제, 산업 분야에서 더욱 구체적이고 전면적으로 드러났다.[175] 해방 직후 평양에서 창립된 '붉은군대환영회'를 모태로 하여 1945년 11월에 창설된 조쏘문화협회가 그 중심적 역할을 하였다.[176] 소련과 북한 당국의 지원 아래 소련 관련 출판, 번역, 연구, 강연, 보고회, 소련 방문 사업, 기행문 출간을 추진하였고, 1946년 7월에는 기관지 『조쏘문화』[177]를 발간하여 소련의 작가와 작품, 문예이론을 번역 소개하며 문학 분야에서 조소 친선에 앞장섰다.

백석이 번역한 소설 「자랑」 또한 이같은 맥락에서 발표된 것으로 보인다. 작가, 작품의 선택 또한 번역자의 문학적 선택이기보다 문예 당국의 선택이라 할 수 있다. 작가 알렉싼들 야꼬볼렙에 대해서는 자세한 정보를 구할 수 없었으나, 그는 일단 러시아-소련의 소설가 알렉산드르 스테파노비치 야코블레프Alexander Stepanovich Yakovlev(1886~1953)로 추정된다. 이 소설은 싸라똡[178]에서 모스크바까지 부설된 가스관을 점검하는 조사단 일행이 독소전쟁 당시 건설된 유정油井 시설을 둘러보며 감회에 젖는다는 내용이다. 2차 대전을 겪은 소련의 전후담류 소설이라 할 수 있는데, 소련과 북한 문예 당국은 이 소설의 번역을 통해 '제국주의에 대한 반감'과 '사회주의 건설의 의지'라는 두 가지의 가치를 북한 주민들에게 전달하려 했을 것이다. 제국주의에 대한 반감과 사회주의 국가 건설의 의지는 세계대전 후 소련에서만 필요한 것이 아니라 북한에게도 유용한 슬로건이었다.

제국주의 비판은 북한 당국의 존립 기반과도 같은 것이었다. 김일성은 일본 제국주의와 투쟁한 항일 혁명 영웅의 모습으로 대중 앞에 나타났고[179] 김일성은 이를 기반으로 북한 권력을 장악했다. 실제 해방기 북한 시의 주제를 '해방의 기쁨', '일제 강점기의 치욕적 생활 회고', '일본 제국주의 비판', '사회주의 건설' 등으로 나눠볼 수 있는데 '제국주의 비판'은 '사회주의 건설'만큼 중요한 주제였다.

새롭게 사회주의 국가를 건설하는 북한 사회에서 건설建設에 대한 의지는 그것이 유전油田이든 공장이든 도로이든 어떠한 형태로든 필요한 덕목이었다. 당시 북한 문학을 선도하고 지도하던 문학평론의 주제가 '계몽'과 '건설'이었음을 상기해보면 그 상황을 짐작할 수 있다.[180] 건국사상총동원운동의 일환으로 사회주의 국가 건설의 사상을 강조하고 그에 맞는 사회주의 인간의 모습을 그리는 것이 당시 북한 문학의 임무였다.

알렉싼들 야꼬볼렙의 소설 「자랑」을 번역한 백석은 다음과 같이 역자譯者의 의견을 밝혔다.

> 이 小說은 쏘聯 週刊綜合雜誌 『등불』 第七號에 揭載된 短篇인데 그 有名한 싸라똡-모스끄바間의 가스 導管 敷設에 對한 後日譚이다.
>
> 人民經濟復興發展의 巨大한 困難한課業을 앞에한 北朝鮮人民들에게 이한篇은 先進쏘聯의 좋은 敎訓과 激勵가 될 듯하야 여기 拙譯을 試圖한 바이다. (譯者)

백석은 인민경제부흥발전을 과업으로 하는 당시의 북한 사회와 사람들에게 교훈과 격려가 될 것이라는 기대 때문에 이 소설을 번역한다고 했다. 이는 당시 북한 당국의 '사회주의 인민경제 지향'과 소련 추수의 구호와 일치한다. 소련을 모범으로 삼아 정치, 문화, 사회 조직을 구성하고 특히 경제, 과학 등의 분야에서는 소련 학자와 기술자의 지도를 받으며 소련을 사회주의 전범으로 추앙하던 당시를 역자 백석은 '인민경제부흥', '선진쏘련', '격려와 교훈' 등으로 대변하고 있다.

소설은 싸라톱에서 모스크바 사이에 부설된 가스관 연결 점검을 위해 조사단이 떠나면서 시작된다. 조사단이 독소전쟁 중에 건설한 엘솬까의 유정과 가스관을 둘러보면서 전쟁의 포화 속에서 불굴의 의지로 유층을 유정으로 개발하고 가스관을 부설한 당시의 건설적 사업과 인민에게 자랑을 느낀다는 단순한 내용이다. 지질학자 그라닌은 구루쉔쯔끼('그루쉐쯔끼'로도 표기되어 있다.) 교수의 강권으로 조사단에 합류하여 싸라톱 인근의 엘솬까로 향한다. 모스크바로 향하는 가스관을 따라 가다 일행은 엘솬까에 멈춘다. 그곳에서 일행은 그라닌에게 전쟁 전 그의 동료들이 유층을 발견한 것과 '조국전쟁'(독소전쟁) 시기 독일인의 공습 속에서 싸라톱에서 엘솬까까지 가스관을 만든 일 등을 청해 듣는다. "한편 싸우고 한편은 부설"했던 당시를 떠올리며, 구루쉔쯔끼 교수는 그라닌을 '콜롬버스'에 비유한다. 유정을 개발한 것과 싸라톱까지 가스관을 건설한 것이 레닌그라드의 전투에 도움이 되었다며 당시의 노고를 칭송한다. 이 소설의 인물들은, 지난날의 유정과 가스관 등을 살피고 회고하며 감격하는 평면적인 인물들뿐이다. 서술자(작가) 역시 그 과정을 자세히 설명하고 함께 감격하고 있다. 소설 속 사건은 회고 속 사건에 머물러 있다. 인물의 관계와 심리 묘사는 피상적이지만 건설의 주역들을 적시하고 그들을 칭송하는 주제 의식은 매우 강조되어 있다. 독일군의 볼가강 공습과 스탈린그라드 전투로 파괴된 전차가 이곳 엘솬까에서 수리받고 연료 공급을 받을 수 있었다는 것과 그것을 건설한 것은 노동자, 사무원, 학생, 병졸 등 싸라톱 전체 사람들이었음을 강조한다. 전선에서의 전투와 같이 후방에서의 전투는 건설로 전환되었으며 이는 노동자, 사무원, 학생 등의 '인민 동원'에 근거한다는 의식적 구도가 명확히 드러나 있다.

인간의 의지! 아 이것은 대체 무엇을 할 수 있는가!

사십사년도 마지막까지만 해도 여기 이 벌판에는 아무것도 없다싶이 하였다. 그런것을 쓰딸린 동지가 싸라톱의 까스를 서울에주려고 싸라톱 — 모쓰크바 사이의 까스도관을 부설할 것을 제의하였다. 그러자 주위의 모든 은 마치 마술에나 걸린 것처럼 생기가났다. 최근 이 곳에서는 그 어떤 활동이 물끓듯하였든가! 수천명인부와 기술자와 기사들이 까스도관을 부설하고 이런 힌집들을 세우고 그안에○ 약은 계산기를 놓았다. 부설하고 세우고 놓고 가버렸다. 다만 몇 사람이 남었다…… 그래도 주위는 온통 살어있다. 그라닌이 엘숀까에서 붉은 들을 발견하였을때에 이렇게 건설이 발전되어갈줄 생각하였을까? 물론 아니다 아니다. (192~193면)

「사람은 자기의 천직을 다할 때에 제 온 심성을 제하는 일에 기우려서 이것을 될수있는대로 잘성취할때에 행복된것이다. 그러나 만일 다르게 처신을 한다하면 일을 끝내이고도 그는 기쁨이나 안심을 느끼지 못하는 것이다.」

그라닌은 오래전 학생시대에 이말을 자기의 금과옥으로 생각하였든것이다. 자기의당연한 일을 힘있는 데까지 잘하여야한다. 이곳에서 그들이 시방보고 있는 이건설에 그는 다만 제가할일을 되도록 잘하려고 노력한데 지나지 않는다.

일은 영도자의 의사대로 인민의 의사대로 거대하게된 것이다. 네가 이 일에 네 힘을 모도 다 기우렸다고 생각하는 것은……「제 온 심성을 제하는 일에 기우렸다」— 하는 이때 여기서 비로소 행복도 안심도 찾을 수 있다 그리고 아마 그가 시방 지난 번 이 복잡한 감정 속에는 자랑의 한 부분도 있을 것이었다! …… 그럴지도 그몰으지. (195~196면)

러시아혁명 전에 싸라톱에는 지질학자들만이 학문적으로 관심을 가졌지만, 스탈린의 5개년 계획 후 싸라톱에 많은 공장들이 세워지면서 석유 시굴이 이루어졌고, 각고의 노력으로 1930년대 말 유층을 발견하였다. 1940년 봄에 시굴 작업을 시작하던 차에 전쟁이 발발하여 굴착원과 노동자들이 전선으로 나가자 후방의 주민, 군인의 아내들이 동원되었다. 스탈린그라드 공습(레닌그라드 공습) 때부터 싸라톱은 함께 전시 상황이 되었다. 싸라톱에 연료가 부족해지자, 엘산까에서 싸라톱 사이의 가스도관을 부설하여 독일의 공습을 이겨낼 수 있었다. 이 과정을 소설은 자세히 소개하고 있으며, 당시의 상황을 잘 알고 있는 그라닌은 "성공을 의식하는 데서 오는 기쁨"을 "뽐"내는 듯한 자랑스러움을 느꼈다. 전쟁 중 모든 주민들이 힘을 모아 공장을 건설하고, 가스관을 놓아 승리에 도움을 주고, 그 일에서 자부심을 느끼는 행복을 강조하면서 소설은 끝난다.

또 위의 인용에서 보듯, '영도자 스탈린'와 '인민'의 지향이 일치하고 그를 위해 온 마음과 뜻을 기울이는 것을 이상적인 사회의 모습으로 규정하고 있다. 사회주의 건설과 제국주의(반사회주의)와의 투쟁, 인민의 자발적 동원, 체제에 대한 동경과 자부심이 집약된 이 부분은 당시 북한 당국이 갈망하던 모든 것이라 할 수 있다. 이 소설이 번역 대상으로 정해진 이유를 짐작할 수 있다. 이 소설은 특별한 사건이나 인물에 집중하지 않기 때문에 흥미로운 사건이나 인물 형상화보다는 주제 의식, 사회주의의 상징과 교훈이 부각되있다. 이 소설의 주제 의식은 북한 당국이 북한 문단에 요구하는 것과 정확히 일치한다. 이에 근거하여 번역자 백석의 숨겨진 내면을 추측하는 것은 무리한 시도이다.

백석이 북한의 사회주의와 인민경제운동을 적극 지지하였다거나, 반대로 자신이 원하는 창작 활동을 할 수 없는 북한 문단의 상황에서 생존을 위해 억지로 이런 작품을 번역했을 것이라는 생각 모두 성급한 판단이다. 또, 그 판단을 하는 것이 백석 연구를 위해 긴요한 것도 아니다. 번역은 선택 행위일 수 있지만 창작은 아니기 때문이다. 선택이라는 간접적이고 과정적인 행동을 내면과 의식에 직대입하는 비약을 경계해야 한다. 간접성과 과정성은 백석의 번역 활동 전체를 조망해볼 때 귀납적으로 극복될 수도 있지만 아직 백석 번역 연구가 본격적인 수준에 이르지 못한 상황에서 좀 더 신중할 필요가 있다.

이 소설 번역에 앞서 백석은 시모노프의 『낮과 밤』, 숄로호프의 『그들은 조국을 위해 싸웠다』와 같은 러시아 장편 소설을 번역하여 출간하였다. 이후에도 파데예프의 장편 소설 『청년근위대』, 엘 워론꼬바와 마르샤크 같은 아동문학자의 장편 동화를 번역하는 등 꾸준히 번역 활동을 하였다. 다음은 1947년 이후 백석이 번역한 소설과 산문의 목록이다.

〈표 8〉 1947년 이후 백석의 산문 및 소설 번역

원작자	제목	발행일	비고
씨모노프	『낮과 밤』	1947	
숄로홉흐	『그들은 조국을 위해 싸웠다』	북조선출판사, 1947	
알렉싼들 야꼬볼렙	「자랑」	『조쏘문화』, 1947. 8.	
파데예프	『청년근위대』(상)	1948	
	『청년근위대』(하)	1949	
꼰스딴찐 씨모노프	「놀웨이의 벼랑에서」	『조쏘문화』, 1948. 4	
숄로홉흐	『고요한 돈 1』	교육성, 1949	
숄로홉흐	『고요한 돈 2』	교육성, 1950	
고리끼	「아동문학론 초」	『조선문학』, 1954. 3.	아동문학
나기쉬낀	「동화론」	『아동과 문학』, 1955. 12.	아동문학
엘 워론꼬바	『해 잘나는 날』	민주청년사, 1956.	동화집
솔로호프	「말은 하나다」	『문학신문』, 1957. 7. 25.	
예 에브뚜쉔코	「10월」	『조선문학』, 1957. 9.	
베르만	「《황혼》의 사상성」	『조선문학』, 1957. 9.	
마르샤크	「손자와의 이야기」	『문학신문』, 1957. 11. 21.	
에쓰. 엔. 쎌계예브-첸스키	「1914년 8월의 레닌」	『문학신문』, 1957. 11. 7.	
이. 보이챠끄	「로동 계급의 주제」	『문학신문』, 1958. 1. 9.	
아·똘스또이	「창작의 자유를 론함」	『문학신문』, 1958. 1. 16.	(아·똘쓰또이 『문학을 론함』에서)

이들 대상 작가와 작품에 대한 연구가 축적된 후 백석 번역의 내면을 조심스레 논의할 수 있을 것이다. 자신의 시 창작보다 번역에 몰두하게 된 것이 백석의 적극적 선택 혹은 북한 문학 상황에 저항하기 위한 의식적 선택이라는 판단이 현재로서는 성급한 결론이 될 수 있다. 『조쏘문화』뿐 아니라 이후에 창간된 『아동문학』, 『농민』, 『청년생활』 등의 잡지들도 '조

쏘 친선'을 강조하는 특집을 마련하는 등 단행본과 잡지 구분 없이 소련 번역물로 채워지는 것이 당시 북한 출판계 동향이었다.[181] 북한을 사회주의 국가로 만들어 국제 사회주의 영역을 넓히려는 소련과, 소련이라는 선진 사회주의 국가를 모범으로 국가 건설을 추동하려는 북한의 요구가 집약된 슬로건 '조쏘 친선'은 북한의 문학·출판계의 방향을 결정하였고, 러시아어를 할 줄 알았던 백석에게 번역은 거부할 수 없는 정치적 요구였을 것이다. 그리고 독소전쟁을 다룬 작품을 고르는 선택 또한 백석의 것이 아니었을 것이다. 독소전쟁은 전후 소련 문학이 집중한 가장 유력한 현재적 주제였기 때문에 북한 번역문학계에서도 자연스레 독소전쟁 주제의 소련 작품이 많을 수밖에 없었다.

백석이 번역한 파데예프의 소설 『청년근위대』와 숄로호프의 『그들은 조국을 위해 싸웠다』 역시 「자랑」과 같이 독소전쟁을 배경으로 하고 있다. 또, 백석이 번역한 200여 편의 러시아 시 중 많은 부분이 독소전쟁 소재 시편이라는 것은 우연이 아닐 것이다.[182] 나치 독일이 소비에트연방을 침공하여 형성된 동부전선의 전투를 일컫는[183] 독소전쟁에서의 승리를 소련은 매우 자랑스러워한다. 독소전쟁은 1941년부터 1945년까지 5년에 걸쳐 소련과 중부 유럽 전역에 포괄적인 전선을 형성한 만큼 전투는 치열했고 인명 손실 또한 유례없이 컸다. 수많은 인적, 물적 피해를 내고 베를린 전투로 마감된 이 전선에서 소련은 승리를 거두었다. 이는 소련에게 자긍심과 성취감을 주었을 뿐 아니라, 전후 중부 유럽과 동독 지역을 차지하며 군사와 산업 강국으로 성장하는 기반이 되어주었다. 제국주의와의 치열한 싸움에서 이겨낸 자신들의 이야기는 군대 영웅과 후방의 '인민 영웅'의 모습으로 형상화되었다. 동원과 단결로 전선에서 거둔 승리는 곧 사회주의 승리의 논리로 전환되었고, '인민경제부흥'과 '사회주의 사상 건설'을 위한 '동원'과 '계몽'이 필요한 북한은 그 과정 그대로 수입하여 유포하였다.[184] 당시 번역문학 작품에서 독소전쟁 주제가 많은 이유는 여기에 있다. 「자랑」 역시 이와 같은 맥락에서 번역 작품으로 선택되었고 백석은 충실히 이를 번역한 것이다.

엘레나 베르만의 「숨박꼭질」

숨 박 꼭 질

엘레나 베르만, 「숨박꼭질」(『문학신문』, 1957. 4. 25.)

「숨박꼭질」은 조선작가동맹 중앙위원회에서 펴내는 주간 문학 전문 신문 『문학신문』에서 찾을 수 있었다.[185] 『문학신문』은 북한의 대표적인 월간 문예지 『조선문학』과 함께 조선작가동맹의 기관지로 1956년 말에 창간되었다. 백석은 1956년 10월에 개최된 제2차 조선작가대회 작가동맹 각급 기관 선거에서 『조선문학』 아동문학 분과위원, 외국문학 분과위원과 『문학신문』 편집위원으로 선출되었다.[186] 백석이 『문학신문』 편집위원을 맡은 기간은 1956년 말부터 1958년 말 삼수 관평 지방으로 내려가기까지 2년 남짓의 짧은 기간이었지만 백석은 『문학신문』을 통해 많은 아동문학 관련 평론, 정론(정치평론), 번역산문, 번역소설 등을 발표하였다. 이 시기는 백석이 창작 활동을 재개한 시기이기도 하다. 번역에만 몰두하던 백석이 시 창작을 재개하고 동시집 『집게네 네 형제』(평양: 조선작가동맹출판사, 1957)를 출간하는 등 시인으로서 활동하기 시작했다. 그 배경은 1956년 10월에 개최된 제2차 조선작가대회이다. 이 대회에 축하 사절단으로 온 소련 문인들은 '개인숭배 비판'에 목소리를 높이며 소련 문화계의 '해빙' 분위기를 전달하였고, 몇몇의 북한 문학자들은 당시 북한 문학의 도식성을 비판하며 형상성 제고를 주장하였다.[187] 이 대회에서 그 몇몇의 문인들이 『조선문학』, 『문학신문』의 편집진으로 구성되었고 백석도 그중 하나였다. 이때 북한 사회에는 '개인숭배 비판'으로 불리해진 자신의 위상을 제고하기 위해 김일성이 기획한 '반종파투쟁'이 있었는데, 문학 쪽에서는 이제 막 '개인숭배 비판'이 시작되고 있어 시기가 어긋나는 양상을 보인다. 이른바 '8월 종파' 사건이 시작되어 정치계에서 연안파를 숙청하고 있었지만, 문학 쪽에서는 1959년 무렵에서야 숙청이 마무리되는 것으로 보인다. 문학의 형상성 제고를 외치며 도식주의를 비판하던 문인들이 1959년부터 지방으로 축출되고 정치적으로 숙청되는 등 북한 문학계의 훈풍은 2년 남짓으로 끝났다. 이때 백석 또한 삼수로 축출된다. 비극적으로 끝났지만 이 시기에 백석은 번역과 창작 모두에서 매우 왕성하게 활동하였고, 「숨박꼭질」 역시 백석이 『문학신문』 편집위원을 하던 시기에 발표하였다.

작자의 머리말을 통해 「숨박꼭질」이 소련 작가 엘레나 베르만[188]의 1946년 작 소설을 번역한 것임을 알 수 있다. 편집자는 "필자 엘레나 베르만은 쏘련 녀류 작가로서 현재 조선에서 일하고 있다"고 소개한다. 엘레나 베르만은 북한의 시인 서만일의 아내로 알려져 있다.[189] 서만일은 정문향, 정서촌, 김순석 등과 같이 북한 시단에서 서정적인 시를 쓰는 시인으로, 백석, 김순석, 홍순철 등과 같이 제2차 조선작가대회 이후 『조선문학』, 『문학신문』 편집에 관계하며 활발히 활동하다가 이들과 함께 1959년 무렵 축출된 것으로 보인다. 엘레나 베르만은 남편 서만일과 모스크바 문학대학에서 만나 소련에서 결혼한 후 북한에 거주하였고, '조쏘 친선'이 강조되던 당시 조소 친선과 우호 관계의 상징이 되었다고 한다. 그러나 남편 서만일이 축출되고 1960년대 초 북한과 소련의 관계가 소원해지며 국제결혼이 비애국적인 행위로 비난받는 분위기가 되자 엘레나 베르만은 1964년 아들 서일림과 함께 소련으로 귀국하였다 한다.

백석은 엘레나 베르만의 평론 「《황혼》의 사상성」을 번역하여 『조선문학』 1957년 9월호에 발표한 바 있다. 이 글은 한설야의 소설 『황혼』에 대한 평론인데 번역자가 백석이라는 것이 명시되어 있다. 이때 엘레나 베르만의 남편 서만일은 『조선문학』 편집위원이었다.[190] 이 글의 서두에는 엘레나 베르만이 『황혼』을 "한 조선 동무와 번역했다"는 내용이 나오는데 여기에는 다소 이해하기 어려운 맥락이 존재한다. 그가 스스로 '조선말'을 모른다고 하면서도 이 소설을 번역했다고 표현했기 때문이다. '조선 동무'가 누구인지 알 수 없지만 누군가의 도움을 받아 번역하였다면 온전한 번역자라 하기 어려울 것이다.

> 약 4반세기 전에 씌여진 작가 한 설야의 장편 소설 《황혼》은 그때나 다름 없이 오늘에와서도 독자들과 평론가들의 심금을 흔들어 놓는다. 이 작품이 세월의 시련을 겪고 나, 오늘날까지 그 자체의 사회적 평가를 잃지 않고 있다는 것은 지극히 자연스럽고도 당연한 일이다.
>
> 나도 이 작품에 대한 소감을 털어 놓고 싶다. 그러나 여기서 결코 이 작품의 객관적인 비판적 분석을 시도하려는 의사는 없다는 것을 말해야 할 것이다. 조선말을 모르는 나로서는 조선 작가 작품에 대하여 완전한 분석을 할 수 없는 것이기 때문이다.
>
> 그러면 과연 어떠한 충동이 나로 하여금 이런 대담한 걸음을 내어 디디게 한 것인가?
>
> 얼마 전에 나는 한 조선 동무와 같이 《황혼》의 로씨야 번역을 끝내였다. 사람의 심정이란 언제나 자기 넋과 자기의 로력을 기울이는 대상으로 흥분되는 것이 사실이 아닐 것인가.
>
> 그러면 작품 《황혼》의 역자이며 또한 《황혼》의 첫 로씨야 독자의 한 사람으로 된 나에게 이 장편 소설에서 얻은 인상을 조선의 독자들과 더불어 같이 나누는 것을 용서하시라. (128면)

한설야의 『황혼』의 번역자가 엘레나 베르만이 아니라 엘레나 다비도프라는 견해도 있다. 엘레나 다비도프의 동생 블라디미르 다비도프가 한국학 연구자 레오니드 페트로프와 대담하는 가운데, 자신의 누이 엘레나 다비도프가 1950년대 후반 2년 동안 북한에 있으면서 『황혼』을 번역했다고 밝힌 것이다. 또 그는 누이 엘레나 다비도프가 북한에 머무는 동안 북한 시인 백석을 만났고, 백석이 무운시(압운시)를 신봉하는 시인이며 2차 세계대전 이전, 하얼빈에서 러시아어를 배워 러시아어에 능통하였으며, 그의 누이와 더불어 푸시킨과 벨린스키 등의 많은 소련 작품을 번역하였다고 회고하였다.[191] 그 원문을 최진희 박사의 도움으로 번역해 요약한 내용과 함께 소개한다.

> В конце 1950-х,в течение двух лет Елена работала в месте со знаменитым северокорейским поэтом – Пэк Соком. Он был стойким приверженцем белого стиха и талант Пэка так остался бы не востребованным в КНДР если бы не его искусное владение русским языком,которым он овладел ещё до Второй мировой войны в г.Харбине.Вместе с Еленой они перевели на корейский множество произведений Пушкина,Белинского и других русских классиков.С другой стороны,развивающаяся литература социалистической Северной Кореи также требовала популяризации за рубежом.Таким образом,в кротчайшие сроки на русский язык был переведён роман Хан Со Ря ≪Сумерки≫. Однако лучше нашего отца в семье русским языком никто не владел,и Е

лена часто присылала тайком свои переводы в Китай к отцу на проверку.

1950년대 말 2년 동안 엘레나는 북한의 유명한 시인인 백석과 함께 일을 했다. 그는 압운이 없는 시(무운시)를 신봉하는 작가였다. 만약 그가 러시아어를 그렇게 잘 구사하지 않았다면 북한에서 그의 재능이 필요치 않았을지도 모른다. 백석이 러시아어를 습득한 것은 2차 세계대전 이전, 하얼빈에서였다. 그는 엘레나와 함께 푸시킨과 벨린스키 및 러시아 고전 작가들의 작품 다수를 번역하였다. 한편 사회주의 북한의 성장하는 문학을 외국에 알릴 필요가 있었다. 그 결과 매우 짧은 시간에 한설야의 『황혼』이 번역되었다. 그러나 아버지보다 러시아어를 잘하는 사람은 없었기 때문에 엘레나는 자신의 번역을 중국에 있는 아버지에게 감수를 받기 위해 보내기도 했다.

엘레나 다비도프는 한국 이름 '박명순'으로 불렸고 러시아어-한국어 통역자로, 백계 러시아 망명가인 인노켄티 다비도프와 한국인 어머니 사이에서 만주에서 태어났으며 남편은 북한 시인 김철이었다. 러시아어를 능숙하게 구사하는 백석과 함께 러시아 작가들의 작품을 번역하였다는 것이다.[192] 이러한 내용은, 소련 시인 마르가리타 아가시나(백석이 번역할 당시 표기는 마르가리따 아가쉬나)가 북한에 갔을 때 통역자가 '명자'였다는 회고를 인용하며 밝힌 것인데, '명자'와 '명순'의 차이가 있기는 하지만 아가시나의 통역자가 엘레나 다비도프였음은 사실인 듯하다.*

마리가리타 아가시나의 딸이 쓴 회상록 『나는 한국에 소중한 오솔길을

두고 왔네』를 소개한 부분을 최진희 박사가 번역한 내용을 요약하면 다음과 같다.[193]

> 시인 마르가리타 콘스탄티노브나 아가시나Маргарита Агашина и Корея가 1957년 5월 31일부터 7월 14일까지 북한 작가동맹의 초청으로 소련 독자들에게 사회주의 북한의 삶을 소개하기 위해 당국의 명령으로 북한으로 6주간 출장을 갔다. 북한 작가동맹의 초청을 받은 이 시간 동안 전쟁 직후 북한의 시인들, 일반인들, 북한의 자연과 분단 상황 등을 기록하였고, 이후 1961년 『사랑합니다, 조선』(Я люблю тебя, Корея)이라는 소책자로 발간하였는데, 이 소책자에 등장하는 주요 인물 중 한 명의 통역을 담당한 사람이 엘레나 다비도프로, '명자'라고 불렸다. 소책자에는 북한 작가들과의 만남이 기록되었고, 더욱 상세한 기록인 『한국일기』(Корейский дневник)가 그녀의 사망 후 발견되었으나 아직 일부를 제외하고는 출판되지 않았다. 『한국일기』에는 북한 작가 김순석의 육필 시가 실려 있다.

단편적이나마 백석이 무운시(압운시)를 좋아했고 2차 대전 전에 하얼빈에서 러시아어를 배웠다는 점을 상기하면 그의 증언은 고려해볼 만하다.

엘레나 베르만이 자신은 조선말을 모른다는 말을 했고 엘레나 다비도프가 『황혼』의 번역자라는 증언이 있어 『황혼』의 번역자를 엘레나 베르만으로 확정하는 것은 조심스러운 일이다.[194] 여하튼 엘레나 베르만이 당시 북한 문학에 관심을 가지고 있었던 것과 백석 또한 소설 「숨박꼭질」, 평론 「《황혼》의 사상성」을 번역하는 등 엘레나 베르만의 작품에 관심을 보인 것만은 사실일 것이나.

유태인인 엘레나 베르만은 전쟁 중에 끌려온 수용소에서 어린 아들을 독일군에게 빼앗기지 않으려 노심초사하는 어머니의 일화를 소설로 썼다. 앞서 소개한 「자랑」이 독소전쟁을 배경으로 하고 있다면, 이 소설은 2차 대전 중 유태인 수용소를 배경으로 하고 있다. 모두 2차 대전을 배경으로 한 소설이라는 공통점을 가지고 있다. 원작자 엘레나 베르만은 「작자의 머리'말」에서 이 소설은 사실을 기초로 하고 있으며 전쟁의 기억이 남아 있던 1946년에 썼다고 밝혔다. 엘레나 베르만은 아데나워(작자의 표기로는 아데나우어)와 슈파이델을 독일 정부 인사로 중용한 서구라파와 미국을 비판하고 있다. 아데나워는 초대 서독 총리로 민주주의를 강조한 지도자이다. 슈파이델은 아데나워의 군사 보좌관으로 2차 대전 중 동부전선에 배치된 바 있는 독일군 장교였지만 전쟁 말에는 반反나치 세력을 규합하여 히틀러 암살에 참여했다가 투옥되기도 하였다. 엘레나 베르만은 서구라파와 미국이 "아데나우어의 손을 빌어 사회주의 진영을 질식시키려고 흉악한 음모를 로골화"하고 있으며 이는 결국 아데나워에게 "자기들의 조국을 팔아 넘기며, 자기네의 인민을 배반하는 것"이라고 비판한다. 또, 독일 군사 보좌관인 슈파이델이 1957년 북대서양조약기구(NATO)의 중앙유럽연합지상군의 참모총장이 되자 독일 군국주의가 다시 유럽을 지배할 수 있다며 우려를 표명하였다. 전후에도 독일의 군국주의가 숙어지지 않았음에 분개하며, 전쟁 중 스탈린그라드의 전투와 전후의 '뉴른베르그'의 전범재판을 잊은 듯이 서구라파와 미국이 독일의 군국주의를 추켜세우고 사회주의 진영을 위협한다고 비판한다. 대전 중 독일군의 유태인 학살과 탄압의 기억을 담은 이 소설을 '파쉬즘'의 무서운 시련을 상기시키려 북한에서 번역 발표한 것이다.

엘레나 베르만이 "또 다시 군국주의자들을 추켜세워서 그들을 소생시킨 미 제국주의자들에게 대한 우리들의 증오는 더욱 가슴에 사무치게 되는 것"이라며 군국주의 비판과 이를 옹호하는 미국 비판을 강조하는 이 글에서 북한 문예 당국이 주목한 것은 '군국주의'보다 '반미'일 수 있다. 1957년은 한국전쟁 후 전후 복구와 건설이 강조되던 시기로 당시 북한 문학은 전쟁 영웅 형상화와 함께 미국에 대한 적개심 고취에 몰두하고 있었기 때문이다. 이 소설의 번역 역시 시의적 사건에 대한 비판과 연계되어 '반미', '사회주의 찬양'의 목적 아래 이루어진 것으로 보인다. '역자의 말'이 없어 백석이 이 소설을 번역한 의도는 알 수 없으나 전후 북한에서 미국에 대한 비판과 적개심 고취는 주요한 주제였으므로 이 또한 그 연장선에서 골라진 텍스트였다고 생각한다.

「숨박꼭질」의 초점은 전쟁의 참화보다는 독일군에 대한 공포와 비판에 맞추어져 있다. 엘레나 베르만은 탄압을 피해 소련으로 이주한 유태인이다. 그에게 전쟁의 기억은 대규모 세계대전이기보다 유태인 탄압일 수 있다. 엘레나 베르만은 이 소설에서 독일군 수용소에서 죄수가 되어 군복을 만드는 일을 하는 안나의 이야기를 전한다.

안나는 어린애들을 잡아가는 독일군의 눈을 피해 어린 아들을 자신이 일하는 재봉실의 옷 무더기 뒤에 숨겨둔다. 아이에게는 '오늘이 독일군들 명절인데 독일군들이 아이들과 숨바꼭질하며 놀 것이니 잘 숨어 있으라'고 일러둔다. 이윽고 행진곡을 부르며 도착한 독일군들이 재봉실 구석구석을 살핀다. 안나는 아들이 발각되는 위험을 피하고자 노래를 부르고, 독일군은 이를 좋게 여겨 노래 부르며 작업하라고 독려한다. 그러나 숨어 있넌 아이도 그 노래를 따라 하게 되고, 그 소리를 감추기 위해 제봉실의 사람들은 더 크게 노래를 부르지만 독일군은 안나의 아들을 찾아낸다. 숨바꼭질을 하지 않겠다고 소리치는 아이와 아이를 뺏기지 않으려 독일군에 매달리는 안나. 독일군이 아이를 데려가려 하자 노래 부르는 것을 격려한 군인이 "그애와 같이 가도록 내 버려둬. 고래두 노래는 잘 불렀으니까…"라고 말하면서 이 소설은 끝난다.

《싫어요. 난 숨박꼭질 안할테야!》

어린 아이는 있는 힘을 다 내여 독일놈의 손을 뿌리치고 벗어나려고 애를 쓰면서 이렇게 웨쳤다.

또 다른 독일놈은 안나를 꽉 붙들었다. 안나는 이때 제 뼈가 오작오작 으스러 지는 것 같았으나 별로 아픈 것 같지도 않았다.

《철 없이 굴지 말어!》 하며 독일 놈은 안나를 굳이 타이르는 것이였다. 《철 있게 굴래두. 어린애도 아닌 것이…》 하고 그 자는 아주 겸손하고도 실무적인 태도로 말을 이었다.

《여보게 에른스트!》 하고 또 다른 파쉬쓰트*가 뒤를 돌아보며 말을 던졌다. 《그애와 같이 가도록 내 버려둬. 고래두 노래는 잘 불렀으니까…》

독일군의 마지막 말로 안나의 아이가 안나와 같이 있을 수 있게 되었는지 안나와 함께 잡혀 가게 되는 것인지는 분명하지 않다. 독일군 수용소의 횡포와 학살을 소재로 하고 있지만, 노래와 음악이 있으면 좋겠다는 안

*파쉬쓰트: 파시스트fascist.

나의 모습과 안나의 노래를 좋게 생각하는 독일군의 모습 등이 다소 감상적으로 그려져 있다. 독일군의 마지막 말을 노래를 잘 불렀으므로 아이를 어미에게 주라는 것으로 이해한다면 독일군의 인간적인 면모가 드러나 '파쉬즘'의 무서운 시련을 상기시킨다는 소설의 주제와는 거리가 있어 보인다. 드러난 문면만으로는 정확한 이해에 이르기 어려운 결말이다. 번역의 의도와는 별개로 「숨박꼭질」의 번역은 서정성 높은 표현과 차분한 어조가 돋보이고 번역투의 어색함이나 생경함이 없이 유려하여 가독성이 높다.

재봉 바늘은 라사 천 우를 달린다. 그러자 모든 것은 다 꿈'결만 같아진다. 그 자신이 바로 안나인 것도, 그리고 안나 자신이 여기 수용소에서 군복을 깁고 있는 것도 다 꿈인 것만 같다.

그는 정신을 똑똑히 차리려고 애를 쓴다. 그래도 만약 그 무엇을 마음속에 간절히 바란다던가, 그 무엇을 꽉 믿는다던가 하면 그때면 모든 것이 다 좋게 끝장이 날 것만 같았다.… 그러나 실상은 다른 사람들도 이미 그 무엇을 바랬고 믿었던 것이 아니던가? 아니다, 아니야. 아무 것도 생각하지 않는 것이 나을 것이다!

레쓰 창창이 드리워진 낮으막한 창문으로 안나는 퍽도 맑게 빛나는 하늘 한 구퉁이와 해'별을 받아 반들거리는, 분홍빛 도는 사과나무 가지들을 바라본다.

안나에게는 봄철 밤이면 창문을 활짝 열어 제끼고 교외의 정적에 귀를 기울이는 것이며, 그리고 강 저쪽 기슭 그 어디서 흘러오는 나팔 소리를 듣는 것이 얼마나 좋았던가! 음악을 듣는다는건 얼마나 즐거운 일이던가!

안나의 심리 묘사가 바깥의 배경 묘사와 독일군의 행진곡 등장으로 연결되는 부분이다. 원작 언어를 함께 볼 수 없기에 더 이상의 심화된 논의를 할 수 없지만, 수용소의 숨 막히는 억압의 분위기와 고통스러운 현실을 부인하고 싶은 안나의 심리, 그러면서도 정신을 차리고 삶을 이어가기 위해 현재의 절망과 거리를 두려는 안나의 복잡한 마음이 자연스럽게 잘 드러나 있다. '두루룩 두루룩', '창창이', '반들거리는'과 같은 상징어의 활용도 자유로운데 이는 백석 번역의 한 특징일 수 있다. "펵도 맑게 빛나는 하늘 한 구퉁이와 해'별을 받아 반들거리는, 분홍빛 도는 사과나무 가지 들을 바라본다"에서 사과나무 가지를 햇빛에 반들거리고 분홍빛 도는 것으로 표현한 것은 온전히 번역자의 역량일 것이다. 햇빛 받은 사과나무 가지가 분홍색을 머금고 반들거린다는 것은 나뭇가지의 질감과 함께 봄철 햇빛의 온기를 시각적 심상으로 표현한 시적인 표현이다. 번역의 우수성과 결함 모두를 포함하여 백석 번역문학이 본격적으로 논의되어야겠지만 백석이 서정성과 감각적 묘사를 통해 원작이 의도한 인물의 심리와 내면을 도착언어인 우리말로 잘 전달하고 있는 것만은 사실이다.

그러자 이제는 모든 죄수들이 노래를 불렀다. 이때 안나는 문뜩 그 노래 소리 속에서 어린 아이의 가느단, 그리고 떨려 나오는 목소리를 들었다. 안나의 어린 것도 노래를 부르는 것이였다. 파쉬쓰트들은 더욱 가까이 다가 온다. 안나는 더욱 목청을 돋구어 노래를 부른다. 다른 사람들도 더욱 더욱 목청을 돋구어 노래를 부른다.

독일놈들은 외투 무데기 우로 허리를 굽혔다. 그러더니 무심중 헌 외투를 들췄다. 어린 아이는 손'바닥으로 볼을 괴이고 아무일 없는 듯이 누어 있다. 안나는 어린 아이에게로 홱 달려갔다. 그러면서 안나는 지금 제가 지르는 소리였건만 자기 목소리가 정녕 낯선 사람이 지르는 무서운 비명같이 느껴지는 것이였다.

자신들의 노랫소리에 섞인 아이의 목소리를 듣고 그를 감추기 위해 더 크게 노래 부르는 안나와 다른 죄수들, 아이를 찾아내는 독일 군인들, 아이를 지키려는 안나의 행동 등이 짧고 간결하면서도 정확하고 유려한 문장으로 표현되어 있다. 번역자의 좋은 문장이 돋보이는 부분이다.

1957년 4월 25일자 『문학신문』에 실린 「숨박꼭질」은 2차 대전 중 유태인 수용소에서 일어난 일화를 소재로 하고 있다. 작업장에 숨겨둔 아이를 독일군에게 들키지 않으려고 노래를 짐짓 크게 부르는 어머니와 아이를 찾아내려는 독일군의 모습을 보여주며 독일의 군국주의와 유태인의 희생을 상기시키는 이 글은 1950년대 말 국제 사회에서 서독의 영향력이 커지며 사회주의 진영과 대치하는 냉전 구도를 비판하기 위해 번역된 것으로 보인다. 직접적인 비판의 초점은 서독의 아데나워와 슈파이델로 보이지만 궁극적으로는 사회주의 진영을 위축시키려는 서구와 미국을 겨냥하고 있다. 이 글이 번역된 1957년 북한에서 '반미'는 최대의 주제였고 이러한 문예 당국의 요구에 백석은 따랐던 것으로 판단된다. 문예 당국의 요구에 따른 것은 「자랑」 역시 다르지 않을 것이다. 북한 사회와 문예 당국의 요구에 따른 번역이지만 「숨박꼭질」의 몇몇 부분에서는 백석의 유려한 문장과 서정적 표현을 찾을 수 있었다.

주석

1 이윤택 대본 구성, 최영철 시 엮음, 『백석우화 그리고 서른세 편의 시』, 도요, 2015.
2 김연수, 『일곱 해의 마지막』, 문학동네, 2020.
3 유종호, 『비순수의 선언』, 신구문화사, 1962.
4 김윤식·김현, 『한국문학사』, 민음사, 1973.
5 고형진, 「백석 시 연구」, 고려대학교 석사학위논문, 1983; 고형진, 「1920~30년대 시의 서사지향성과 시적 구조」, 고려대학교 박사학위논문, 1991.
6 박태일, 「1940년 전후의 한국시에 나타난 공간인식의 문제: 이육사, 윤동주, 백석의 시를 중심으로」, 부산대학교 석사학위논문, 1984; 박태일, 「한국근대시의 공간현상학적 연구: 백석, 윤동주, 이육사, 김광균을 중심으로」, 부산대학교 박사학위논문, 1991.
7 김명인, 「1930년대 시의 구조 연구: 정지용, 김영랑, 백석의 시를 중심으로」, 고려대학교 박사학위논문, 1985.
8 백석 시의 텍스트를 정리한 많은 성과 중 몇 가지만 소개하면 다음과 같다. 이동순 편, 『白石詩全集』, 창작과비평사, 1987; 이숭원 주해, 이지나 편, 『원본 백석 시집』, 깊은샘, 2006; 고형진, 『정본 백석 시집』, 문학동네, 2007; 김재용 편, 『백석전집』(개정증보판), 실천문학사, 2011; 송준 편, 『백석 시 전집』, 흰당나귀, 2012; 고형진, 『백석 시를 읽는다는 것』, 문학동네, 2013; 이동순·김문주·최동호 편, 『백석 문학전집 1 시』, 서정시학, 2012; 김문주·이상숙·최동호 편, 『백석 문학전집 2 산문·기타』, 서정시학, 2012; 현대시비평연구회 편저, 『다시 읽는 백석 시』, 소명출판, 2014; 고형진, 『백석 시의 물명고 - 백석 시어 분류 사전』, 고려대학교 출판문화원, 2015; 김수업, 『백석의 노래』, 휴머니스트, 2020.
9) 정홍섭, 「전후 북한의 아동문학론」, 『한중인문학연구』 14, 한중인문학회, 2005; 박명옥, 「백석의 동화시 연구: 북한의 문예정책과 아동문학 논쟁을 중심으로」, 『비교한국학』 14, 국제비교한국학회, 2006; 김제곤, 「백석의 아동문학 연구」, 『동화와 번역』 14, 건국대학교 동화번역연구소, 2007; 장정희, 「분단 이후 백석 동시론: '유년 화자'와 '대상으로서 아동'의 문제」, 『비평문학』 45, 한국비평문학회, 2012.
10 장성유, 「백석의 아동문학 사상에 대한 고찰」, 『한국아동문학연구』 17, 한국아동문학학회, 2009; 정정순, 「백석 동화시의 시교육적 탐색: '개구리네 한솥밥'을 중심으로」, 『한국초등국어교육』 42, 한국초등국어교육학회, 2010; 김현수, 「백석과 미당의 아동 화자 시 비교 연구」, 『한국시학연구』 27, 한국시학회, 2010; 강정화, 「해방을 전후로 한 백석 시의 이행 양상 연구: 백석의 번역문 '아동문학론 초'와 동화시를 중심으로」, 『아시아문화연구』 23, 경원대학교 아시아문화연구소, 2011. 9.; 박종덕, 「『집게네 네 형제』에 함의된 백석의 초근대적 욕망 연구」, 『현대문학이론연구』 49, 현대문학이론학회, 2012.
11 원종찬, 『북한의 아동문학』, 청동거울, 2012.
12 김재용, 「『백석전집』 해설」, 『백석전집』, 실천문학사, 1997; 이상숙, 「북한 문학 속의 백석 Ⅰ」, 『한국근대문학연구』 17, 한국근대문학회, 2008. 4.; 김재용, 「백석 문학 연구: 1959~1962년 삼수시절을 중심으로」, 『현대북한연구』 14, 북한대학원대학교, 2011; 김재용, 「만주 시절의 백석과 현대성 비판」, 『만주연구』 14, 만주학회, 2012; 이상숙, 「분단 후 백석시의 평가와 분석을 위한 제언: 북한 문학 속의 백석 Ⅱ」, 『어문논집』 66, 민족어문학회, 2012; 김문주, 「백석 문학 연구의 현황과 문학사적 균열의 지점」, 『비평문학』 45, 한국비평문학회, 2012; 박태일, 「백석의 새 발굴 작품 셋과 사회주의 교양」, 『비평문학』 57, 한국비평문학회, 2015.

13 이영미, 「북한의 자료를 통해 재론하는 백석의 생애」, 『한국문학이론과 비평』 42, 한국문학이론과비평학회, 2009; 김재용, 「백석 문학 연구: 1959~1962년 삼수시절을 중심으로」, 『현대북한연구』 14, 북한대학원대학교, 2011.

14 백석의 번역 작품은 정선태, 송준, 배대화, 박태일, 최동호, 이상숙 등을 통해 많은 작품이 발굴되고 학회에 소개되었지만 아직 그 전모가 다 드러났다고 할 수 없다. 백석 번역에 대해 관심을 갖는 시작 단계라 할 수 있다. 번역은 시나 동시처럼 백석의 고유의 창작품이 아닌 까닭에 학계의 영향권에서 벗어나 있지만, 백석 문학의 전체를 조망하기 위해서는 물론이고 백석이 자신의 창작이 아닌 러시아 작품 번역을 통해 문학의 길을 이어왔으며 번역 대상자의 선정과 번역 과정, 번역 작품에 드러난 그의 시어와 생각 등을 적극적으로 해석할 여지가 있다는 점에서 백석 연구에서 소홀히 할 수 없는 부분이다.
백석 번역에 대한 연구를 간략히 소개하면 다음과 같다. 정선태 편, 『백석 번역시 선집』, 소명출판, 2012; 배대화, 「백석의 푸시킨 번역시 연구」, 『슬라브연구』 28, 한국외국어대학교 러시아연구소, 2012; 최동호, 「백석이 번역한 숄로호프 장편소설 『고요한 돈』의 발굴」, 『서정시학』 55, 2012년 가을호; 최유찬, 「'예술번역'으로 읽는 혁명과 사랑의 교향악」, 『서정시학』 55, 2012년 가을호; 방민호, 「백석의 숄로호프 번역 전후」, 『서정시학』 55, 2012년 가을호; 이상숙, 「백석 번역시 연구를 위한 시론(試論) – 북한 문학 속의 백석 Ⅲ」, 『한국비평문학』 46, 한국비평문학회, 2012. 12.; 송준 편, 『백석 번역시 전집 1』, 흰당나귀, 2013; 석영중, 「백석과 푸슈킨, 진실함의 힘」, 『2013 만해축전 시사랑회 학술세미나 '백석의 번역 문학' 발표자료집』, (사)시사랑문화인협의회·만해사상실천선양회, 2013. 5. 24.; 이상숙, 「백석의 번역 작품 '자랑', '숨박꼭질' 연구 – 북한 문학 속의 백석 Ⅳ」, 『한국근대문학연구』 27, 한국근대문학회, 2013; 배대화, 「백석의 러시아 문학 번역에 관한 소고 – 남북한의 평가를 중심으로」, 『人文論叢』 31, 경남대학교 인문과학연구소, 2013; 박태일 편, 마르샤크 저, 백석 역, 『동화시집』, 경진출판, 2014; 박태일, 「백석이 옮긴 마르샤크의 『동화시집』」, 『비평문학』 52, 한국비평문학회, 2014; 채해숙, 「마르샤크의 『동화시집』 연구」, 『한국말글학』 31, 한국말글학회, 2014; 이경수, 「마르샤크의 『동화시집』 번역을 통해 본 『집게네 네 형제』 창작의 의미」, 『비교한국학』 23, 국제비교한국학회, 2015.

15 이동순 편, 『白石詩全集』, 창작과비평사, 1987; 김재용 편, 『백석전집』, 실천문학사, 1997; 김재용 편, 『백석전집』(개정증보판), 실천문학사, 2011; 송준 편, 『백석시전집』, 흰당나귀, 2012; 송준, 『시인 백석 1·2·3』, 흰당나귀, 2012; 현대시비평연구회 편저, 『다시 읽는 백석 시』, 소명출판, 2014.

16 정선태 편, 『백석 번역시 선집』, 소명출판, 2012; 송준 편, 『백선 번역시 전집 1』, 흰당나귀, 2013.

17 송준, 『시인 백석 1·2·3』, 흰당나귀, 2012; 안도현, 『백석 평전』, 다산책방, 2014; 소래섭 『백석의 맛』, 프로네시스, 2009; 이숭원, 『갈매나무의 시인 백석』, 살림, 2012; 정철훈, 『백석을 찾아서』, 삼인, 2019 등이 그것이다.

18 분단 후 북측에서의 백석의 행적과 작품에 대한 평가의 시작에 해당하는 연구는 다음과 같다. 유종호, 『다시 읽는 한국시인』, 문학동네, 2002; 유종호, 「시원회귀와 회상의 시학 – 백석의 시세계(상)」, 『문학동네』 2001년 겨울호; 유종호, 「넘치는 사랑과 슬픔 속에 – 백석의 시세계(중)」, 『문학동네』 2002년 봄호; 유종호, 「고독에서 축복으로 – 백석의 시세계(하)」, 『문학동네』 2002년 여름호; 류준, 「백석시의 낭만적 특성 연구」, 고려대학교 석사학위논문, 2003. 6.; 김재용, 「근대인의 고향상실과 유토피아의 염원」, 김재용 편, 『백석전집』(개정증보판), 실천문학사, 2011.

19 임진영, 「해방직후 민주 건설기의 북한문학」, 『해방 전후사의 인식 5』, 한길사, 2006, 466~473면.

20 편의상 '천리마 시대 문학', '주체문학', '선군先軍 문학' 등으로 부르지만 사실상 북한 문학의 기본 원칙은 사회주의 리얼리즘이고 북한 역사에서 가장 강력하고 유일한 이념인 '주체문학' 또한 사회주의 리얼리즘의 북한식 형태라 할 수 있다.

21 사회주의 역사상 유례없는 전일적 개인숭배와 유일사상이 지배하는 주체 시대에 백석이 작품을 발표하지 않은 것인지 발표의 기회가 없었던 것인지 알 수 없어 주체 시대 백석의 모습은 추측조차 조심스러운 것이 사실이다.

22 북한의 문학사 서술에서 가장 보편적인 북한 문학사의 시기 구분은 다음과 같다. 평화적 건설기(1945~1950), 전쟁기(1950~1953), 전후 복구 건설기(1953~1957), 천리마 시기(1958~1966), 주체 시기(1967~).

23 북한의 반종파투쟁, 제2차 작가대회를 기점으로 한 북한 문학계의 변화, 김일성 개인숭배 강조와 함께 끝나버린 북한 문학계의 훈풍, 문학계의 숙청 등에 대한 논의는 다음을 참고할 수 있다. 오성호, 「제2차 조선작가대회 전후 북한문학」, 『배달말』 40, 배달말학회, 2007. 6.; 이상숙, 「분단 후 백석시의 분석과 평가를 위한 제언」, 『어문논집』 66, 민족어문학회, 2012. 10.; 김성수, 「선전과 개인숭배: 북한 『조선문학』의 편집 주체와 특집의 역사적 변모」, 『한국근대문학연구』 32, 한국근대문학회, 2015. 10.

24 이에 대해서는 정홍섭이 「전후 북한의 아동문학론」, 『한중인문연구』 14, 한중인문학회, 2005에서 충실한 원전 자료 독해와 심도 있는 논의를 보여주었다.

25 이 중 김순석은 서정성 짙은 시와 시의 형상성 제고를 주장한 점, 1958년 이후 현지노동작가로 파견된 점, 이후 문학 교육자로 살아간 점 등이 백석의 행보와 매우 비슷하다.

26 『조선문학』, 1956. 11.

27 해빙, 해동(Ottepel, **оттепель**). 러시아 문학의 시대 구분에서 한 기준점이 된 '해빙기'는 에렌부르그의 중편 소설 「해빙」(1954~1956)과 두진쎄프(두진체프)의 장편 소설 『빵만으로는 살 수 없다』(1956)를 시작으로 기존의 획일적으로 미화된 생활과 일방적인 비판을 거부하고 문학 양식, 사조, 예술적 경향에 대해 토론하게 된 시기이다. 꼬발레프 외 저, 『러시아 현대문학사』, 임채희·이득재 역, 제3문학사, 1993, 262~263면 참조.

28 시모노프는 스탈린 사후 『노브이미르 신세계』지의 편집장으로 활동하며 가장 열렬히 해빙을 지지하였으나 후에는 1954년 소련 자유화의 물결 속에서 소설 「해빙」을 발표해 소련 문학의 '해빙기'라는 어원을 만든 작가 에렌부르그를 비판하기도 하였다.

29 황장엽, 『회고록』, 시대정신, 2006, 125~130면.

30 사실 백석 시에 대한 북한 문학계의 반응은 아동문학 논쟁 중에 발표한 동시에 대해 긍정과 부정으로 극명하게 갈라진 평가들 외에는 찾아보기 어렵다.

31 이 글은 2010년~2012년 한국연구재단의 지원을 받아 수행한 '북한의 시학 연구' 연구팀에서 발굴하였다.

32 황장엽, 앞의 책, 136면.

33 김광인, 「북한 권력승계에 관한 연구」, 건국대학교 박사학위논문, 1998, 138면.

34 「조국의 바다여」, 『문학신문』, 1962. 4. 10.

35 〈조선일보〉, 1934. 5. 16.~19.

36 〈조선일보〉, 1934. 6. 20.~25.

37 『테쓰』, 조광사朝光社, 1940. 9. 30.

38 정선태, 「백석의 번역시」, 『근대서지』 2, 근대서지학회, 2010. 12.; 정선태 편, 『백석 번역시 선집』, 소명출판, 2012; 배대화, 「백석의 푸시킨 번역시 연구」, 『슬라브연구』 28, 한국외국어대학교 러시아연구소, 2012; 이상숙, 「백석 번역시 연구를 위한 시론(試論)」, 『한국비평문학』 46, 한국비평문학회, 2012. 12.; 송준, 『백석 번역시 전집』, 흰당나귀, 2013; 배대화, 「백석의 러시아 문학에 관한 소고 - 남북한의 평가를 중심으로」, 『人文論叢』 31, 경남대학교 인문과학연구소, 2013; 석영중, 「백석과 푸슈킨, 진실함의 힘」, 『2013 만해축전 시사랑회 학술세미나 '백석의 번역 문학' 발표자료집』, (사)시사랑문화인협의회·만해사상실천선양회, 2013. 5. 24.; 박태일, 「삼수 시기 백석의 새 평론과 언어 지향」, 『비평문학』 62, 한국비평문학회, 2016; 박태일, 「백석의 번역론 '번역 소설과 우리말'」, 『근대서지』 15, 근대서지학회, 2017; 김동희, 「번역가 백석과 <문학신문>」, 『서정시학』 2017년 겨울호; 황선희, 「백석 시의 문체적 특성 연구: 분단 이전 시편들과 분단 이후의 시·번역시의 연속성 문제를 중심으로」, 중앙대학교 석사학위논문, 2015.

39 강정화, 「해방을 전후로 한 백석 시의 이행 양상 연구: 백석의 번역문 '아동문학론 초'와 동화시를 중심으로」, 『아시아문화연구』 23, 경원대학교 아시아문화연구소, 2011. 9.; 박태일 편, 마르샤크 저, 백석 역, 『동화시집』, 경진출판, 2014; 박태일, 「백석이 옮긴 마르샤크의 『동화시집』」, 『비평문학』 52, 한국비평문학회, 2014; 이경수, 「마르샤크의 『동화시집』 번역을 통해 본 『집게네 네 형제』 창작의 의미」, 『비교한국학』 23, 국제비교한국학회, 2015.

40 최동호, 「백석이 번역한 숄로호프 장편소설 『고요한 돈』의 발굴」, 『서정시학』 55, 2012년 가을호; 최동호, 「백석문학의 전체성에 대하여」, 『비평문학』 46, 한국비평문학회, 2012. 12.; 최유찬, 「'예술번역'으로 읽는 혁명과 사랑의 교향악」, 『서정시학』 55, 2012년 가을호; 최유찬, 「『고요한 돈』의 한국어 번역 판본 비교」, 『한국학연구』 43, 고려대학교 한국학연구소, 2012; 방민호, 「백석의 숄로호프 번역 전후」, 『서정시학』 55, 2012년 가을호; 방민호, 「백석의 『테스』 번역에 담긴 의미」, 『서정시학』 56, 2012년 겨울호; 이상숙, 「백석의 번역 작품 「자랑」, 「숨박꼭질」 연구」, 『근대문학연구』 27, 한국근대문학회, 2013; 배대화, 「백석의 『고요한 돈』 번역 연구」, 『슬라브연구』 31, 한국외국어대학교 러시아연구소, 2015.

41 김응교, 「백석·일본·아일랜드 - 백석 시 연구(3)」, 『민족문학사연구』 44, 민족문학사학회, 2010; 한세정, 『한국 근대시에 나타난 예이츠의 수용 양상 연구: 김억·김소월·김영랑·백석 시를 중심으로』, 고려대학교 박사학위논문, 2015; 신철규, 「백석의 번역 - 조이스와 아일랜드 문학」, 『서정시학』 28-4, 2018.

42 백석 번역에 대한 구체적 평가와 연구사는 이상숙, 「백석 번역시 연구를 위한 시론(試論)」, 『한국비평문학』 46, 한국비평문학회, 2012. 12., 37~39면 참조.

43 정선태, 앞의 책, 5~29면.

44 같은 책, 5면.

45 석영중, 앞의 논문, 13~17면.

46 배대화, 「백석의 『고요한 돈』 번역 연구」, 『슬라브연구』 31, 한국외국어대학교 러시아연구소, 2015, 91~128면.

47 이상숙, 「『문화전선』을 통해 본 북한시학 형성기 연구」, 『한국근대문학연구』 23, 한국근대문학회, 2011.

48 이상숙, 같은 논문. "북한 문단이 전국의 문학단체를 망라한 것은 조선문학예술총동맹의 출범이 기점이라 할 수 있다. 1946년 3월 25일 출범한 이 단체는 1946년 10월 북조선 문학예술총동맹으로 확대되었고 산하에 문학, 음악, 미술, 연극, 영화 무용, 사진 등의 부문별 동맹을 두었고 기관지 『문화전선』을 발간하였다."(259면) "『문화전선』은 이름부터 소련의 단체이름이었다. 이 단체는 작가, 예술가, 선동가가 구성원의

중심이있으며 북조선예술총연맹은 그 용어를 기관지 이름으로 사용하였다. 찰스 암스트롱은 여기에 소련을 소개하는 글이 많다는 이유로 『문화전선』이 친소련계 잡지로 규정하면서도 한설야의 「모자」와 같이 소련군의 행태를 조심스럽게 비판한 작품이 있어 『문화전선』이 맹목적인 친소련 성향을 가진 것은 아니었다고 판단한다."(261면)

49 조쏘문화협회 기관지로 1946년 창간되었다.

50 백석, 「무지개 뻗치듯 만세교」, 〈조선일보〉, 1937. 8. 1. 김문주·이상숙·최동호 편, 『백석 문학전집 2 산문·기타』, 서정시학, 2012, 67면에서 재인용.

51 안수길, 「용정·신경시대」, 『文壇 交流記』(강진호 편, 『한국문단 이면사』, 깊은샘, 1999, 271면).

52 나카미 다사오 외 저, 박선영 옮김, 『만주란 무엇이었는가』, 소명출판, 2013, 457~475면. 인구의 대부분은 동지철도東支鐵道(구 東清鐵道) 건설과 러시아 혁명의 여파로 만주로 유입된 무국적 러시아인 이민으로 "소련의 러시아인 혹은 철도 직원이며 소련에 충실할 것이라고 생각되었던 적계 러시아인과 구별되게끔 백계 러시아인이라고 불렀다."(474면) 백계 러시아인들은 1935년 3월 동지철도의 만주국 매각으로 인해 위기를 맞았다. 러시아에서 나온 학자, 예술가들이 정착하여 자신들의 문화와 종교를 지키며 아이들을 교육시켰으나 1941년 이후 전쟁과 세계 대전으로 "하얼삔 러시아인의 지위는 거의 기아 수준까지 계속 떨어졌다."(475면)

53 바이코프Nikolai Apollonovich Baikov(1872~1958)는 러시아 키예프에서 태어나 사관학교를 졸업한 후 장교가 되었고 1901년 동정철도 수비대 중위로 근무하며 1914년 전역 후 러시아로 돌아갈 때까지 상트페테르부르크 학사원의 요청으로 만주와 아무르강 일대의 자연과 지리를 조사하며 그에 관한 글을 발표함. 1차 세계대전에 참전한 후 1917년 러시아혁명 때 백군에 가담했다. 혁명에서 적군이 승리하자 이집트와 인도를 떠돌다 1922년 만주 하얼빈으로 돌아가 만주지역학회의 회원으로 활발히 연구하며 만주 밀림의 동식물과 원주민 생활에 대한 세밀한 관찰을 담은 글을 발표. 지은 책으로 『위대한 왕』(1936), 『만주의 산과 숲에서』(1914), 『만주의 야생 자연 속에서』(1934), 『타이가의 소음』(1938 등이 있다. 니콜라이 바이코프 저, 김소라 역, 『위대한 왕』, 아모르문디, 2014, 301~304면, 작가 연보 참조.

54 정선태, 앞의 책, 5면.

55 니콜라이 바이코프, 앞의 책, 6~14면.

56 손도심, 「바이코프와 호랑이 – 세기적 엽사 H 바이코프씨와 나」, 『호랑이』, 서울신문사, 1974, 242~244면.

57 하세가와(長谷川)는 〈만선일보〉에도 등장하는 일본 문화인으로 당시 만주에서 활동했다. 〈만선일보〉 1939년 12월 19일자에 「군인후원회에 이만원 기부」라는 기사가 났다.

58 1942년 12월 『조광』에 실린 백석 번역의 「밀림유정密林有情 = 원작 유-로취카 =」에는 "대동아문학자대회에 만주국대표로 참석했을 때의 엔·바이콥흐氏"라는 제목의 바이코프 사진이 실려 있다.

59 이경수, 「백석의 기행시편에 나타난 장소의 심상지리」, 『민족문화연구』 53, 고려대학교 민족문화연구원, 2010, 387~392면; 김재용, 「만주 시절 백석과 현대성 비판」, 『만주연구』 14, 만주연구학회, 2012, 168~170면; 강동호, 「만주의 우울 – 백석 후기 시편에 나타난 시적 자의식」, 『한국언어문화』 62, 한국언어문화학회, 2017, 42~44면; 김영주, 「해방이후 시에 재현된 만주의 기억」, 『우리문학연구』 61, 우리문학회, 2019, 192~193면.

60 정선태, 앞의 책, 3~5면.

61 고형진, 「'가난한 나'의 무섭고 쓸쓸하고 서러운, 그리고 좋은」, 『비평문학』 45, 한국비평문학회, 2012, 7~36면.

62 실제로 바이코프는 『위대한 왕』, 「어미」(손도심, 앞의 책, 245~260면), 「왕호王虎의 재판裁判」(손도심, 앞의 책, 261~264면)에서 호랑이로 대표되는 자연에 대한 경외심과 숲의 규율에 따라 행동하는 사냥꾼의 모습을 보여주었다.

63 이상오, 「동북아세아편 – 알몸뚱이로 범을 만난 바보신 獵師, 5화」, 『세계명포수전』, 1963, 36~45면. 바브신 편 제5화에는 재목업자가 지나 비적을 시켜 러시아 여인 나타샤를 납치하는 에피소드가 소개되었다. 거구에 역사力士로 알려진 바브신은 바이코프와 수많은 사냥을 한 절친한 친구였으므로 이 책의 바브신 편에 바이코프의 모습이 많이 등장한다.

64 김재용, 「만주 시절 백석과 현대성 비판」, 『만주연구』 14, 만주연구학회, 2012, 168~170면.

65 '슬품'은 슬픔의 오식인 듯하다.

66 안수길, 「상반기 문학계 개관 – 선계鮮系문학은 역시 불모상태」, 〈만선일보〉, 1940. 8. 14.

67 백석, 「슬품과 진실 – 여수 박팔양 씨 시초 독후감」, 〈만선일보〉, 1940. 5. 9.~10., 김문주·이상숙·최동호 편, 『백석 문학전집 2 산문·기타』, 서정시학, 2012, 78~81면.

68 백석, 「北方에서」, 『문장』, 1940. 7.의 구절들을 인용하였음.

69 백석, 「朝鮮人과 饒舌 – 西七馬路 단상의 하나」, 〈만선일보〉, 1940. 5. 25.~26., 김문주·이상숙·최동호 편, 앞의 책, 85면.

70 백석, 「朝鮮人과 饒舌 – 西七馬路 단상의 하나」, 〈만선일보〉, 1940.5. 25.~26., 같은 책, 85면.

71 안함광, 『조선문학사(1900~)』, 평양: 교육도서출판사, 1956, 180면.

72 『조선문학통사(하)』, 평양: 언어문학연구소 문학연구실, 1959, 136~140면.

73 김재용은 『백석전집』에서 "1947년 12월에 발간된 『조선문학』 2집에 당시 북조선 문예총의 명단이 나오는데 백석은 외국문학 분과 위원으로 나와 있다. 외국 문학 분과 위원 명단에 정률, 박무, 유문화, 엄호석, 이휘창, 최호, 김상오와 함께 백석의 이름이 올려져 있다. 그런데 시 위원명단에는 그의 이름이 빠져 있다"고 했다. 531면.

74 류만, 『조선문학사 9』, 과학백과사전종합출판사, 1995.

75 김재용, 『북한문학의 역사적 이해』, 문학과지성사, 1994, 282~284면 참조.

76 남과 북의 표기법 차이로 인해 백석의 시 「여승女僧」은 류만의 문학사에서 「녀승」으로 표기되고 있다.

77 류만, 앞의 책, 204~205면.

78 같은 책, 205면.

79 김재용, 『백석전집』(개정증보판), 실천문학사, 2011, 65면.

80 고형진, 『정본 백석 시집』(2판), 문학동네, 2020, 82면.

81 같은 곳.

82 같은 곳.

83 류만, 앞의 책, 205면.

84 같은 책, 205~206면.

85 전미영은 『김일성의 말, 그 대중설득의 전략』(책세상, 2001)에서 김일성의 문장과 연설에 나타나는 몇 가지 특징을 정리하였는데, 북한 주민과 당원들, 정책 수립자들은 이러한 김일성의 말과 글의 특성을 '수령의

문풍'으로 숭앙하는 한편 말과 글이 전범으로 삼아 따르고 있다고 하였다. 류만의 서술에서 발견되는바 "옛말처럼 구수하게 이야기하는 것"과 여타의 연구자들이 주의·주장을 반복하는 것 등이 모두 '수령의 문풍'을 본받은 까닭이라고 할 수 있다.

86 류만, 『조선문학사(1926~1945) Ⅱ』, 평양: 과학백과사전종합출판사, 1995, 204~207면.

87 김재용 편, 『백석전집』에 실린 시 「모닥불」은 다음과 같다.

새끼오리도 헌신짝도 소똥도 갓신창도 개니빠디도 너울쪽도 짚검불도 가락잎도 머리카락도 헌겊 조각도 막대꼬치도 기왓장도 닭의 깃도 개터럭도 타는 모닥불

재당도 초시도 문장(門長) 늙은이도 더부살이 아이도 새사위도 갓사둔도 나그네도 주인도 할아버지도 손자도 붓장사도 땜쟁이도 큰개도 강아지도 모두 모닥불을 쪼인다

모닥불은 어려서 우리 할아버지가 어미아비 없는 서러운 아이로 불상하니도 몽둥발이가 된 슬픈 역사가 있다

88 이동순, 「민족시인 白石의 주체적 시정신」, 고형진 편, 『백석』, 새미, 1996, 161~163면; 이경수, 「한국현대시의 반복 기법과 언술 구조」, 고려대학교 박사학위논문, 2002, 83면; 김행숙, 「모닥불」, 최동호 외, 『백석 시 읽기의 즐거움』, 서정시학, 2006, 31~33면.

89 류만, 앞의 책, 206~207면.

90 이들 시인에 대한 재평가처럼 이광수, 최남선, 김억 등 근대 초기 문인들에 대한 긍정적 재평가는 정홍교·박종원·류만의 『조선문학개관 상, 하』, 평양: 사회과학출판사, 1986에서도 단편적으로 드러난다.

91 송준은 『시인 백석 3』(흰당나귀, 2012, 251~252면)에서 1952년 8월 11일 부산에서 발행된 『재건타임스』에 백석의 시 「병아리 싸움」이 실렸다고 밝혔다. 이는 기존의 학계와 연구자들이 언급하지 않은 발굴 자료라 할 수 있는데, 이 논문의 필자 또한 실물을 확인하지 못하였다. 『재건타임스』는 1952년 2월 창설된 남한의 재향군인회 주보로서 같은 해 5월 창간된 신문이다. 송준은 백석의 지인이 가지고 있다 공개한 것으로 판단하고 있지만 전쟁 중인 1952년에 남한 군인단체에서 펴내는 주보에 백석의 시가 실린 배경에 대해서는 앞으로 더 정확하게 밝혀야 할 것이다.

92 원종찬, 『북한의 아동문학』, 청동거울, 2012, 237~238면.

93 이영미, 「북한자료를 통해 재론하는 백석의 생애」, 『한국문학이론과 비평』 42, 한국문학이론과비평학회, 2009, 187~189면.

94 백석, 「나의 항의, 나의 제의」, 『조선문학』, 1956. 9., 47~49면.

95 아동문학에 대한 리원우의 의견은 다음의 글들을 종합하여 정리한 것이다. 리원우, 「아동문학의 새해 전망」, 『문학신문』, 1957. 1. 10.; 리원우, 「유년층 아동들을 위한 시문학에서의 빠포스 문제와 기타 문제」, 『문학신문』, 1957. 5. 23.

96 백석, 「동화문학의 발전을 위하여」, 『조선문학』, 1956. 5.

97 같은 글, 129면.

98 다만 백석 시의 언어적 특징에서 이를 확인할 수 있을 것으로 기대한다. 백석 시가 긴 문장 안에서 나름의 억양을 가지고 반복되는 연결어미를 사용하여 음악성을 만들고 겹쳐지는 수식 구조 안에서도 시적 긴장을 잃지 않는 까닭이 조사의 용법 때문인지 연구가 필요하다.

99 백석, 「나의 항의, 나의 제의」, 앞의 책, 54~55면.

100 사회주의 문학에서 '낭만성'은 '낙천성'의 의미로 이해된다.

101 백석, 「사회주의 도덕에 대한 단상」, 『조선문학』, 1958. 8., 김문주·이상숙·최동호 편, 『백석 문학전집 2 산문·기타』, 서정시학, 2012, 220면에서 재인용. 이 글은 『조선문학』에 발표한 수필로 1958년 8월호에 게재되었다. 몇몇 논문과 전집에 『문학신문』 게재로 밝혀져 있으나 이는 다른 작품과 혼동한 것으로 판단된다.

102 『문학대사전 3』, 사회과학원, 2000, 32~33면.

103 『문학예술사전 중中』, 과학백과사전종합출판사, 1988, 194~195면.

104 언어문학연구소 문학연구실 편, 『조선문학통사(하)』, 과학원출판사, 1959. 이상숙 책임편집, 『북한의 시학 연구 5: 시문학사』, 소명출판, 2013, 42면 참조.

105 탈북 시인 최진이는 북한 작가들이 "세계적으로나 시대적으로나 특이한 정치적 구속을 받고" 있으며 "창작의 환상을 자유로이 나래치려는 작가와 그들을 정치적으로 누르려는 당적 지도 간의 긴장과 모순 속에 하나하나의 작품이 태어나는 환경"이 북한 창작의 현주소라고 했다. 또 문학 작품 창작의 3대 조건은 "작가, 당적 지도, 조선작가동맹"이며 "이것이 북한에서 작품 창작의 필요충분조건이다"라고 했다(최진이, 「북한의 작가와 '조선작가동맹'」, 『북한시학의 형성과 사회주의 문학』, 소명출판, 2013, 474면).

106 백석, 「사회주의 도덕에 대한 단상」, 『조선문학』, 1958. 8., 김문주·이상숙·최동호 편, 『백석 문학전집 2 산문·기타』, 서정시학, 2012, 217면.

107 같은 책, 218면.

108 박태일도 「백석의 새 발굴 작품 셋과 사회주의 교양」, 『비평문학』 57, 한국비평문학회, 2015. 9.에서 백석이 주장한 사회주의 도덕으로서의 예의에 관해 정리하였다.

109 백석, 「아동문학의 협소화를 반대하는 위치에서」, 『문학신문』, 1957. 6. 20., 김문주·이상숙·최동호 편, 앞의 책, 182~183면.

110 백석, 「나의 항의, 나의 제의」, 『문학신문』, 1957. 3. 28., 같은 책, 151면.

111 같은 책, 219면.

112 북조선 작가동맹 중앙위원회, 『조선문학』 2호, 조선작가동맹, 1947년 12월. 김재용, 「근대인의 고향상실과 유토피아의 염원」, 『백석전집』, 2011, 실천문학사, 531면 참조.

113 정진아, 「북한이 수용한 '사회주의 쏘련'의 이미지」, 『통일문제연구』 54호, 평화문제연구소, 2010년 하반기; 유임하, 「북한 초기문학과 '소련'이라는 참조점」, 『한국어문학연구』 57집, 한국어문학연구학회, 2011.

114 백석, 「국제 반동의 도전적인 출격」, 『문학신문』, 1958. 11. 6.

115 김재용, 앞의 글, 529~532면.

116 서동만, 『북조선사회주의체제 성립사 1945~1961』, 선인, 2005, 322면.

117 엠·이싸꼽쓰끼의 시 「바람」 외 5편이 『쏘련 시인 선집』(연변교육출판사, 1953)에 실렸고, 『이싸꼽쓰끼 시초』(연변교육출판사, 1954)를 번역하였다.

118 푸시킨의 시 「쨔르스꼬예 마을에서의 추억」 외 12편이 『뿌슈낀 선집』(조쏘출판사, 1955)에 있다.

119 마르샤크 저, 백석 역, 『동화시집』, 민주청년사, 1955.

120 고리끼 저, 백석 역, 「아동문학론 초」, 『조선문학』, 1954. 3.

121 나기쉬낀 저, 백석 역, 「동화론」, 『아동과 문학』, 1954. 12.

122 『쏘련 시인 선집 2』(국립출판사, 1955) 중 17편; 『쏘련 시인 선집 3』(국립출판사, 1955) 중 7편.

123 백석은 한국전쟁 후 미국을 비판하는 공산권 국가 시인들이 시를 모은 번역시집『평화의 깃발: 평화옹호 세계시인집』중 11개국 시인의 시 28편을 번역하였다.「아메리카여 너를 심판하리라」,「가까운 사람들에게 띠우는 편지」등이 이에 해당하며 1945년『문학예술』4, 5월호에 게재되었다.
124 백석,「부흥하는 아세아 정신 속에서」,『문학신문』, 1957. 1. 10., 김문주·이상숙·최동호 편,『백석 문학전집 2 산문·기타』, 서정시학, 2012, 201~203면에서 재인용.
125 이 글은 "≪문학의 발전은 식민주의와 공존할 수는 없다… 소련은 식민주의를 절멸시키는 투쟁에서 언제나 우리의 일체 력량을 아끼지 않을 것이다.≫라고 한 의미심장한 말을 절대로 잊지 않을 것이다"로 끝난다.
126 정선태,「백석의 번역시」,『백석 번역시 선집』, 소명출판, 2012 참조.
127 백석,「공동 식당」,『조선문학』, 1959. 6.
128 리맥,「아동들의 길'동무가 될 동시집 – 백석 동시집《우리 목장》을 읽고」,『문학신문』, 1962. 2. 27.
129 백석,「사회주의 바다」,『새날의 노래』, 아동도서출판사, 1962.
130 박종식,「서정시와 현대성 – 제3차 당 대회 이후 시기 작품을 중심으로」,『조선문학』, 1961. 7. 이상숙 외 편,『북한의 시학 연구 3: 비평』, 소명출판, 2013, 290~324면 참조.
131 죤 단느 작, 백석 역,「사랑의 신」,『서중회』2집, 1934. 3. 22. 백석은 원작자를 '죤 단느'로 표기했는데, 이는 영국의 시인 John Donne을 뜻한다. 서지사항 및 본문은 송준,『백석 번역시 전집 1』, 흰당나귀, 2013, 796면 참조.
132 백석,「마을의 遺話」, 〈조선일보〉, 1935. 7. 6.~20.
133 백석,「닭을 채인 이야기」, 〈조선일보〉, 1935. 8. 11.~25.
134 백석 역,「耳說 귀ㅅ고리」, 〈조선일보〉, 1934. 5. 16.~19.
135 토마스 하디 작, 백석 역,「郊外의 눈」,『조광』, 1936. 1.
136 백석,「定州城」, 〈조선일보〉, 1935. 8. 31.
137 번역소설『테쓰』는 그동안 실물이 확인되지 않은 채 다른 문헌을 실린 기사를 통해 실재가 추정되었으나, 백석 연구자 송준은『시인 백석 2』(흰당나귀, 2012, 399면)에서『테쓰』가 1940년 9월 30일 조광사朝光社에서 발행되었음을 밝혔고, 표지 사진을 공개하였다. 계간『서정시학』은 2012년 겨울호에서『테쓰』를 발굴 소개하였고, 방민호의 해제「백석의『테스』번역에 담긴 의미」를 수록하였다.
138 김제곤,「백석의 아동문학 연구」,『동화와 번역』14, 건국대학교 동화번역연구소, 2007.
139 장성유,「백석의 아동문학 사상에 대한 고찰」,『한국아동문학연구』17, 한국아동문학학회, 2009.
140 강정화,「해방을 전후로 한 백석 시의 이행 양상 연구: 백석의 번역문 '아동문학론 초'와 동화시를 중심으로」,『아시아문화연구』23, 경원대학교 아시아문화연구소, 2011. 9.
141 정선태,「백석의 번역시」,『근대서지』2, 근대서지학회, 2010. 12.
142 1946년 2월 조광사 간행『세계걸작동화집』중 영국 편「물색시」번역에 대해 송준은 "다른 작가들과 달리 백석은 시종일관 자신만의 특유한 어휘를 구사했다. 방언을 집요하게 사용하는 백석의 모습은 조선일보 시절이나 그 이후나 전혀 변함이 없었다"라고 평가한다(송준,『시인 백석 3』, 흰당나귀, 2012, 163면).
143 송준은 "백석 특유의 번역 문채가 완연하다"라며 백석의 번역 작품을 평가한다(같은 책, 261~262면).
144 송준은 같은 책, 336면에서 백석의 번역산문「숨박꼭질」로 알려진 러시아 소설가 베르만이 백석의 번역을 평가한 부분을 소개한다. 송준은 "백석의 동화시집을 읽고 얼마나 놀랐는지 모른다. 그는 가히 천재였다. 그의 훌륭한 번역 작품이 그러하며 시인이기를 포기하고 훌륭한 동화작가가 된 것도 역시 그러한 증거이다.

북조선은 자유가 없는 곳이었다. 특히 순수문학을 하기에는 너무도 메마른 곳이었다. 거기다가 우상화 작업이 진행되면서 순수한 백석은 가장 큰 타격을 받았다. 백석이 어느 산골로 갔다는 소식을 들었을 때 나는 실망을 했다"라는 베르만의 평가를 서지사항 없이 인용하였다.

145 김병철, 『한국근대번역문학사연구』(중판), 을유문화사, 1998, 815~816면.

146 이상은 송준의 『시인 백석 1·2·3』(흰당나귀, 2012)에 나오는 내용이다. 이 내용에 대한 검증과 논거는 좀 더 보강될 필요가 있다. 이는 시인 백석의 내면과 인식을 보여주는 부분으로 그의 시 분석을 위한 기반이 될 수 있기 때문이다. 송준은 오랫동안 백석의 행적을 탐문하고 수많은 백석 관련 자료를 발굴하여 백석 연구에 큰 기여를 하였다. 이러한 공적을 인정하고 감사를 표하면서도 그의 저서 『시인 백석 1·2·3』에서 언급된 몇몇 부분이 그의 추측으로 메워져 있는 것은 우려를 표할 만하다. 백석에 관한 직접적 자료를 찾기 힘든 상황에서 각주나 인용 출처 표시 없이 추측 혹은 간접적 방증으로 백석의 내면을 재구하는 것은 신중할 필요가 있기 때문이다.

147 이 중에는 필자가 아직 원전을 확인하지 못한 작품도 있음을 밝혀둔다. 필자는 『이싸꼽쓰끼 시초』, 『나짐 히크메트 시선집』, 『니꼴라이 찌호노브 시선집』, 『굴리아 시집』, 『쏘련 시인 선집 2』, 『쏘련 시인 선집 3』, 『문학예술』, 『조선문학』, 『조쏘문화』 에 실린 작품을 확인하고 복사본을 소장하고 있으며, 이 외의 시들은 송준의 『시인 백석 1·2·3』(흰당나귀, 2012), 『백석 시 전집』(흰당나귀, 2012)에서 서지와 본문 부분을 최초로 공개한 작품들과 정선태 편 『백석 번역시 선집』(소명출판, 2012)에 실린 것으로 확인하여 목록에 포함시켰다.

148 김병철, 앞의 책, 695~697면.

149 띠에스 미-ㄹ스키 저, 백석 역, 「죠이쓰와 愛蘭文學」, 〈조선일보〉, 1934. 8. 10.~9. 12.

150 "이 論文은 最近 「뉴-매씨스」誌上에 「데이비스·킨케드」의 譯으로 실린 것이다. 그의 人物評價와 「죠이쓰」을 産出하기에 이른 愛蘭文學의 生成에 對한 새로운 角度의 考察이다. 「죠이쓰」와 그의 「意識의 흐름」의 文學에 對한 論究의 한 方面은 여기에도 잇다. 이 한 方面을 뵈이는 것이 重譯의 目的이다."(띠에스 미-ㄹ스키 저, 백석 역, 「죠이쓰와 愛蘭文學」, 〈조선일보〉, 1934. 8. 10.)

151 소련 문학의 해빙과 백석의 문학적 변화에 관해서는 졸고, 「분단 후 백석시의 평가와 분석을 위한 제언」, 『어문논집』 66, 민족어문학회, 2012에서 살펴본 바 있다.

152 김북원, 「시문학의 보다 높은 앙양을 위하여」, 『제2차 조선작가대회 문헌집』, 조선작가동맹출판사, 1956. 12., 124~125면.

153 백석, 『집게네 네 형제』, 조선작가동맹출판사, 1957.

154 백석, 「등고지」, 『문학신문』, 1957. 9. 19.

155 백석, 「동화문학의 발전을 위하여」, 『조선문학』, 1956. 5.; 리원우, 「아동문학의 새해 전망」, 『문학신문』, 1957. 1. 10.; 「유년층 아동들을 위한 시문학에서의 빠포스 문제와 기타 문제」, 『문학신문』, 1957. 5. 23. 등 일련의 평론들이 있다.

156 흐루쇼프와 소련 공산당의 개인숭배 비판을 등에 업고 실제적인 반김일성 움직임을 보인 김두봉, 박창옥, 최창익 등의 소련파, 연안파 연합세력이 1956년 8월 당 전원회의에서 김일성을 공격하였으나 실패로 끝나 많은 학자들이 사상검토회의의 대상이 되어 희생당했다고 한다. 권력 구조에서는 이른바 8월 종파 사건이 시작되어 숙청으로 이어졌다. 앞서 언급한 대로 10월 2차 작가대회 이후 문학계에도 지형 변화가 일어나, 김순석과 백석이 자신의 의견을 펴다가 비판과 함께 현지작가로 배치된 시기가 이때이다. 졸고, 「분단 후 백

석시의 평가와 분석을 위한 제언」, 『어문논집』 66, 민족어문학회, 2012 참조.

157 백석 역, 「국제 반동의 도전적인 출격」, 『문학신문』, 1958. 11. 6.

158 레르몬토프를 낭만주의 시인으로 설명하는 부분은 러시아 문학사에서 쉽게 찾아볼 수 있다. 빠스쩨르나크는 레르몬또프의 낭만주의를 "우리 동시대의 모든 주관적 전기적 현실주의의 본질적이고 구속이 없는 예언"으로 정의하고 있다(꼬발레프 외 저, 『러시아 현대문학사』, 임채희 외 역, 제3문학사, 1993, 212면). 석영중은 "낭만적 범신론을 바탕으로 한 레르몬또프의 시적 이미지"라고 평가했다(석영중, 『러시아 현대시학』, 민음사, 1996, 254면).

159 "그러나 그가 표현한 터키와 페르시아(후에는 인디아와 중앙아시아)의 경치는 이국적인 동시에 낭만적인 색조에 넘친다. 또한 그의 까프까즈 지방의 시에도 낭만적인 경향이 있다. 이들 시와 같은 계열의 뿌쉬낀과 레르몬또프의 시, 그리고 빠스쩨르나끄의 그루지아에 대한 견해를 비교하여 보면 흥미로울 것이다. 그 이유는 까프까즈는 항상 러시아 시인들을 위한 낭만적 영감의 원천이었고 지금도 여전히 그러하기 때문이다."(마르크 슬로님, 「소련의 낭만주의 작가들」, 『소련의 작가와 사회』, 임정석·백용식 역, 열린책들, 1986, 136면)

160 이 논문에서 정리한 러시아 시인에 대한 정보는 국내에 출판된 몇 종의 러시아 문학사와 러시아 시학 관련서를 통해 얻은 피상적 지식과 러시아 시 연구자 이명현 박사를 통해 '북한의 시학 연구' 팀이 자문받은 내용을 참조하여 구성하였다. 참고한 문헌은 다음과 같다. 마르크 슬로님, 「소련의 낭만주의 작가들」, 『소련의 작가와 사회』, 임정석·백용식 역, 열린책들, 1986; 꼬발레프 외 저, 『러시아 현대문학사』, 임채희 외 역, 제3문학사, 1993; 석영중, 『러시아 현대시학』, 민음사, 1996; Kratkaia literaturnaia entsiklopediia v 9 tomakh. M.: Sovetskaia Entsiklopediia, 1962~1978; Russkie poety. Antologiia v 4 tomakh. M.: Detskaia Literatura, 1968; Russkaia covetskaia poeziia. M.: Russkii Iazyk, 1977; Ershov, L. F. Istoriia Russkoi sovetskoi literatury. M.: Vysshaia Shkola, 1982.

161 백석 역, 『이싸꼽쓰끼 시초』, 연변교육출판사, 1954.

162 노래시는 소비에트 시기 러시아에서 발달한 시 장르로서 '곡을 붙여서 노래로 불리는 시'를 지칭한다. 노래시는 전문적인 시인-예술가들에 의하여 창작되었으며, 애초에 작곡을 전제로 하여 창작되기도 하였지만, 시 텍스트가 발표된 이후에 곡이 붙여진 경우도 있었다. 1930년대 소비에트 정부가 정책적으로 장려한 대중적인 노래시는 이데올로기적이고 정치적인 성격을 강하게 띠었다. 그러나 제2차대전이 발발하면서 노래시는 공식성에서 탈피하여 소비에트 국민들의 절절한 감정을 토로할 수 있는 중요한 수단으로 변모한다. 이사콥스키의 노래시들 가운데 가장 대중적으로 호응을 받은 작품들 역시 전쟁 시기에 생산된 노래시들이었다. 노래시에 관한 자세한 사항은 최선, 「율리 김 노래시 연구」, 『한국러시아문학회 제11차 연차학술대회 발표자료집: 러시아 고전문학과 대중문화』, 한국러시아문학회, 2005. 10. 29., 7~11면을 참조할 수 있다.

163 터키의 혁명적 서정시인이자 극작가이다. 마야콥스키의 영향을 받았고 터키에 귀국 후 공산당에 입당하였으며 1950년 모스크바에 망명하였다 한다.

164 나짐 히크메트, 『나짐 히크메트 시선집』, 백석 역, 국립출판사, 1956.

165 "아름다운 공산주의의 노을이 비낀다"로 끝나는 백석의 시 「공동 식당」(『조선문학』, 1959. 6.)이 대표적이다.

166 '압스니'는 압하지야를 의미한다.

167 감자토프의 노래시 「학」은 1969년에 곡이 붙여졌으며, 드라마 〈모래시계〉(SBS, 1995)의 주제곡으로

한국에서도 널리 알려졌다.

168 백석, 「동화문학의 발전을 위하여」, 『조선문학』, 1956. 5.

169 이에 대해서는 졸고, 「북한 문학 속의 백석 Ⅰ」, 『한국근대문학연구』 17, 한국근대문학회, 2008. 4.에서 간략하게 언급한 바 있다.

170 이 인물은 러시아-소련의 소설가 알렉산드르 스테파노비치 야코블레프Alexander Stepanovich Yakovlev(1886~1953)로 추정된다.

171 「자랑」의 서지사항 정보를 알려준 문헌 수집가 박현철님께 감사드린다.

172 U.S. National Archives and Records Administration. The National Archives at College Park, Maryland.

173 노획문서(Captured Korean Documents) 중 신新노획문서(Shipping Advice) SA 2005 Box #1. Item #18.

174 북한 문학 초기 소련의 영향을 다룬 논문으로는 유임하, 「북한 초기문학과 '소련'이라는 참조점: 조소문화 교류, 즈다노비즘, 번역된 냉전논리」, 『한국어문학연구』, 제57집, 한국어문학연구학회, 2011; 남원진, 「해방기 소련에 대한 허구, 사실 그리고 역사화」, 『한국현대문학연구』, 제34집, 2011. 8. 등이 있다.

175 정진아, 「북한이 수용한 '사회주의 쏘련'의 이미지」, 『통일문제연구』, 54호, 평화문제연구소, 2010년 하반기.

176 조쏘문화협회는 해방기 북한이 소련을 사회주의 모범으로 삼아 새로운 국가 건설을 추동하는 문화적·정치적 기획의 중심이었다. 조쏘문화협회의 활동에 대한 내용은 임유경의 「조소문화협회의 출판·번역 및 소련방문 사업 연구: 해방기 북조선의 문화·정치적 국가기획에 대한 문제제기적 검토」(『대동문화연구』 제66집, 성균관대학교 유교문화연구소, 2009. 6.)를 참조하였다.

177 1949년 10월 제호를 『조쏘친선』으로 바꾸었고 1950년까지 발간되었다.

178 Saratov. 볼가강江 연안 지역.

179 해방기 북한 문학에 나타난 김일성의 주된 형상은 '장군將軍'이었다. 한재덕이 〈평양민보〉(1945)에 연재한 「김일성 장군 개선기」(이는 1948년에 평양의 민주조선사에서 『김일성 장군 개선기』로 출간되었다)를 필두로 이찬의 「金將軍의 노래」(『문화전선』, 1947. 7.)와 조기천의 『백두산』(평양: 문학예술출판사, 1947) 이후 북한 수립 초기 김일성을 형상화하는 가장 강력한 이미지는 '항일 빨치산 장군'이었다.

180 이상숙, 『문화전선』을 통해 본 북한시학 형성기 연구」, 『한국근대문학연구』 23, 한국근대문학회, 2011. 4. 참조.

181 임유경, 앞의 논문, 486~487면.

182 이 중 『청년근위대』는 전후 북한 당국이 북한 주민들에게 독서를 장려한 소련의 대표작 중 하나이다. 정진아, 「북한이 수용한 '사회주의 쏘련'의 이미지」, 『통일문제연구』 54, 평화문제연구소, 2010, 155~156면 참조.

183 소비에트연방과 러시아 문서에서는 이를 대조국전쟁大祖國戰爭(Велнкая Отечественная война)으로 언급한다.

184 당시 독소전쟁에 대한 북한측의 적극적 소개는 문학 작품 번역에 그치지 않았는데, 1946년 6월 22일 조선문학가동맹은 독소전쟁 개전 기념 강연회를 개최하기도 하였다.

185 필자가 연구 책임을 맡아 진행하는 한국연구재단 인문사회연구지원사업 '북한의 시학 연구' 팀의 신지연

연구교수가 『문학신문』 1957년 4월 25일자에서 발견하였다.

186 『조선문학』, 1956. 11.

187 제2차 조선작가대회의 경과와 의미에 대해서는 김성수, 「북한문학계의 도식주의 논쟁」, 『논쟁으로 읽는 한국사 2』, 역사비평사, 2009와 오성호, 「제2차 조선 작가대회와 전후 문학」, 『북한 시의 사적 전개과정』, 경진, 2010을 참조할 수 있다.

188 송준에 따르면 엘레나 베르만은 북한 시인 서만일의 러시아인 아내이며, 남편 서만일을 따라 북한에 살면서 한설야의 『황혼』과 같은 북한 소설을 러시아어로 번역하고 러시아에 북한 작가들을 소개하는 일을 했다고 한다. 송준, 『시인 백석 3』, 흰당나귀, 2012, 376~377면.

189 엘레나 베르만(1920~2002)은 독일 태생 유태인으로 파시즘을 피해 러시아에 정착하였다. 이는 http://saba6.livejournal.com/3139.html(검색일: 2020. 8. 22.)을 참조하였다. 이 논문에 인용된 러시아 문헌의 조사와 번역은 러시아 문학 전공자 최진희 박사의 도움을 받았다.

190 『조선문학』, 조선작가동맹출판사, 1957. 9., 128~144면.

191 **Леонид Петров.** "**К северу от Северной Кореи,**" **Сеульский Вестник,** № 47**Б** 1-30 **июня** 2000. 레오니드 페트로프, 「북한에서 북방으로」, 〈서울신문〉 47, 2000. 6. 1.~30. http://www.north-korea.narod.ru/davydov.html(검색일: 2012. 1. 30.)

192 레오니드 알렉세예비치 페트로프**Леонид Алексеевич Петров.**〈**Маргарита Агашина и Корея**)의 「마르가리타 아가시나와 한국」(http://world.lib.ru/p/petrov_l_a/agashina_korea.shtml(검색일: 2013. 1. 11.) 참조.

193 마르가리타 아가시나의 딸이 쓴 회상록 『A.M.K.의 전설』(잡지 『고향땅』, 2009. 1.)의 「나는 한국에 소중한 오솔길을 두고 왔네」(http://rspasanu.livejournal.com/13886.html, 검색일: 2020. 8. 22.)에서 참조한 것이다. 백석은 마르가리타 아가시나의 시를 번역하여 『조선문학』 1957년 7월호에 「나는 말한다」라는 제목으로 발표하기도 하였다.

194 러시아의 도서관 웹사이트에서 확인한 바에 의하면 『황혼』의 번역자가 엘레나 베르만으로 되어 있는데, 이 또한 엘레나 다비도프가 번역한 것을 엘레나 베르만이 윤색한 것은 아닌가 하는 추측을 하게 된다. 이 상황을 확인하기 전 필자 또한 논문에서 『황혼』의 번역자를 엘레나 베르만으로 서술한 바 있지만, 이 부분에 대한 확인 작업이 더 필요하다.

부록

백석 번역소설 전문

자랑

숨박꼭질

자랑

알렉싼들 야싀볼렙 作　白石 역

이 小說은 쏘聯 週刊綜合雜誌『등불』第七號에 揭載된 短篇인데 그 有名한 싸라톱-모스끄바間의 가스 導管 敷設에 對한 後日譚이다.

人民經濟復興發展의 巨大한 困難한課業을 앞에한 北朝鮮人民들에게 이한篇은 先進쏘聯의 좋은 敎訓과 激勵가 될 듯하야 여기 拙譯을 試圖한 바이다. (譯者)

一.

조사단은 자동차 세대에 올라서타고 싸라톱을떠나 엘솨ㄴ까로 향하얐다 싸라톱-모스크바 사이의 까스도관 시설은 끝나서 싸라톱의 까스는 모스크바로 가게되었다 조사단-모스크바 사람 다섯과 싸라톱사람 넷으로 구성된-은 이거대한 시설을 실지로이용하는데 앞서 다시 한번 그 대가리쪽에 있는 부분을 검사하여야만 되었다.

지질학자 셀게이 페트로뷔취 그라닌은 구루쉐ㄴ쯔끼 교수의 강권으로 해서 파견단에 가입하게되었다. 그럼 무었때문에 꼭 그래야만 하였는가? 정말로 근본으로 돌아가서 또한번『어떻게 이것이 시작되었나?』하는것을 꼭 이야기하여야만 하는가?

—당신이이렇구 저렇구 못하는 일이요!

그라닌이 거절을 하려 들었을때에 교수는 농담삼아 이렇게 소리를 쳤다—당신은 우리와함게 가야 되오

당신은 이일에 제일 봐이올린 이니까

—글세, 제일은−제일은−남−당신이시고요 나는…

—그만해요! 그만해요!−교수가 가로 막었다−두말없이 가야되오

이리하야 그라닌은 엘솨ㄴ까로 향하였다 실상 이마음 좋은 구루쉐ㄴ쯔끼영감은 때때로 독재적이 될적이있었다 그런데 그가 그라닌을 모스크바에서 가는사람들한태 소개하면서 하는말이−『자 엘솨ㄴ까의 유층을 발견한이라』하여서 모스크바 대표들은 각별한 호기심을 가지고 그라닌의 손을쥐었든것이다 그런데 정말 그가 이여행에 없어서는 안될 사람이었을까?

엘솨ㄴ까는 싸라톱에서 열다섯킬로바께는안되었다 그라닌은 몇백번 이 킬로 수를 측량하였든고! 사십년도로 부터 바로이날에이르기까지 그가이곳에 다녀가지아니한 날수가 한주일이 못될것이다 그가하로에도 두번식하로도 빠치지않고지나 다닌것이 연달어 몇달씩 되었다 여기있는 돌덩이하나 라도 그는 다낮이 익었다 그는 인제 이렇게 길모양이 달러지고 또 시방자동차가 옆으로바라보며 지나가는 수많은 건물들이 언제 어떻게 이룩되고 한것을 자세히 말할수도 있을것이다 바로 이길다란 돌로된 웅대한 건물들은 조국전쟁때에 이루어진것이다−밤낮……밤에는 모닥불과 등불의힘을 입으며 공작을했든것이다

쓰딸린그라드부근에서 파손된 전차들 수선을 이안에서들 하고있었다 전쟁때에 이꼿은 얼마나 소란하였든고! 그러나 오늘날은 공장들이 모두뷔이고 조용할뿐이다 멫대의쭈굴쭈굴 쭈구러지고 시뻙어케 동 록이쓴전차

가 굳게닫긴 문옆에 놓여있고 그리고 풀이 사람의 허리에미치도록 무성하였다

—실례지만 저철도 로면에있는 통은 무었이라는거요?-모스크바의 기사인 뿌그롭이 이렇게 물었다

뿌그롭은 회색 모자와 서울 뽄의회색 외투로 차리였다 그의 연회색 눈은한곳으로 쏠리었다 그는 사소한것까지라도 빠치지않고 다알고싶었다

—저건 엘쇄ㄱ까-싸라톱 사이의 까스도관이라오

—즉 저걸 전쟁때에 만들었다는거요?

—그보다는 싸라톱에 독일군의 공습이있을때지요

뿌그롭은 바로 유리창에다 몸을 굽히였다 그눈은 초롱초롱 하여졌다-「이것이 싸라톱이 포화속에 살었을때 이루어진 시설이군요」 잠ㅅ간뒤에 그는 또다시 지질학자를 돌아보았다

—저기 저게 철도로군……나는 전쟁전에 이곳을 지나간 일이있소 그때는 철도가 없었소 저것은 어디로 가는거요?

그라닌은 자기가 바로 분명하게 대답할수있는것이 기뻐서 얼마큼 만족한 생각으로 이런말을 하였다 —그렇지오 철도는 전쟁때에 부설되었는데 이것은 볼리스끄까지 들어갔지요 저기저곬작에는 새로된대피선-제이뜨로뤼돕스끼-도 뵈입니다

—말하자면 한편싸우고 한편은부설하고 했군요?

—그렇지오 한편싸우고 한편부설했습니다 그들은 서로 말금보기를하며 기운있게 따뜻하니 그리고 정다웁게 이런말을 하였다

여기에 이때것 운전수옆에 앉어있든 셋째번 사람이 참예를하였다-그는 시꺼먼 눈섭이 넓적하니 수염이 난 텁석부리 모스크바의 기사 라볼린

체ㅂ이었다

—모스크바에 앉어서 이건설에 대한것을 읽고 듣고할때에는 전연 이것을 똑똑히 상상할수는 없었소 그러나 여기 현장에 오니까……모든것을 다볼수있소……저-얼마나 건설하여놓았나!

반시간이 지난뒤에는 자동차ㅅ길은 어늬등성이위로 올라갔다 앞에 한열길로나 될 신작로가뵈였다 그리고 바로 등성이 밑으로는 신작로곁으로 두줄로늘어선 집들과 집들위로 솟은 나무들과 다리ㅅ가에 얼룩처럼 들어난 물이뵈였다

뿌그롭은 몸을앞으로 푹 수구리고 앞에있는 유리창으로 좀더 잘-내여다 보려고하였다

—저게 그 유명한 엘숸까인가?-그는 집들을 가르쳤다-얼마나 적은곳인가! 그러나 이것에 대해서 얼마나들사방에서 글을쓰고 라디오로 방송하고 회합에서 떠들고하였소……엘솨ㄴ까! 아무것도 아닌걸가지고……

눈에우숨을 띠우고 그는그라닌을 바라보았다

—저곳이 전쟁전에 어떤곳이랬는지 당신이좀 아르셨으면 좋겠소이다-그라닌은 웃었다-이제야 저곳이살어났소이다 저기 뵈이지요? 저기 바른편으로……저옆으로 작으마한 촌가를 이루었지요(그는 히고 회색빛나는-지붕의 크다란새집들을 가르쳤다) 그런데 전쟁전에는 엘솨ㄴ까가실상「아무것도 아니」었답니다

그들은 지나간 일이며 지금당한 일들을 이야기하였다 그들의 어초에는 쾌활하고 생각하기를 좋아하고하는기맥이뵈였다 여기서 그들-지질학자와 기사와 건축가-들이 육년전만해도파리같이 적든 엘솨ㄴ까 촌에 새로운생명과 영광을 가져왔다는것을 의식하고 그들은 즐거웠다

그라닌은 이세야 똑바로 징당히 뿌그롭의 얼골을 처다보았다 그리고 이제는 「모든것이 어떻게 시작된것」과 촌가와 그주변이 어떻게 변모한것을… 비록 오늘 아침까지라도 그라닌은 이세상에 뿌그롭이라는 기사가 있는줄을 몰랐다고해도……다 말하고싶어졌다 서로사이에 공통된 사업이라고 하는것은 이렇게 즉시로 그들을 가까웁게 하였다

—촌중까지 다가지못하고 앞서가는 차들은 길한옆으로 피해서며 머쳐버렸다 그라닌은 다소 마음이동요되었다 눈이 희둥굴해지고 그리고 얼굴은 햇슥하게되었다 차들은 그가 그라닌 바로 그가처음으로 엘솨ㄴ까의 유층을 발견하는 바로그곧에서 머쳐버렸다

맨앞차에서는 그리꼬리 일리이취 까쯔만이-트러스뜨의 수석 지질학자-가 벌서나려뛰였다 그리고는 총총한거름으로 큰활기를치며 이곳으로 거러왔다

—셀게이·뻬뜨로뷔취!-그는 기뻐서 웨치는것이었다-모스크바 동지들은 역사에 흥미를가지고 있소 이렇게 했으면 좋겠소-당신은 역사를 이야기하시오 나는 시설에 대한것을 할테니 좋소? 나는 일부러 차를 당신의 붉은돌있는데서 세웠소

앞섰든 두대의 차로부터는 조사단의 전원이 다들쏟아져 나와서 이곳으로 오는것이었다 맨앞장을 선군은 수염 텁석부리 그루쉐쯔끼였다 그는팔을 활작벌려서 그라닌을 가르치면서 그얼굴은 다른사람들 쪽으로 돌리었다

—자 저이요! 소개하자오! 우리들의 꼴롬버스를 그는 「엘솬까의 아메리까」를 발견한것이오

그라닌은 얼마큼 단황해서 여러 사람을 둘러보았다 그렇다면 또 대수

로운가… 모도들 조급해서 눈들을 그에게로모으고 처다들 보는것이었다

—동지들 본래 혁명전에도 싸라톱땅에는 석유가있다는 추측들을 오래동안하여왔습니다 학기원회원 파블로프씨도 벌서 전세기 마지막에 여기대해서 말한일이 있습니다……

그라닌은 자기도 모를 흥분을 차츰 진정하여갔다

—그러나 혁명전에는 다만 지질학만이 단독으로 싸라톱땅밑에 묻혀있는 물건에 관심을 가졌지요 그들은학자 다웁게 자기들의 발견을 실지로 리용해볼 생각을 하지않었드랍니다 그러다가 다못 시월혁명후에 말하자면 스딸린의 오개년 계획이 처음으로 시작되면서 싸라톱에 뽈、베어링 공장 석유 해공장 합동수확 기공장 같은 건장한 공장들이 서면서 건축용재가 많이쓰이게되고 그리하야 지질학자들의 맹열한활동이 시작된때었습니다 지질학자들은 처음에 석회암 백토 첨토자갈공장건축에 필요한 이모든것들을 탐색하였드랍니다

그리고 그뒤로 이것과 병행하여 석유의 시굴을 시작하게되였지요

—이러한 탐사가 있을때에 처녀지질학자인 꼬토봐양이 떼플롭까 촌부근의 체작에서 수지화석의 석회암을 발견하였지요—그루쉐쯔끼가 말에끼웠다

—그 떼플롭까라는 곳이 어덴데요? 멉니까?

—싸리톱에서 칠십킬로 지경이지요 저기가 그곳입니다

그라닌은 손으로 서북쪽을 가르쳤다

그는 이런 이야기를 하면서 마치 퍽 익숙한길을 가는것처럼 조용하니 모스크바사람들의 얼굴을 바라보았다

—꼬톱봐양의 발견은 석유가 꼭발견되리라는 신념을 가지게하였습니

다 떼플롭까촌에서는 벌서 굴칙직업이 시작되었지오. 그리해서 삼십년도 마지막에가서는 종내 석유를 얻고말었드랍니다 그러나 그것은 중유였습니다 그리고 수량이적었습니다 유층의 탐사가 그부근 일대에서 진행되었습니다 싸라톱 바로곁에있는것을 놓아두고 멀리가서 찾었든것입니다

이때 그라닌은 무슨말을 해야할지 모르는 빛을띠고 따금 따금 끊기우고 자저지는 목소리로 이런말을 하였다……

어늬날 저녁-그것은 사십년도 가을이였다-시굴을하고 자동차에 올라놀라오는 그는 바로여기서 붉으레한돌을 보았든것이다

그라닌은 몇발거름을 옆으로 옮기드니 그리 크지않은 돌을 하나집어들어 뵈였다 그러자 모스크바 사람 셋도 역시 땅에서 그와같은 돌을집어들었다 그리하야그것을 쇠쇠들여다들보았다

—이것이 소위 「노다지」요-또다시 구루쉐쯔끼가 이렇게 말을넣고 그도 또 돌을집어 들드니 모스크바사람들○게 뵈였다-이것들은 지각의힘으로해서 땅속으로부터 표면에 돌러온것들이지오 말하자면 내 끌은셈이지오 우리 이제 자세한 이야기해봅시다

그-지질학교수-는 바로 시방 지체하지않고 싸라톱주에서 지질학자들이 무었을 발굴하였는지 이것을말하고싶었다.

지각의 힘은 땅속으로부터 땅의표면에 원시층의 커다란 구렁을 뚜둥구질처 울렸다 이것은 싸라톱의 서북쪽 에있는데 그면적은 대략 한 삼천립방 킬로메-터나 된다 구릉은대부분 충적층의 후기층으로 덮이어있다

여러동지들은 싸라톱주가 과거에다섯번이나 바다에 잠겻든것을 잘-아실줄로 압니다! 그런데 바다마다 그형적을 남기었거든요

그러나 지질학자들의 눈은지금 이지질학적인 구렁의 정확한 윤곽을 보

는것이다 그윤곽은 벌서이렇게 그려진것이다! 그 꼭대기는 떼플롭까 동네에서 볼수있고 그리고 싸라톱거리와 엘솨ㄴ까촌이 그 동남쪽 비탈에놓여있었다 동쪽 비탈은 볼가강으로 들어가 버렸다

—우리는 똑바로 답사를했든것입니다 유층 말하자면 구름위에 불숙솟아 나온데를 스무곳이나 들추어 내었으니까요! 아시겠어요? 스무곳이나 말입니다!

그루쉐쯔끼는 머리위로 손을높이들고 손가락으로 하늘을 가르치며 도고하니 모든사람을 둘러보았다—자 싸라톱지질학자들의 업적이 어떠한가! 유층이스물이 아닌가!

—그당시 사십년도에 셀게이、페뜨로뷔취、는 다만 둘째번 유층을 발견했지요—첫번것은 떼플롭까에서고 둘째번것은 바로 이곳에서 였지요

그는 손을나리고 손가락으로 아래쪽 땅을가르쳤다 그리고 또다시 이기양양하게 여러사람들을 둘러보았다 그의 몸짓은 얼마큼 우수광스러웠든지 여러사람의얼굴에는 다들벌죽하는 웃음들이 지나갔다 그라닌도뜻하지않고 히죽히웃었다 그러나 교수는 이런웃음을 눈치채지 못한듯이 그대로 말을잇드니 그라닌을 도라보며 마치 명령이나 하듯이 이렇게 말하였다

—자 계속하시요!

—그때는 저녁녘이어서 해도 넘어간때였습니다 나는 처음에 이렇게 생각하였습니다 지는 햇살에 돌이 붉어지는것이다 하고 지질학자들이 수백번 나 이길로 지나다니었것만 붉은돌을 맞나지못했든것입니다 그런데 나도 지나지 않었겠어요……역시 나도 차를세웠드랍니다 살피었지오 했드니 정말로 「노다지」란 말입니다

차를 내버려두고 그라닌은 이틀 동안이나 엘샨까벌판을 뒤탔다 유층

이 발견된것만같이 그에게는 생각되었다 그러면서도 한편으로 이런 생각이 그의마음을 떠들석 하게하였다 그럼대체 웨 전에는 이것을 보지못하였는가? 하는것이었다 싸라톱으로 돌아온 그는처음에는 아무것도 입을버려 말을할수가없었다 그는 자기보다 앞서들왔든 지질학탐험대들의 수집해 놓은 모든자료를 주의해서다시한번읽고 검토하고 하였다 그래서드디어 그는 한사람 두사람 동지들에게 이발견에 대한말을 삼가 가며 하였든것이다 그들은 가치들 엘숀까로가서 감정을하여보았다 나종에는 이것을 그루쉐쯔끼에게도 이야기를 하게되었다

—그렇소! 그렇소! 나는 역시처음에는 그것을 믿지않었소! 그루쉐쯔끼를 열열히 이말에 맞장구를 쳤다—대체 어떻게 된것이오? 수백번 지질학자들이 이곳으로 오면서도 글세 못보았단 말이오? 아닌게 아니라 나도 이곳에왔었소 그래도 나역시 못보았거든요!

그는 팔을벌리였다. 눈은놀라는 빛을띠고 휘둥글하게 더커지는것이었다

—우리는 곁에 가까이두고도 우리가 찾는수가 있습니다—라블린젭이 온순하게 말하였다

—글세 꼭 그렇소—그루쉐즈끼가 그말을옳다고 하였다—우리가 시굴작업을 해보겠다고 중앙에 요청하였드니 우리를 믿지않드군요 이곳에 조사단을 달어보내어 감정을 하게하였지요

그는 그라닌을 돌아보며 눈짓으로 그더러 말을 더 계속하라고 하였다

—사십년도의 늦은가을이 되어서 우리는 시굴해보는 유정 자리를 표해놓고 사십일년도 이월부터 시굴작업을 시작하였습니다

—그래 정말로 당신이 콜롬버스란말이오?—퍽도 성실하게 거의준열한데 가까웁도록 라블린첩이 물었다

—그건 무슨말씀일까요?—그라닌은 놀래었다

모도들 웃었다 그루쉐쯔끼는 두손을 내저었다

—콜롬버스지! 콜롬버스지! 자 저것이 바로유명한 장소로구려! 셀게이、페뜨로뷔취가 발견한것이오 여기서부터 까스와 石유에관한 모든사업이 시작된것이오

—그런데 첫번 굴착한 유정은 어데있소?—사방 주위를 살펴보며 뿌그롬이 이렇게물었다

이때 까쯔만이 참견을하였다

—글세 이제곧 그첫번 굴착한 유정으로 갑시다

二.

이러한 이야기와 추억으로해서 그라닌은 흥분되었다 그리 대단한것은 아니라고하나 그래도자기에게는 절대적으로 소중한 사건들로 가득찼든 그지나간 날이 눈앞에 어른겼다 엘솬까부근에서 이루어진 모든것들이

모든 것들은 그의 눈앞에서 일어난 것들이다. 육년 전 바로 이런 가을날이 집단농장의 벌판은 어느 곳이나 다 쓸쓸하였다. 다못 촌중에서 저기 알깔스꼬에 신작로 가에 두줄로 늘어선 조고마한 집들에서뿐 생활의 가느슥한 빛이 반짝반짝하고 있었다. 그러나 시방은 어데를 바라보나 등성이 우에나 곬작에나 – 그 어데나 굴정르와 판장으로 된 창고와 굴정로 옆에 있는 힌집들과 또 벌판에 외롭게 서 있는 힌집들과 이런 것들이 뵈였다. 굴정로들와 집들에서는 멀리서 보기에 까다번디기 같은 사람들이

오고가고 길로는 통과 세멘트포대를 실은 회물자동차들이 아니고 그리고 저쪽 에서는 굵은 고무판을 달고 뽐푸가 무한궤조위로 이리저리 움지기였다. 가을은 깊을 대로 깊었으나 – 벌판은 온갖활동으로 차 있었다.

각별히 바른쪽 곬작이에서 생활은 더욱 활기를 띠고 있었다. 일년반전 만해도 이것은 조용한 곳이였다. 이것은 곬작이였다. 그러나 시방그곳에는 새로 놓은 철도선로위에 「뜨로퀴몹스끼 제이호」 대피역의 새 건물이 바라뵈였다.

오래동안 「노련한 사람들」은 이렇게 말하고들 비웃었든 것이다. –「고담이네 고담이야! 싸라톱에서 무슨 석유가 난단말이야!」하고 오늘날에 와서는 지질학자들과 건축가들은 이런 고담을 현실로 변하게 하였다.

지하부원을 알아내여서 이것을 인간의 실용에바치는것은 – 이 얼마나 위대한 과업이냐!……

자동차들은 모든 구릉비탈에 머졌다. 까쯔만은 차가 채 멎기도 전에 뛰여나렸다.

—여보시오 동지들! 자 저것이오 – 첫 번 유정이오!

그는 땅 위에서 두메–터쯤 솟아있는 록이씨어 뻘겋게 된 통을두손으로 가르쳤다. 통 둘레로있는 지대는 모두 점토질의 구렁들이었다. 그리고 거기서는 맹렬한 활동이 있는것같이 뵈였다.

조사단 – 일행 아홉사람 – 은 통을 뻥 둘러쌌다. …… 자동차들이 통까지 닦어 들어왔다.

—동지들 바로 스딸린그라드에서는 전투가 한창 어우러졌을 때 이곳으로부터 싸라톱에 첫 번 까스를 보낸 것이오 자 – 여기 이분이 우리콜롬버스가 이 유정의 개항에서 일을 하였답니다. 여러동지들이 듣고싶다면

이분은 모든 전후사연을 답 이야기 할 수 있는 것입니다.

바쯔만은 그라닌에게로 고개를 긋덕하였다.

—그렇소 그렇소 셀게이 페도로뷔취는 그때 선소릿군이었소. 그루쉐쯔끼는 크다란 소리로 그루쉐쯔끼는 똑똑하니 이렇게 말하였다.

존경○ 롱삼어 그리닌은 이런 말로 아니라고 하였다. – 여기 선소릿군은 바로 봐씰리 쎄묘노뷔치 그루쉐쯔끼 교수였습니다. 만사를 다–그의 지시대로 한 것이지요. 그루쉐쯔끼는 손을 내저었다. 모도들 웃었다.

시굴 작업은 사십년도 봄에 시작 되었습니다. – 그는 옆에 있는 풀이 자란 흙무데기를 가르쳤다. – 바로 이곳이 시굴했든 유정이지요.

시굴작업이 한창 버러졌을 때에 갑자기 전쟁이 터졌다! 굴착원들과 일반로동자들은 그날로 전선으로 나가 버렸○ 작업은 중단되고 말았다. 그러나 뜨레스뜨에서는 어데까지나 시굴을 계속할 결심을 하였다. 이삼인 늙은 굴착원을 얻게 되고 또 전선에 나간 사람들의 여편네들이 보조작업에 종사하게 되었다. 그리하야 사십일년도 가을에는 시굴하든 유정으로부터 까스가나왔다.

석유 있는 데까지 파들어갔다. 까스를 맞난 것이다.

이것이 첫 승리였다. 까스 – 굉장한 부원이다.

전쟁은 격렬하게 되었다. 크림으른 또 우끄라이나로 싸라톱에는 굴착기술자들과 지질학자 겸 석유 시굴기술자들이 전선에서 후송되어오고 기게도 도착되었다. 전기로회전하는 굴착기가 설비되었다.

—바로 이 유정을 파기 시작했습니다. – 그라닌은 손으로 록 쓸은 통을 어루만졌다.

사십일년도 여름에 가서는 유정으로는 까스가 나왔다

—글세 그때가 이떤 때었습니까, 동지들! 당신들께서는 물론 기억하시리다……

얼마큼 힘 없는 목소리로 그는 지난 일을 회상하여 이렇게 말하였다.

— 스딸린그라드는 「죽게 되었었지요」 그리고 싸라톱 – 스딸린그라드의 형제인 – 도 가치 싸움을 각오하고 있었습니다. 주위에는 참호를 파고 거리 거리에는 보루와 엄개를 만들었습니다. 제조소와 공장들에서는 전선을 위하야 열성적으로 일을 하고 빵집에서도 전선을 위하야 빵을 구었습니다.

이러할 때입니다. 싸라톱에는 연료가 떨어저가는 것이 판명되었습니다. 철도로는 석탄수송이 끊기고 석유를실고 빠꾸에서 오는짐배도 없었습니다.

—그래도 볼가로는…… 볼가로는 병사들을 실은 기선이 나려갔지요. 나무가지들로 가리워서 마치 푸른 섬 같은 것이 지나갔지요. – 그루쉐쯔끼는 이렇게 말을 끊었다.

—그렇지요. 섬같었습니다. 독일군은 그때 벌서 볼가의 상공을날으며 기선과 짐배를 잡었습니다. 그리고 싸라톱에는 매일밤공습이있고 공장과 거리와 볼가에건너뇌인 다리를 폭격하였습니다.

하로하로 도시는 더욱더욱 곤란한 형편이 되어갔다. 연료는 다 떨어졌다. 전차는 멎고 목욕탕은 문이 닫기우고 집들에는 불이 꺼지고 모든 공장들은 바른연료의 배급 양으로 난처한 지경에 빠졌다.

—자 그런데 이것을 구하려 엘쇤까의까스가 이르렀단 말입니다……

국가 방위위원회는 엘쇤까 – 싸라톱 사이의 까스도관 부설에 일정한 기한을 주었다. 그것은 한달반동안이었다.

—누구에게 이 부설을 위탁하였든가요? 뿌그롭이 물었다.

— 토목 인민위원이지오.

—그러나 싸라톱전체가 부설한 거지오! – 힘 있게 그루쉐쯔끼가 고쳐 말을 하였다.

—그렇지요 싸라톱 전체가 부설하였지요 – 로동자 사무원 생도학생 병졸들이……

이때 그라닌 이외의 다른 싸라톱사람들 – 조사단원들 – 은 지난날의 고담을 하는 것이었다……

쓰딸린그라드에는 일즉이 있어보지못한 전투가 있었고 싸라톱에는 일즉이 있어보지못한 건설이 있었든 것이다. 가을인데 비는 나려 모두가감탕판이었다. 독일군의 공습은 작고더 하여갔다.

그러나 싸라톱은 모든 곤난을 극복하였다. 지정기일까지에는 까스 수송작업이 끝이나서 발전소의 가마와 솥밑에는 까스가가게되었다. 이 도시의 사람들은 얼어죽지않게되고 이 도시의 산업은 주검을 면하였다.

자 이 유정에서 처음으로 까스가 싸라톱까지 간 것이오! – 그루쉐쯔끼는 또 다시 통을 가르쳤다.

그런데 웨시방은 그대로 내버려두었을까요? 라블린첩이 물었다.

—현재는 더 우수한 유정들이 활동하고 있지요……

二.

등성이에서 등성이로 자동차들은 까스를 넣어두는 환관을 향하야 갔다. 가을 벌판은 텅 뷔인듯하여서 곡식 나까리 하나 풀 숭거리 하나없었다. 다만 좁고 오불고불한 긇작이에 다색 갈숲이 보일 뿐이었다. 그리고 갈숲에는 이곳저곳에 점점이물웅덩이가 있어서 강철색으로 번쩍거리었다. 갈숲과 물 웅덩이 – 이것이 엘솨ㄴ까강에서 가을까지에 남는 전부였다. 봄이면 탕수가 나고 미처 날뛰는 엘솨ㄴ까강도 여름이 되면서는 보독보독 말러버리는 것이었다.

강 위로 등성이에 대어서와 멀리 벌판에는 대패자리도 새로운 전화ㅅ대가 끝없이연니어 서 있었다. 그라닌은 뿌그롭에게 이렇게 설명을하였다. 전주는 까스를 넣어둔 환관옆으로 세웠는데 환관은 주위가 약 이십륙 킬로메 – 터가된다. 그리고 이리로향하야 각처의 유정들로부터는 여러곳으로 통이 들어왔다 – 고 이것이 까스를 저장하는 술레잎이었다.

도중에서 자동차들은 한 옆으로 개와올린 히고 아담한 집을향하야 돌아섰다. 집으로는 수염많은 늙은이가 하나 마조나왔다. 까쯔만은 그의 손을잡고 인사를 하는 것이었다.

—자 소개합니다. 우리 스라하놉운동자 뿔리벤동지오 이 이는 이 분기점을 건설할적에 활동을한 이로 지금은 여기남어 있어서 감시인 겸 조종사로 일을 보는 터입니다.

그라닌은 말하는 사람으로서의 제소임이 이제는 끝난것을 기뻐하였다. 가고보고 듣고할 수가 …… 비록 다 아는 것이라도 해도 그저듣고 보고할 수가 있었다. 그얼마나 신기한 일이라고 해도 다른 사람들께는 그리신통치 않은 이모든것이 어떤지 그에게는 또 새롭게만 생각되는것이었다.

까쯔만은 감동하고 성신이나서 이런말을하였다.

—까스는 무한량으로 있습니다. 십년은 넉넉할 걸요.

그는 이기양양하니 여러 사람을 둘러보았다. 그의 풍채는 표한하고 어덴지 성미가 조급해 보였다. 그는 여러 사람을 집을지나창고 비슷한 어니드높은 나무로된 건물로 인도를하였다. 김시인 뿔리벤은 창고문을 활작 열었다. 모도들 안으로 드러갔다. 세멘트 바닥에서 천정에 닿도록 「전나무」(註)가 여러곳빗장이있고 옆으로크다란 가지가 둘채인 굵은강철 통이 올라갔다. 이것은 정말 「전나무」를 생각케하였다.

—이것보시오. 동지들 여러분의 앞에 있는 유정 하나가 시방 모스크바에 까스를 공급하는 것이오.

모스크바 사람들 – 조사단원들 – 은 「전나무」 있는 데로 옮겨 갔다. 뿌그롭과 까쯔만이 바퀴빗장을 돌리었다. 모도들 거기를드려다 보고 쇠자다리로 천정까지 기여올라가서 그곳에서 통들의 모양도보고 그리고 자기에 수첩에들 무엇을적기도 하였다. 그들의 직접 활동이 개시되었다. 그루쉐쯔끼와 까쯔만은 설명을 하였다. 그라닌은 한옆에서서 조용하니 보고 있었다. 여기서 그의소임은 끝이 났다. 주위는 순수하고 정확하고 그리고 현명하였다. 사실로 그미처 날뛰는 땅속의힘을 이통안에들 잡어넣고 잠시라도 눈을 떼지않고 이것을 조절하야 조용하니 흐르게하는데는 얼마나한 의지가 여기들어있을 것인가 이 통안에 들어있는 까스는 필십미리의 기압으로 땅속에서 나오는것이다. 그라닌은 이것이 처음으로 땅속에서 솟아올으는 모양을 잊지 않었다…… 이것은 무거운 굴착용 철판과 중량이 십톤의 기구를 륙십메 – 터나 높이튀처버리었다! 이것은 두 달이나 날뛴

뒤에야 겨우 진정을시켜서 이통안으로 몰아넣었다. 그러드니 이제는 온순하니 인간의 복리를 위하여 활동하는 것이되었다.

창고에서나와서 그들은 뜨립파로 까스통이 그사이로 지나간 어마 어마하니 큰쇠부치 상자들있는데로갔다. 뿔리빈은 바퀴빗장을 돌려놓았다. 쨍쨍하니울리는 슈 – 슈 소리가나고 힌 까스와 증기가 한옆으로 터져나왔다.

모도들 귀가멍하니 메어서 서들 있었다. 까쯔만이 손을 내어 저었다. 뿔리빈은 빗장을 닫었다.

땅에서 솟아올으는 까스에는 물과휘발유의 증기가 께 딸었다. 까스는 뜨립파에서 차지고 물과 휘발유의증기는 액체로 변하여서 이 상자들에 뫼이게 된다.

—휘발유는 아조 순수한것이지오 항공용것보다 더 순수하지요 – 성난 사람같이 까쯔만은 이런 소리를 하였다.

—싸라톱 땅의 부원은 굉장하오! – 그루쉐쯔끼가 고드름을 빼며 이렇게 말을덧부쳤다.

힌칠한 집에서 조사단은 반시간가량 지체를 하였다. 어듸특별실에는 시게가치 생긴 자동기록기가 놓여 있는데 이 숫자판에는 유정에서 나오는 까스가 어느시간에 얼마며 또그때 기압이 어떠했는지 이것을 대가리 없는 못이 적게되어 있었다. 날뛰는 땅속의 힘은 들안에들어갈뿐만 아니라 모도 시간으로 아니 푼으로까지 고려되게되었다……

이첫번 유정에서 둘째 셋째 넷째로 이렇게 가보았다.「전나무」뜨리프파게기 – 이 모든 것은 첫번 유정의것과 같었다. 그라닌은 이번에는 다른 사람들을 따라 집안으로 들어가지 않었다. 조용하니 생각에 잠겨서 그는 벌판을 휘 둘러보았다. 연기낀 곬작짬으로는 해가 뵈였다. 까스를 저장하는 고루통은 이것이 폐쇠되게 되어 있는 지점인 「접합점」 가까이까지 전주들로해서 유표가나서 멀리까지 라고 전체가 들어나 뵈였다. 하얀집들은 마치 다색초원에서 붙는 불같이 빛을내었다. 등성이 위와 곬작이속에는 마치 회교국의 뾰족탑이나 가치 굴착로들이 솟아있었다. 로의 높이가 오십메-터가되면 유정은 두킬로 하고 이백메-터쯤 즉 리본층까지 파 들어갈것이다. 지질학자들은 일즉이 이렇게 깊이 굴착할 것을 생각하지 못하였다.

인간의 의지! 아 이것은 대체 무엇을 할 수 있는가!

사십사년도 마지막까지만 해도 여기 이 벌판에는 아무것도 없다싶이 하였다. 그런것을 쓰딸린 동지가 싸라톱의 까스를 서울에주려고 싸라톱 - 모쓰크바 사이의 까스도관을 부설할 것을 제의하였다. 그러자 주위의 모든 은 마치 마술에나 걸린 것처럼 생기가났다. 최근 이 곳에서는 그 어떤 활동이 물끓듯하였든가! 수천명인부와 기술자와 기사들이 까스도관을 부설하고 이런 힌집들을 세우고 그안에○ 약은 계산기를 놓았다. 부설하고 세우고 놓고 가버렸다. 다만 몇 사람이 남었다…… 그래도 주위는 온통 살어있다. 그라닌이 엘숀까에서 붉은 들을 발견하였을때에 이렇게 건설이 발전되어갈줄 생각하였을까? 물론 아니다 아니다.

—동지들 우리는 이제누레봄 삐겠뜨로 갑시다! 까쯔만은 이렇게 웨쳤다. 정말로 웨쳤다. 그러자 조사단 전원은 환관위에 있는 마즈막집인 힌집을나왔다.

자 그누레봄 삐겟뜨는 - 높은 창문이 넷있는 길다란 단층건물이 바로 그것이다. 이곳으로부터 슐레잎가 달린 철관 전체에서 모은까스는 싸라톱

– 모쓰크바 사이의 까스도관으로 드리가서 제일압축소로 향하게 된다.

자동차들은 도로예정선 가까이로 지나갔다. 전주들이 옆으로 지나가고 도관이 묻힌구릉도 뵈였다. 구릉을 보는 그라닌은 놀랐다. 겨우 넉달이 지나갔을까한데 도랑은 맥히워졌다. 그것은 대지의깊다란 상처 같었다. 그러나 시방은 겨우해서 알어볼만치 되지않었는가. 뚝에는 벌서풀이 자라고 초원지대를 부는바람결에 그 뿌증가리들은 말렀고 또 편편하여졌다.

그라닌은 이제는 명랑한 눈으로 동행하는 사람들이며 주위의 벌판이며를 살펴보았다. 모도들 감명깊은인상으로 가슴이벅차 올라서 차안에서들은 말이없었다. 멀리수많은 힌돌집들이 뵈이자 뿌그롭은 이렇게물었다.

—저것이 꼴르그리보그까오?

—그렇소

이말 저말 캐여 묻지도않는데 그라닌은 즐겁고 명랑하니 이렇게 이야기를 맡어하였다.

—일 년이 채못되였는데 그때는 여기가 뷔인터였소. 그러나 지금에는 집이얼마나 들어섰겠소.

—저 은빛탑은 무엇이오? 뿌그롭이 조바심을해서 이렇게 말을가로 채었다. 저녁해볕을 받아 지붕위로 높다란 로는 번적번적 빛났다. 그라닌은 뜻하지않고 웃었다. 누구나 처음으로 압축소를 보는사람은 우선 이 은빛로에대한 것을 묻기 시작하는법이다.

이것은 연결점입니다. 로는 높이 열여메터지요. 이 속에서 까스는 마지막으로 물기와 류화수소로부터 유리되는것입니다. 힌물건들은 장미빛을 띠였다. 그리고 그우로 높다란 로가 장미빛으로 빛났다.

공급소에서는 조사단을 기다리고 있었다. 노련한 기사인 공급소장 뿔로

친이 맞받아 나왔다. 일행은 사슬같이 바틈하니 부터서들 기계실로갔다. 그라닌은 맨뒤에서 갔다. 실상 여러사람보다 떨어져 가서 의미 다 – 아는 설명을 듣는것이좋았다.

까스는 땅속에서 솟아 올으든 때와 같은압력으로 압축소까지 이르는 것이었다. 공급소안의격리된 어느한 기계실에서 까스는 몬지 모래 감탕을 떨고 수증기와 휘발유를 분리시키고 연결로에서는 류화수소와 물기운을 없이하고 압축소에서는 기압 오십오밀리로 압축을 시키고……이렇게하야 압축된이것 이 모쓰크바로 가는 도관에들어간다.

팔백 오십 낄로메–터나되는 로정에서 까스는 여섯번이나 압착기에들어가 압착되어가지고 앞으로앞으로 떠밀리어 나간다. 격리된 기계실에서는 젊은 여성인 까브릴로봐기사가 설명을 하여 들려주었고 압착소에서는 – 이 역시 퍽 젊은 꿀차봅기사가 하였다. 다들 기계실의 주임으로 – 젊은 사람들이다…… 어쩐지 그라닌은 이들의젊은 얼굴을 드려다보며 감동하였다.

—그런데 콜롬버스 동지 당신의 발견은 참으로 굉장하오 – 하고 뿌그롭은 자동차가 다시 밤길을 싸라톱으로 향하얐을 때 이런 소리를 하였다.

—그렇소 굉장 하지요 – 종시 운전수와 가즈런히 앉어 있는 라볼린제ㅂ도 얼굴을 돌리지 않고 이런말을하였다. – 참 의외요! 그라닌은 말이 없었다. 무엇을 대답해야할것인가? 물론 굉장하다. 그러나 그는 이사업에 대해서 조그마한역활을 하였을 뿐이다. – 그러나 볼가강도 닭이건너 다닐 수 있는 개천으로 시작되었다.

뿌롭톱은 그가 잠잣고 있는데 얼마큼놀라서 그얼굴을 처다보았다. – 아마 뽐내나? 뽐낼만하이. 그라닌은 곧 정색을 하였다.

—뽐내어? …… 그는 이렇게 허두를 내었으니…… 그러나 말을 끊고 말었다.

아닌게아니라 이런 농 절반인 문제로해서 당황해진것이 사실이다. 실상 무슨감정일까? 자랑인가? 그럴 수도 있을것이다…… 좀더 바르게 말한다면 성공을의식하는 데서 오는 기쁨일 것이다.

「사람은 자기의 천직을 다할 때에 제 온 심성을 제하는 일에 기우려서 이것을 될수있는대로 잘성취할때에 행복된것이다. 그러나 만일 다르게 처신을 한다하면 일을 끝내이고도 그는 기쁨이나 안심을 느끼지 못하는 것이다.」

그라닌은 오래전 학생시대에 이말을 자기의 금과옥으로 생각하였든것이다. 자기의당연한 일을 힘있는 데까지 잘하여야한다. 이곳에서 그들이 시방보고 있는 이건설에 그는 다만 제가할일을 되도록 잘하려고 노력한데 지나지 않는다.

일은 영도자의 의사대로 인민의 의사대로 거대하게된것이다. 네가 이일에 네힘을 네게있는 힘을 모도 다 기우렸다고 생각하는 것은…… 「제온 심성을 제하는 일에 기우렸다」 – 하는 이때 여기서 비로소 행복도 안심도 찾을 수 있다. 그리고 아마 그가 시방 지난번 이북잡한 감정속에는 자랑의 한부분도 있을 것이었다! …… 그럴지도 그몰으지.

숨박꼭질

엘레나 베르만 작, 백석 역

작자의 머리말

독일 군국주의자들은 아직도 살아 있을 뿐만 아니라 또 다시 머리로부터 발끝까지 무장되고 있다. 그리하여 재 편성되고 있는 란폭한 무리들의 두목으로 슈파이델이 등용되였다.

이것은 참으로 믿기 어려운 일이다. 마치 쓰딸린그라드의 전투가 없었던 듯이, 뉴른베르그의 재판이 없었던 듯이, 가장 위험하고 피에 주린 승냥이의 하나가 어떻게 머리를 쳐들게 되였는지, 그것은 참으로 믿을 수 없는 일이다.

이것을 어떻게 묵과할 수 있단 말인가. 정치범 수용소들과 인간 증오의 정신을 없애기 위하여 청춘과 생명을 고스란히 바친 자기네의 아들들의 빛나는 공훈을 지워 버리려는 서구라파 나라들과 미국의 흉책을 어떻게 용납할 수 있단 말인가?

결론을 지을 줄 아는 사람들에게 있어 력사는 결코 되풀이되지 않는 법이다.

그러나 자본가들은 과거에서 교훈을 얻지 못하였다. 그들은 히틀러의 손으로 지구상에 처음으로 창건된 사회주의 국가를 질식시키도록 무제한한 무장을 묵인한 다음, 그 보수로 오지리, 체코슬로바키야, 그리고 파란과 리트바의 피투성이 된 남의 땅을 그러쥐도록 충동하였다. 오늘 또 다시 그들은 아데나우어의 손을 빌어 사회주의 진영을 질식시키려고 흉악한 음모를 로골화시키고 있다.《공동 시장》이니《원자들》이니 하는 잡다한 간판 밑에 그들은 사실상 아데나우어에게 불란서, 영국 및 기타 서구라파 제국을 내주고 있다. 그리하여 그들은 아데나우어를 무장시킴으로써 결국은 자기네의 조국을 팔아 넘기며, 자기네의 인민을 배반하고 있는 것이다.

히틀러는 그들에게 감사를 표하지는 않았다. 아데나우어도 그들에게 헛되이 감사를 표하지 않는다. 자본주의 세계에서는 다만 약자들만이 감사를 표명하는 것이며, 강자들은 아무런 것도 거리낌 없이 제멋대로 행동하는 것이다.

세계가 어두운 힘의 새로운 위협을 받고 있는 오늘에 와서 파쉬즘의 무서운 시련을 뼈아프게 체험한 사람들은 그 누구나를 물론하고 모두 자기식으로 기억력이 나쁜 사람들에게 과거를 회상시키는 것을 자기의 의무로 간주해야 한다. 동시에 일정한 견해가 없이 독일 군국주의가 그 본질을 바꾼 것으로 생각하며, 거기서부터 어제'날의 슈파이델과 오늘의 슈파이델이 마치도 별개의 인간인 것처럼 생각하는 사람들의 안목을 열어 주어야 할 것이다.

아래 소개하는 나의 단편 소설은 허구가 아니라 사실을 그 자체의 기초로 하고 있다. 나는 이 적은 작품을 1946년에 썼다. 그때 나는 파쉬쓰트에게 감금되였던 수만 명 죄없는 죄인들과 같이 아직도 얼마전에 체험한 그 강한 인상이 마치 가셔지지 않았으나, 그러면서도 언제 파쉬즘은 영원히 끝났다는 신념 속에서 이 작품을 썼던 것이다.

그러나 우리들로 하여금 오스웬찜과 마이다네크의 모든 공포를 견디게 하였고 또 어려운 빨찌산 전투에서 굴함 없이 투쟁하게 한 우리들의 신념이 다시금 배반 당하려고 하고 있다. 우리들의 친척들과 전우들의 뜨겁고 신성한 피로써 정화된 그 신념에 다시금 검은 그림자를 던지려고 하고 있다.

그것이 가혹하면 가혹할수록, 타협할 수 없으면 없을수록, 독일 군국주의자들에게 퍼붓는 우리들의 증오는 크다. 더 나아가서는 또 다시 그 군국주의자들을 추켜 세워서 그들을 소생시킨 미 제국주의자들에게 대한 우리들의 증오는 더욱 가슴에 사무치게 되는 것이다.

재봉틀은 두루룩두루룩 하는 퉁명스러운 소리를 냈다. 안나는 차츰 시간을 헤아릴 수가 없어져 간다. 가슴이 떨려서 맥이 빠지는 때문이다.

《속이 자꾸만 떨리는군요…》

안나는 독일놈의 외투에서 눈을 들지도 않고 옆에 있는 녀인에게 이렇게 중얼거린다.

그는 손에 밤색 비로드 천의 외투깃을 쥔 채 -《이 외투는 세탁을 주어야겠어요》 하고 이번에는 작업반장에게 말을 건넨다.

작업반장은 재봉틀들이 주룬히 놓인 짬을 들뜬 마음으로 왔다 갔다 한다.

컴컴하고 살'가죽이 후룬후룬해진 얼굴이였다. 그는 잠간 발'걸음 멈추고 우뚝 서더니 아무 뜻 없이 안나를 물끄러미 바라본다.

(왜 다들 잠잠하니 말들이 없을가?) 하고 안나는 생각하여 본다. (이야기들이라도 하고, 떠들기들이라도 하면 얼마큼 마음이 좀 풀리기라도 할텐데…)

《이 외투는 세탁을 주어야 하겠어요!》 안나는 누구에겐가 반드시 말을 시키고야 말리라는 듯이 같은 말을 되풀이 한다.

그러나 자기가 입을 연 뒤로 더욱 불안스러운 침묵이 닥쳐오는 것만 같이 안나에게는 느껴지는 것이였다.

재봉 바늘은 라사 천 우를 달린다. 그러자 모든 것은 다 꿈'결만 같아진다. 그 자신이 바로 안나인 것도, 그리고 안나 자신이 여기 수용소에서 군복을 깁고 있는 것도 다 꿈인 것만 같다.

그는 정신을 똑똑히 차리려고 애를 쓴다. 그래도 만약 그 무엇을 마음속에 간절히 바란다던가, 그 무엇을 꽉 믿는다던가 하면 그때면 모든 것이 다 좋게 끝장이 날 것만 같았다. … 그러나 실상은 다른 사람들도 이미 그 무엇을 바랬고 믿었던 것이 아니던가? 아니다, 아니야. 아무 것도 생각하지 않는 것이 나을 것이다!

레쓰 창창이 드리워진 낮으막한 창문으로 안나는 퍽도 맑게 빛나는 하늘 한 구퉁이와 해'볕을 받아 반들거리는, 분홍빛 도는 사과나무 가지 들을 바라본다.

안나에게는 봄철 밤이면 창문을 활짝 열어 제끼고 교외의 정적에 귀를 기울이는 것이며, 그리고 강 저쪽 기슭 그 어디서 흘러오는 나팔 소리를 듣는 것이 얼마나 좋았던가! 음악을 듣는다는건 얼마나 즐거운 일이던가!

그러자 정말 이디선가 그 음악 소리가 들려오는 것이였다.

그 소리는 차츰차츰 뚜렷해진다. 귀에 익숙하여짐에 따라 그것이 다름 아닌 독일 군대의 행진곡임을 알게 된다.

《엄마!》 이때 방 한 구석에 무뚝 쌓인 외투 무더기 밑으로 가느단 목에, 고수머리가 불쑥 나오며 이렇게 불렀다.

《왜 그러니?》 하면서 안나는 아이를 얼른 감추려고 한다. 《가만 숨어 있거라. 독일 놈들이 벌써 여기루 오구 있다. 제발 기어 나오지 말아. 알았지?》 《추워…》 하고 아이는 어머니의 얼굴에 제 머리를 대고 비빈다. 그리고는 《귀를 좀 녹혀 줘, 엄마!》

어머니는 떨리는 입술로 아들의 볼편을 녹여주며 외투를 덮어 가리운다.

오늘 아침 독일놈들이 수용소에서 아이들을 모주리 잡아 죽인다는 소문을 들은 안나는 어린 아들을 보고, 오늘은 독일 놈들의 명절날이라는 것과 또 그 놈들이 아이들과 숨박꼭질을 하면서 놀리라는 말을 하여 주었다. 안나는 독일 놈들이 들어오자 철없는 것이 너무 놀라서 소리라도 지를가 겁이 났던 것이다.

《그럼 왜 다들 무서워 하나?》 하고 아이는 어머니에게 물었다. 《난 무섭지 않아. 난 깜쪽 같이 숨을테야. 숨어서 그 놈들에게 야옹야옹 놀려 줄걸》 《사람을 놀려대선 못쓴단다.》 하고 안나는 너그럽게 그러나 알아들으라는 듯이 타일렀다.

…재봉틀들은 두루룩두루룩 소리만 냈다. 안나의 생각은 부질없는 일들을 두고 흩어지는가 하면, 또 한 곬으로 모이군 하는 것이였다. 재봉 바늘은 라사천 우를 달린다. 작업 반장은 용수철이 늘었다 줄었다 하듯 방 안을 왔다 갔다 한다.

안나는 자기 아들을 팔에 그러안은채 어디론가 달아나고 싶었다. 뒤도 아니 돌아보고 달아나고만 싶었다. 그러나 그는 달아나야만 하리라는 것을 그것도 때를 놓치지 않고 곧 달아나야만 하리라는 것을 잘 알면서도 사지가 말을 아니 들을 때 그는 마치 꿈 속에서나처럼 그대로 우둑하니 앉아 있을 밖에 없었다. 달아나다니 어떻게 달아난담? 작업장 둘레에는 삼엄한 보초병들이 파수를 보고 있지 않는가. 그나 그 뿐이라, 높다란 철조망 울타리가 삥 둘려 쳐지지 않았는가.

《일어 섯!》

하고 갑자기 작업반장이 고함을 치자 집안으로 독일놈들이 우루루 밀려 들어 왔다. 재봉틀 소리는 뚝 멎고 만다.

《작업 계속!》 하고 다시금 작업반장이 말한다.

나려 뜬 눈'시울 사이로 안나는 군관복을 입은 몸매 단정한 두 독일놈의 일거 일동을 놓치지 않고 따라 보았다. 그 가운데 한 놈은 무릎을 꿇고 앉더니 때 묻은 외투들을 뒤적거리고, 그러는가 하면 또 한 놈은 네발로 엉금엉금 책상 밑을 기여 돌았다.

한 치 한치 독일 놈들은 차츰 가까이 다가든다. 그러면서 재봉틀 밑을 들여다 보기도 걸상 아래를 살피기도 또 넝마부대를 기웃하기도 하는 것이다. 안나는 부러 태연한 모양을 지어 보여야만 하였다. 그저 어린 것이 부시럭거리지만 않았으면 좋으련만…. 안나는 이때 독일놈 하나가 자기를 물끄러미 들여다보는 것만 같이 생각되였다. 안나는 그 독일놈에게 달려가서 《그렇지 않아요. 아무것두 감춘게 없어요! 그건 당신이 그럴사 생각한 때문이예요!》 하고 소리를 지르고 싶었다. 그는 지어 빙그레 웃음을 지으려고 하였다. 그저 그대로 가만히 있어서는 안될 것만 같았다. 그는 자기도 모르는 사이에 중얼거리듯 노래를 부르기 시작하였나.

《멋들어졌는데!》 하고 독일놈 하나는 좋아라고 소리를 지르며 자못 명랑하게 퍽도 희고 주근깨 백인 손을 들더니 혁대 뒤로 쑥 쓸어 넣는다. 그 혁대에는 커다란 쇠로 만든 고리가 달렸고 그 우에는 《하느님이 우리를 도와 주신다!》라는 글이 씌여져 있었다. 《아주 훌륭하군. 안 그래? 좋은 착안인걸!》 하고 그는 웃으면서 자기 동료에게로 낯을 돌리는 것이였다.

그런데 다리가 껑충하니 길고 파란 빛나는 눈이 어딘지 모르게 유순하여 보이는 다른 군관 녀석은 제 손을 들여다 볼 뿐 덤덤히 아무 말도 없었다.

《다들 노래 부르면서 일을 해! 알았어, 다들 노래를 부르면서 일을 하란 말야!》 하고 첫번 군관 녀석이 명령하였다.

그러자 이제는 모든 죄수들이 노래를 불렀다. 이때 안나는 문뜩 그 노래 소리 속에서 어린 아이의 가느단, 그리고 떨려 나오는 목소리를 들었다. 안나의 어린 것도 노래를 부르는 것이였다. 파쉬쓰트들은 더욱 가까이 다가 온다. 안나는 더욱 목청을 돋구어 노래를 부른다. 다른 사람들도 더욱 더욱 목청을 돋구어 노래를 부른다.

독일놈들은 외투 무데기 우로 허리를 굽혔다. 그러더니 무심중 헌 외투를 들쳤다. 어린 아이는 손'바닥으로 볼을 괴이고 아무일 없는 듯이 누어 있다. 안나는 어린 아이에게로 홱 달려갔다. 그러면서 안나는 지금 제가 지르는 소리였건만 자기 목소리가 정녕 낯선 사람이 지르는 무서운 비명 같이 느껴지는 것이였다.

《싫어요. 난 숨박꼭질 안할테야!》

어린 아이는 있는 힘을 다 내여 독일놈의 손을 뿌리치고 벗어나려고 애를 쓰면서 이렇게 웨쳤다.

또 다른 독일놈은 안나를 꽉 붙들었다. 안나는 이때 제 뼈가 오작오작 으스러 지는 것 같았으나 별로 아픈 것 같지도 않았다.

《철 없이 굴지 말어!》 하며 독일 놈은 안나를 군이 타이르는 것이였다. 《철 있게 굴래두. 어린애도 아닌 것이…》 하고 그 자는 아주 겸손하고도 실무적인 태도로 말을 이었다.

《여보게 에른스트!》 하고 또 다른 파쉬쓰트가 뒤를 돌아보며 말을 던졌다. 《그애와 같이 가도록 내 버려둬. 고래두 노래는 잘 불렀으니까…》

백석 역

김태규 그림

(필자 엘레나 베르만은 쏘련 녀류 작가로서 현재 조선에서 일하고 있다.)

백석 연보

1912년(1세) 7월 1일 평안북도平安北道 정주군定州郡 갈산면葛山面 익성동益城洞 1013호에서 수원水原 백씨白氏 백용삼白龍三과 단양丹陽 이씨李氏 이봉우李鳳宇의 장남으로 태어남. 백석白石의 본명은 백기행白夔行. 부친은 백시박白時璞, 백영옥白榮鈺이라는 이름으로도 불리었다고 전해지며, 〈조선일보〉의 사진반장을 지낸 것으로 알려져 있음. 퇴임 후에는 정주에서 하숙을 치었다고 함.

1918년(7세) 오산소학교五山小學校 입학. 남동생 협행協行 태어남.

1921년(10세) 남동생 상행祥行 태어남.

1924년(13세) 오산소학교 졸업. 남강南岡 이승훈李昇薰이 설립한 4년제 오산학교五山學校 입학. 백석 재학 당시 고당古堂 조만식曺晩植과 벽초碧初 홍명희洪命憙가 교장을 지냄.

급우였던 임기황任基況의 회고에 따르면 백석이 이 시절 본격적인 시 창작을 하지는 않았지만 같은 학교 선배인 김소월金素月을 동경했다고 함.

1925년(14세) 여동생 현숙賢淑 태어남.

1929년(18세) 3월 오산고등보통학교五山高等普通學校(오산학교의 변경된 교명) 졸업. 오산고보는 1926년 5년제로 바뀜.

졸업 후에는 대학에 진학하지 않고 고향에서 습작 생활을 한 것으로 알려짐.

이 연보는 고형진 편, 『정본 백석 시집』(2판, 문학동네, 2020)에 실린 「백석 연보」 및 「백석 시 작품 연보(1935~1948)」; 고형진 편, 『정본 백석 소설·수필』(문학동네, 2019)에 실린 「백석 소설·수필 연보(1930~1942)」; 송준 편, 『백석 시 전집』(흰당나귀, 2012)에 실린 「백석 연보」; 현대시비평연구회 편저, 『다시 읽는 백석 시』(소명출판, 2014)에 실린 「작품 연보」; 김수업, 『백석의 노래』(휴머니스트, 2020)에 실린 「백석의 삶과 노래 해적이(연보)」; 김재용 편, 『백석 전집』(3판. 실천문학사, 2011)에 실린 「작가 연보」 및 「작품 연보」; 이동순·김문주·최동호 편 『백석 문학전집 1 시』(서정시학, 2012)에 실린 「생애연보」 및 「작품연보」; 김문주·이상숙·최동호 편 『백석 문학전집 2 산문·기타』에 실린 「작품연보」 등을 참조하여 수정·보완함.

1930년(19세) 1월 〈조선일보〉 신년현상문예에 단편소설 「그 모母와 아들」이 당선되어 문단에 나옴. 3월 동향 출신인 계초啓礎 방응모方應謨의 〈조선일보〉가 후원하는 춘해장학회 장학생으로 선발되어 일본 동경의 아오야마(青山)학원 영어사범과에서 영문학을 수학함.

1931년(20세) 5월 아오야마학원 학교 교회에서 세례를 받음. 대학 시절 학교 내 선교사들과 교류한 것으로 알려짐.

1934년(23세) 3월 아오야마학원 졸업 후 귀국하여 3월 22일 『이심회 회보』에 수필 「해빈수첩海濱手帖」 발표.

4월부터 〈조선일보〉에서 근무. 〈조선일보〉 계열의 월간잡지 『여성女性』 편집 일을 함. 당시 기자로 있던 신현중愼弦重과 친분을 나눔.

〈조선일보〉에 6월 20일부터 25일까지 산문 「임종臨終 체홉의 유월六月」, 8월 10일부터 9월 12일까지 미르스키의 논문 「죠이쓰와 애란문학愛蘭文學」 등을 번역하여 발표.

1935년(24세) 6월 문우이자 소설가인 허준許俊의 결혼식 피로연에서 이화여고보 재학생이던 통영 출신 박경련을 만난 뒤 통영을 방문.

〈조선일보〉에 7월 6일부터 20일까지 소설 「마을의 유화遺話」를 6회에 걸쳐, 8월 11일부터 25일까지 소설 「닭을 채인 이야기」를 7회에 걸쳐 연재. 8월 30일 〈조선일보〉에 시 「정주성定州城」을 발표하며 시단에 나옴.

조선일보사에서 창간한 잡지 『조광朝光』의 편집부에 근무.

『조광』에 11월 시 「늙은 갈대의 독백獨白」, 「산지山地」, 「주막酒幕」, 「비」, 「나와 지렝이」와 수필 「마포麻浦」, 12월에는 시 「여우난곬족族」, 「통영統營」, 「힌밤」 발표.

1936년(25세) 1월 『조광』에 시 「고야古夜」 발표. 1월 20일 선광인쇄주식회사에서 시집 『사슴』을 100부 한정판으로 간행. 정가는 2원. 4부로 구성된 이 시집에는 재수록 작품을 포함하여 총 33편의 시가 수록되어 있음.

1월 중순 신현중과 함께 통영 일대를 방문한 뒤 1월 23일 〈조선일보〉에 시 「통영統營」 발표. 『조광』에 2월 「오리」, 3월 「황일黃日」과 「연자ㅅ간」 발표. 3월 『시와 소설』에 「탕약湯藥」과 「이두국주가도伊豆國湊街道」, 〈조선일보〉에 '남행시초南行詩抄' 연작 네 편인 「창원도昌原道」, 「통영統營」, 「고성가도固城街道」, 「삼천포三千浦」 등 시 발표.

〈조선일보〉에 2월 21일 「편지」, 9월 3일 「가재미·나귀」 등 수필 발표.

조선일보사를 사직하고 4월 함흥 영생고보의 영어 교사로 부임. 늦가을에 함흥관에서 조선 권번 출신의 기생 김진향(자야子夜)을 만남. 12월 허준과 함께 통영으로 내려가 박경련에게 청혼했으나 거절당함.

1937년(26세) 함흥으로 돌아와 러시아어 공부에 매진. 친구 신현중이 박경련과 혼인.

8월 1일 〈조선일보〉에 수필 「무지개 뻗치듯 만세교萬歲橋」 발표.

10월 『조광』에 '함주시초咸州詩抄' 연작 다섯 편 「북관北關」, 「노루」, 「고사古寺」, 「선우사膳友辭」, 「산곡山谷」 발표. 10월 『여성』에 수필 「단풍丹楓」과 시 「바다」 발표.

12월 부모의 강한 권유로 첫 혼인을 함.

1938년(27세) 1월 『삼천리문학三千里文學』 창간호에 시 「추야일경秋夜一景」 발표. 2월 함경도 지역을 여행한 뒤 3월 『조광』에 '산중음山中吟' 연작시 네 편 「산숙山宿」, 「향악饗樂」, 「야반夜半」, 「백화白樺」, 『여성』에 「나와 나타샤와 흰당나귀」 발표. 4월 『삼천리문학』에 시 「석양夕陽」, 「고향故鄕」, 「절망絶望」, 조선일보사에서 나온 『현대조선문학전집現代朝鮮文學全集(시가집詩歌集)』에 「개」, 「외가집」, 『여성』에 「내가 생각하는 것은」 발표. 5월 『여성』에 「내가 이렇게 외면하고」, 10월 『조광』에 '물닭의 소리' 연작시 여섯 편 「삼호三湖」, 「물계리物界里」, 「대산동大山洞」, 「남향南鄕」, 「야우소회夜雨所懷」, 「꼴두기」, 『여성』에 「가무래기의 낙」, 「멧새소리」 발표. 조선일보사 출판부에서 나온 『조선문학독본朝鮮文學讀本』에 「박각시 오는 저녁」 발표하고 「고성가도」 재수록.

6월 7일 〈동아일보〉에 수필 「동해東海」 발표.

12월 영생고보 교사직을 사임하고 경성으로 감.

1939년(28세) 1월 〈조선일보〉에 재입사. 비슷한 시기에 백석의 부친은 신문사 일을 그만둠. 부모의 성화로 2월 두 번째 혼인을 함.

3월부터 다시 『여성』지 편집 주간으로 일함.

『문장文章』에 4월 「넘언집 범 같은 노큰마니」, 6월 「동뇨부童尿賦」 발표.

일자리를 찾아 만주 안동安東(단둥)을 헤맨 후 9월 13일 〈조선일보〉에 시 「안동安東」 발표. 10월 〈조선일보〉를 사직하고 고향인 평북 지역을 여행한 뒤 『문장』에 「함남도안咸南道安」 발표. 11월 8일부터 11일까지 〈조선일보〉에 '서행시초西行詩抄' 연작 네 편 「구장로球場路」, 「북신北新」, 「팔원八院」, 「월림月林장」 발표.

〈조선일보〉에 2월 14일 「입춘立春」, 5월 1일 「소월素月과 조선생曺先生」 등 수필 발표.

연말에 『여성』지 주간을 사직하고 만주로 떠남.

1940년(29세) 만주 신경新京(신징, 오늘날의 장춘長春)에서 지냄. 2월 『문장』에 시 「목구木具」 발표.

3월부터 만주국 국무원 경제부에서 말단으로 근무하다가 창씨개명의 압박으로 6개월 만에 사직. 4월 5일부터 11일까지의 〈만선일보滿鮮日報〉 학예란에 따르면, 백석은 국무원 경제부 재직 당시 일본, 조선, 만주의 문화인을 초청한 '내선만문화좌담회內鮮滿文化座談會'에 조선계 문화인 자격으로 참석함.

5월 9~10일 〈만선일보〉에 「슬픔과 진실眞實」, 「조선인朝鮮人과 요설饒舌」 등 수필 발표. 6월 『인문평론人文評論』에 「수박씨, 호박씨」, 『문장』에 7월 「북방北方에서」, 11월 「허준許俊」 등의 시 발표.

토마스 하디의 장편소설 『테쓰』 번역. 10월 번역서 『테쓰』 출간을 위해 경성에 다녀감.

1941년(30세) 영생고보 제자 강소천姜小泉의 시집 『호박꽃초롱』에 「『호박꽃초롱』 서시序詩」를 써줌. 4월 『조광』에 「귀농歸農」, 『문장』에 「국수」, 「흰 바람벽이 있어」, 「촌에서 온 아이」, 『인문평론』에 「조당澡塘에서」, 「두보杜甫나 이백李白같이」 발표. 만주국 국무원 경제부 사직 이후에는 만주에서 측량 일을 하고 농사를 지으며 러시아계 만주 작가 N. 바이코프의 작품을 번역.

1942년(31세) 만주의 안동安東 세관에서 세무 공무원으로 근무함. 문경옥과 결혼해 1년 남짓 함께 살았으나 곧 헤어짐.

『매신사진순보』에 2월 1일 소설 「사생첩寫生帖의 삽화揷話」, 8월 11일 수필 「당나귀」를 발표. 11월 15일 〈매일신보每日新報〉에 시 「머리카락」 발표.

2월 『조광』에 바이코프의 소설 「식인호食人虎」를, 10월 『야담野談』에 바이코프의 소설 「초혼조招魂鳥」를 번역하여 발표. 12월부터 이듬해 2월까지 『조광』에 바이코프의 소설 「밀림유정密林有情」 번역 발표. 「밀림유정」은 하편 연재를 예고하고 3회 연재로 중단되어 그 전모를 알기 어려움.

1945년(34세) 해방 후 신의주를 거쳐서 고향 정주로 돌아옴. 이후에는 평양으로 가 조만식의 러시아어 통역 비서로 활동하며 틈틈이 번역 작업을 한 것으로 알려져 있음. 12월 평양에서 이윤희와 혼인. 둘 사이에 삼남 이녀를 둠.

1946년(35세) 장남 화제 태어남.

1947년(36세) 이때부터 러시아 문학작품 번역에 본격적으로 매진함. 문학예술총동맹 제4차 중앙위원회 외국문학 분과위원에 이름을 올림.

백석이 써서 지니고 있던 네 편의 시 중 두 편인 「산」, 「적막강산」을 허준이 11월 서울에서 발표. 발표 지면은 각각 『새한민보』와 『신천지』.

8월 『조쏘문화朝蘇文化』에 '알렉싼들 야꼬볼렙'의 소설 「자랑」을 번역하여 발표. 러시아 작가 시모노프의 『낮과 밤』 번역 및 출간. 숄로호프의 『그들은 조국을 위해 싸웠다』 번역 및 출간.

1948년(37세) 백석이 써서 지니고 있던 네 편의 시 중 두 편인 「마을은 맨천 구신이 돼서」, 「칠월七月 백중」을 서울에서 허준이 각각 5월 『신세대新世代』, 10월 『문장』에 발표. 10월 『학풍學風』에 역시 허준을 통한 것으로 보이는 「남신의주 유동 박시봉방南新義州柳洞朴時逢方」 발표. 이 시는 남녘에서 발표된 백석의 마지막 시로 알려짐. 이후 허준이 월북함.

파데예프의 『청년근위대』 번역.

1949년(38세) 9월 숄로호프의 장편 소설 『고요한 돈강 1』 번역 및 출간. 미하일 이사콥스키의 『이싸꼽스끼 시초』 번역 및 출간.

1950년(39세) 2월 숄로호프의 장편 소설 『고요한 돈강 2』 번역 및 출간. 『고요한 돈강 3』은 전쟁 중에 원고를 분실하여 결국 출간하지 못함.

9월 백석과 절친했던 화가 정현웅鄭玄雄 월북.

1951년(40세) 딸 지제 태어남.

1952년(41세) 8월 11일 『재건再建타임스』에 시 「병아리싸움」 발표.

1955년(44세) 조쏘출판사에서 『뿌슈낀 선집 - 시편』을 공동 번역 및 출간. 백석은 「짜르스꼬예 마을에서의 추억」, 「쓰딴스」, 「작은새」, 「겨울밤」, 「겨울길」, 「젖엄마에게」, 「슬프고 가없는 이 세상 거친 들에서」, 「겨울아침」, 「소란한 길거리를 내 헤매일 때면」, 「깝까즈」, 「한귀족에게」, 「보로지노 싸움의 기념일」, 「순례자」 등을 맡아 번역함.

6월 민주청년사에서 쓰 마르샤크의 『동화시집』을 단독 번역으로 출간. 번역은 소련 아동출판사 1953년도 판을 저본으로 삼았고, 초판 3만 부가 인쇄됨. 교정은 리용악(이용악)이 담당한 것으로 밝혀져 있음.

둘째 아들 중축 태어남.

1956년(45세) 10월 열린 제2차 조선작가대회에서 『문학신문』 편집위원이 됨.

1월 『아동문학』에 동화시 「까치와 물까치」, 「지게게네 네 형제」 등을 발표. 3월 『아동문학』에 「막씸 고리끼」, 5월 『조선문학』에 「동화문학의 발전을 위하여」, 9월 『조선문학』에 「나의 항의, 나의 제의」 등 산문 발표.

12월 『아동문학』에 시 「우레기」, 「굴」 발표.

1957년(46세) 1월 24일 『문학신문』에 시 「계월향 사당」 발표.

4월 조선작가동맹출판사에서 동화시집 『집게네 네 형제』 출간. 표지 장정과 삽화는 정현웅이 맡음.

4월 『아동문학』에 동화시 「메'돼지」, 「강가루」, 「산양」, 「기린」 등을 발표하였으나 거센 비판을 받아 리원우 등과의 아동문학 논쟁이 촉발됨.

7월 19일 『평양신문』에 시 「감자」, 9월 19일 『문학신문』에 시 「등고지」 발표. 3월 28일 『문학신문』에 「체코슬로바키야 산문 문학 소묘」, 6월

『조선문학』에 「큰 문제, 작은 고찰」, 6월 20일 『문학신문』에 「아동문학의 협소화를 반대하는 위치에서」, 11월 『아동문학』에 「마르샤크의 생애와 문학」 등의 산문 발표.

4월 25일 『문학신문』에 엘레나 베르만의 소설 「숨박꼭질」을 번역 및 발표.

1958년(47세) 5월 22일 『문학신문』에 시 「제3인공위성」 발표.

8월 『조선문학』에 산문 「사회주의적 도덕에 대한 단상」 발표. 10월 이후 북한 문단 내에서 부르주아 잔재에 대한 비판이 제기되면서 활동 위축됨.

1959년(48세) 1월 초 현지지도 명령을 받고 량강도 삼수군 관평리에 있는 국영협동조합으로 파견되어 농사를 짓고 양을 침. 5월 14일 『문학신문』에 산문 「관평의 양」 발표. 『조선문학』에 6월 「이른 봄」, 「공무 려인숙」, 「갓나물」, 「공동 식당」, 「축복」, 9월 「하늘 아래 첫 종축 기지에서」, 「돈사의 불」 등의 시 발표.

막내아들 구 태어남.

1960년(49세) 3월 『조선문학』에 「눈」, 「전별」, 5월 『아동문학』에 「오리들이 운다」, 「송아지들은 이렇게 잡니다」, 「앞산 꿩, 뒤'산 꿩」 등의 시 발표. 10월 조선작가동맹출판사에서 나온 조선로동당 창건 15주년 기념 시집 『당이 부르는 길로』에 시 「천 년이고 만 년이고…」 발표.

2월 19일 『문학신문』에 산문 「눈 깊은 혁명의 요람에서」 발표.

1961년(50세) 동시집 『우리 목장』 출간(추정). 『문학신문』 1962년 2월 27일자에 실린 리맥의 글 「아동들의 길'동무가 될 동시집 - 백석 동시집 《우리 목장》을 읽고」에서 자세히 논의되었으나 현재까지 『우리 목장』 원본을 확인할 수 없음.

5월 12일 『문학신문』에 산문 「가츠리섬을 그리워하실 형에게」 발표. 12월 『조선문학』에 「탑이 서는 거리」, 「손'벽을 침은」, 「돌아 온 사람」 등의 시 발표.

1962년(51세) 아동도서출판사에서 나온 시집 『새날의 노래』에 시 「석탄이 하는 말」, 「강철 장수」, 「사회주의 바다」 발표. 4월 10일 『문학신문』에 「조국의 바다여」, 5월 『아동문학』에 「나루터」 등의 시 발표. 6월 『아동문학』에 산문 「이소프와 그의 우화」 발표.

10월 북한 문화계에서 복고주의를 거칠게 비판하는 움직임이 일면서 일체의 창작 활동 중단됨.

1963년(52세) 사망한 것으로 일본에 전해짐. 확실하지 않은 소식이었으나 실제로 이 시기 백석은 문학적 숙청을 당해 북한의 문단에서 그 흔적을 찾아보기 어려웠음. 소식을 들은 일본 문인 노리다께 가쓰오(則武三雄)가 백석을 추모하는 시 「파」(葱)를 발표함.

1996년(85세) 1월 삼수군 관평리에서 사망한 것으로 알려짐.

찾아보기

ㅍ

ㅎ